U0445618

将门盛华

吾命为凰

千桦尽落 著

中

重庆出版集团 重庆出版社

第五章 英雄归来

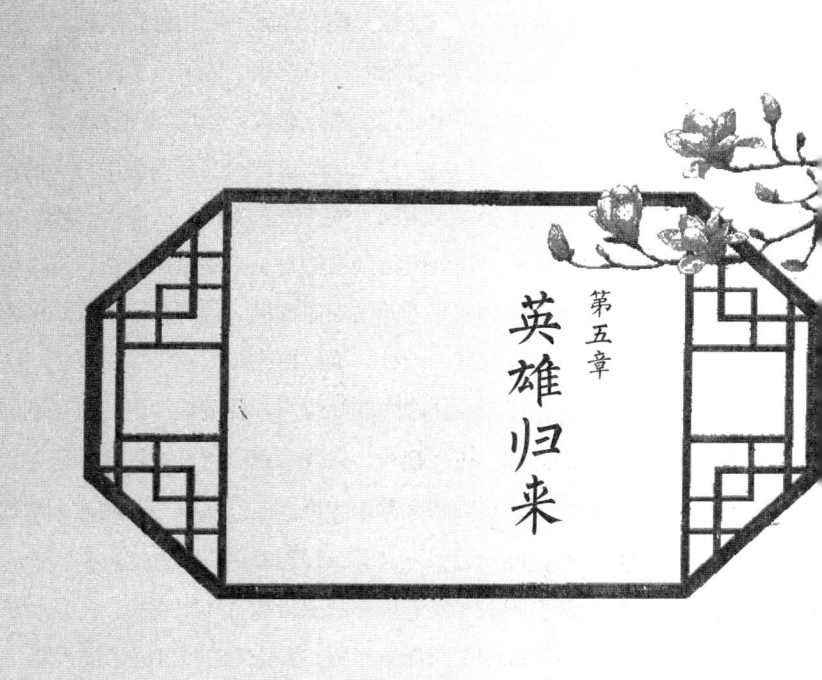

宣嘉十六年，正月初五，大雪。

寅时一刻，大都城南门守正挑着灯笼从营房出来，命人开城门。守正转过身，隔着茫茫大雪，隐约可见有人从长街尽头一片明晃晃的灯火处走来，随着那人越走越近守正便看到不止三两个人，立刻按住腰间佩刀戒备。

镇国公府管事一路小跑先行上前，恭敬对守正行了一礼，说明了来意："今日信王扶灵而归，我们家主母带着女眷来城门口迎一迎。"

看清楚来人果真身穿孝服头戴孝布，守正颔首侧身让到一旁。

同是从军的，虽然他没能上战场，心中也有为国为民之心。那日有贪财忘义之徒收了别人的银子，去国公府门前闹事，白家大姑娘一番话更是激起了男儿一腔沸腾热血，眼中含泪恨不得随国公爷一起战死沙场为国尽忠。

如今国公爷和白府男儿马革裹尸，白家遗孀出城来迎理所应当。

镇国公世子夫人董氏，携二夫人刘氏、三夫人李氏、四夫人王氏，还有挺着肚子的五夫人齐氏，连同大姑娘白卿言、二姑娘白锦绣、三姑娘白锦桐，还有前日刚被行了家法硬撑着爬起来的四姑娘白锦稚，连同白家的二姑爷秦朗，在白家护卫、仆从的跟随下立在大都城南门外，静候白家英雄归来。

人群中传来家仆隐隐的抽泣声，反倒显得没有主子刚强。

茫茫大雪，遮人视线，白卿言视线所及之处除却鹅毛大雪，便是漆黑一片。白家男儿皆身死，这锦绣大都之内畏惧白家恼恨白家的人，怕都高兴得睡不着觉了吧！可前路漫漫，谁知道将来会怎么样呢？

白卿言眸底寒光乍现。蛆虫蛰伏，冬眠春猎。不急，不急……

双目通红的董氏低垂着眼，侧身替白卿言拢了拢大氅，手指克制不住地颤抖："让你们几个孩子留在府中陪你祖母照顾妹妹，就是不听……"

她轻轻握住母亲冰凉的手，不禁眼圈一红，用力攥住："我等小辈，已可以替阿娘和各位婶婶分担重担了，不是孩子了。"

梦中，她不顶用病倒，留下母亲强撑白府门楣，如今她不会让母亲孤立无援，只身一人。

二夫人刘氏将女儿白锦绣搂在怀中，眼泪立时如断线的珠子落下，若不是还有女儿，她恨不得一头碰死跟着丈夫儿子一起去了，可女儿已经失去了祖父、父亲和哥哥、弟弟，她又怎么忍心让女儿再失去她这个娘？

大都城内不知是谁家先亮了灯，听到后窗有人说国公府遗孀一大早都去南门口迎灵柩了，匆匆起身穿了衣裳，提灯出门，正巧不巧遇邻居亦是挑灯踏雪出门。

"你也听说了？白家遗孀都去南门了！"

"是啊！国公府一门英烈今日归来，我们受国公府世代守护，也该同去迎一迎！"

两人刚说了两句，就听隔壁木门吱呀声，和年迈父亲一起出门的汉子看到邻居，亦是问道："你们也去南门？"

南门守正立在城墙之上，见大都城内不知道从哪儿冒出来一盏又一盏灯笼，暖融融的柔光被罩在灯笼内，密密麻麻地从四面八方而来，细看之下竟是成群结队撑伞提灯的百姓，声势竟比除夕夜那日更为浩大。

隆冬大雪，天还未亮。

南门守正看着这幅场景，心中情绪翻涌，高声喊道："将城门大灯灯芯挑亮些，为我大晋忠魂明灯引路！"

白家女眷听闻这番话，都止不住红了眼，挺直脊梁在这风雪中等候归人。

朝中诸臣趋利避害，自南疆消息传回之后，皇帝态度微妙似乎并不打算宽宥白家，得了消息也不敢如除夕夜那日贸然前去南门。此次勋贵朝臣，能来者寥寥无几，董清平、董清岳得知董氏带白家遗孀去了南门，起身用帕子擦了把脸就骑马来了。

董氏眼底带泪，铭感五内，却又不免劝道："哥哥、清岳你们不该来！"

董清平抬手拍了拍董氏的肩膀，笑着道："无妨。"

出乎白卿言意料的是，萧容衍竟随同吕元鹏等一干纨绔来了南门口。

吕元鹏恭恭敬敬地同白家各位夫人行了礼，萧容衍亦是浅浅颔首，抬头看向正低眉还礼的白卿言。

白卿言一身孝服，头戴孝布，绝顶容姿被裹于一身清绫中。她本就白皙的脸今日更是苍白得骇人，眉目间带着憔悴，目光却依旧坚毅。

"那日多谢吕公子国公府门前解围，待我白家大事过后，定当登门拜谢。"董氏柔声谢道。

"夫人折煞元鹏了！不过是凑巧！夫人不必挂怀。"吕元鹏今日很是守礼。

天初放亮，鹅毛大雪也渐停。

就在百姓都要冻僵之际，隐约听到白雾之中有马蹄声。很快，一辆四角悬灯的四驾马车，在两侧举信王旗帜的卫兵护送下缓缓而来。

二夫人刘氏双腿一软，多亏白锦绣眼疾手快扶住，她用力握住刘氏的手，泪流满面。

董氏深深吸了一口气，下意识握紧了白卿言的手。

信王护卫老远看到南城门口灯笼光芒亮了一片，连忙快马行至南门前绕了一圈，大概明白什么情况，急匆匆赶回马车前，压低了声音道："王爷，白家遗孀和都城百姓都在南门口……"

怀里搂着美姬的信王一听，撩开马车车帘探头朝南门看了眼，只见熙熙攘攘一片明晃晃的灯光，顿时心虚不已缩回马车内，手心里起了一层细汗。

这次他只将镇国公白威霆，还有白威霆第五子白岐景和白家六郎、十七郎的遗体带了回来，为了凌辱白家给朝臣看，信王故意给他们用的是最下等的棺材。

信王用帕子擦了擦手心，盯着貔貅铜质的三鼎香炉，沉脸琢磨了片刻，道："一会儿就说本王伤重，不宜下马车，直接进城！"

"是，小的明白！"信王护卫颔首。

马车里的美姬见信王面色沉沉，笑着将温在炉火之上的美酒拿出，斟了一杯送至信王唇边："白家男子都已经死光了，不过是一群女人，王爷何必在意？"

风情万种的美人对他笑靥如花，信王眯了眯眼，心口那股子不安消散，就着美姬白若葱管的手饮尽了杯中酒。是啊，白家男人都已经死绝了，一群女流之辈能翻出什么浪花来。再说，容不下白家的是他的父皇，古语有云君要臣死臣不得不死，白家也算是死得其所，他有什么可怕的？

想到这里，信王舒舒坦坦地靠在软枕上，把玩着美人儿白玉雕琢似的小手。

马车摇摇晃晃到了城门口，董氏带着白家众人对着信王马车行礼："见过信王。"

"咳咳咳……"马车里传来信王咳嗽的声音，"本王已经尽力，却也只能将国公爷和白岐景将军，同六郎和十七郎带回！本王身受重伤不便下车，咳咳咳咳！便让兵士将国公爷他们送回国公府吧！"

说完，马车便动了起来。

所以，董氏的丈夫和儿子一个都没能回来。董氏身形晃动，她忙扶住："母亲！"望着被打击得缓不过神来的董氏，白卿言心中绞痛。

二夫人刘氏的丈夫和两个亲生儿子也都没有回来！

刘氏一听，整个人直愣愣向后栽倒，若不是白锦绣眼疾手快扶住，怕是要摔倒，刘氏泪如泉涌，整个人却如同傻了一般，话都说不出来。她的丈夫和儿子，竟然……尸骨无存了吗？

"十七！我的小十七啊！"四夫人三氏已经克制不住朝最后方那最小的棺木跟跄扑去，下了一夜的大雪，路滑难行，王氏摔倒两次爬起来又跟跄着扑了过去，终于抱住了那落满雪的小棺材，整个人哭得撕心裂肺。

"六郎……娘来了！娘来带你回家！"三夫人李氏被白锦桐扶着哽咽上前，想去摸一摸儿子冰冷的棺木，想扶着儿子的灵柩回家。

挺着大肚子的五夫人齐氏，似还稳得住，她本欲快步上前去丈夫的棺木前，可又硬生生克制住情绪，掌心用力按在腹部，含泪哽咽道："大嫂……先回去吧！"

身上带伤的白锦稚被贴身婢女扶着，亦是朝同胞兄长白卿明的棺木走去。

董氏拳头死死握紧，明明心中恨意滔天，却还得言谢："多……多谢王爷。"

白卿言拳头紧紧攥着，同梦中一样，回来的只有祖父、五叔，明弟和小十七，可信王这个身受重伤……

她看着车轮转动晃晃悠悠从眼前走过奢华马车，闻到从窗口隐约飘出的淡淡的酒味和檀香味，直起身凌厉的视线抬起，马车车帘被寒风掀起一角，她分明看到了车内娇如牡丹的美人儿正倚在"身受重伤"的信王怀里，衣衫不整。

拥着狐裘立在人群之外的萧容衍一向耳力过人，他耳朵动了动，听闻精致马车内有女人的娇嗔声，幽沉眸色越发冰凉，侧头看向护在身侧的护卫……

侍卫会意，颔首匆匆离去。

白卿言转而望向抬棺的兵士，没有一个是白家军，都是……信王麾下兵士，她死死攥住藏在袖中的手。

信王的亲兵放下棺材，随着信王的马车进城，将四具棺材就搁在城门外。

董氏拼尽全力才能维持住庄重沉稳的姿态，不至于崩溃哭泣！

她带着白家女眷跪下，行大礼叩拜："白家嫡长媳白董氏，携白家女眷，恭迎父亲与我白家英烈回家！"

白卿言含泪跪下，重重叩首。

百姓亦是跪倒哭声一片，嘴里痛呼着国公爷，绵延不绝的哭声，在这乌云蔽日的清晨，响彻九霄。

董氏在秦嬷嬷的搀扶下站起身，立在祖父棺木最前端，死死咬着牙，含泪高声道："抬棺！撒钱！引路！"

白家仆从立刻上前，立在四具棺材周围扛起抬棺木杆，董清岳是个粗人，他红着眼扔开一直攥在手心里的缰绳，上前亲自将棺木扛在肩上，声如洪钟吼道："起棺！"

"起棺！"

随着跟随而起的声音，百姓的哭声越发撕心裂肺。

为官者从没有人愿意替人抬棺，哪怕是自家亲眷都没有这样的！可董清岳不同，他也是国公爷手下出来的兵，他心中热血还未曾冷。

白卿言接过纸钱，深深看了眼四具棺材，只身立在最前面，将纸钱高高抛起……

白锦绣跟随白卿言其后，也亲自接过纸钱，为白家英灵撒钱引路。

漫天纷飞的纸钱，和百姓痛心入骨的哭声中，四具棺材，三大一小向前行进，进城。

或许是一早就在这里候着，人早就冻僵了，抬着镇国公棺材的家仆脚下一滑，只听"咚"一声棺材落地，后面三具棺材"嘭——嘭——嘭——"慌乱间都落了下来。

薄如纸板的棺木开裂，最后的小棺木麻绳断裂棺身一歪，边角猛地坠地，整个棺木炸开，身穿破碎铠甲的幼童尸身从棺木中滚了出来，被敌军斩下的头颅直直滚落至雪堆中，毫无遮掩！

"小十七！"白锦桐含泪飞扑了过去，一把抱住小十七的头颅，看着弟弟已失去生机的稚嫩小脸，如同一柄银枪狠狠穿透白锦桐的胸膛，她抱住小十七的头，终于忍不住激烈哭出声来，声嘶力竭哭喊，"小十七！"

"小十七！"白锦稚亦是惊呼。

白锦绣睁大了眼："小十七！"

白卿言转过身，看着小十七滚落的头颅，目眦欲裂，肝胆俱碎，似有罡风席卷她的胸腔，她怒发冲冠，脑子只剩一片尖锐的呼啸声，激得她欲立刻提剑宰了信王："平叔！给我拦住信王的马车！"

"啊……"四夫人王氏尖叫着跟跄跪地抢过儿子的头颅，如失心疯一般不断尖叫着爬回儿子的尸身旁，死死抱着已经有了尸斑伤痕累累的儿子，绝望痛哭。

四夫人王氏最柔弱不过的性子，此时双眸猩红犹如地狱归来的魔鬼，语无伦次歇斯底里怒骂皇室贵胄、千尊万贵的皇帝嫡子信王："信王你个杀千刀的！我的儿啊……你竟让我儿子尸首分离！干净衣服都不给他换一身！他还只是一个十岁的孩子！十岁的孩子啊！你个王八蛋！"

四夫人王氏撕心裂肺仰天痛哭一声，又将脸贴着儿子的身体，像哄孩子入睡似的小声呢喃："小十七不怕！小十七不怕……娘在呢！娘陪着你！娘在……娘给你暖暖！我们不怕！不怕……"

卢平看到平时最为可爱活泼的十岁孩童，竟然落得尸身分离，早已经双眸通红，心中杀意沸腾，不等他带人去追，董清平已然一跃上马，直接入城勒马拦住了信王刚入城不过十米的马车。

历来将军战死，扶灵回城前，若尸体分离……除非尸骸断肢找不到，送灵者必然会命人将尸身重新缝合，换上干净的衣衫铠甲，以此让人全尸下葬。

饶是百姓都知道战场历来残酷，可也不如一个十岁孩童被砍杀的尸身活生生出现在眼前让人来得震撼。

董清岳人坐在高马之上，双眸猩红望着已然拔刀的信王府亲卫，国公府护院也已拔刀，两相对峙，剑拔弩张！

此时的国公府护卫因为那个十岁少年尸身滚落出来，各个被激得怒不可遏，恨不能现在就和信王拼命。

"信王！国公府上至国公爷下至国公府儿郎，都是国之忠魂英烈！你扶灵回城为何不为他们清洗更衣，为何要让他们落得身首异处的下场！杀人不过头点地，信王你怎么敢如此折辱忠魂！"董清岳瞋目裂眦，用马鞭指着那辆华贵的四驾马车，丝毫没有敬意，只有震天的杀气。

吕元鹏此等纨绔何曾见到过这样惨烈的状况，只觉一腔热血和怒火被烧得滚烫炙热，胸口似有岩浆奔腾，几欲破胸而出，恨不能立时上前和信王撕斗。

不知是否是老天爷都看不下去了，信王的马车车轴突然断裂，车轮撞飞了护在马车一侧的两个亲卫，翻倒在地，马车内火盆一瞬点燃马车青帷布，信王和车内美姬尖叫着从马车内爬了出来。

萧容衍的侍卫悄无声息地回到萧容衍身边，压低声音道："主子，属下无能，刚才动手，国公府那个护院统领，和马上那位大人怕是已经注意到我了。"

萧容衍不动声色，淡漠道："无妨。"

那侍卫颔首沉默不语垂着眸子立在一旁，仿佛什么也不曾做过。

百姓目瞪口呆看着所谓"身受重伤"的信王，行动自如地上蹿下跳拍打身上火苗，身边还有一个瑟瑟发抖地环视四周的美人。

"信王殿下真是伤得好重啊！"白卿言双眸猩红，周身杀意如同罡风呼啸，"伤到……马车内有美人相陪，却没有精力派人为我年仅十岁便为国为民捐躯的弟弟缝合、更衣！"

信王眼睑重重一跳，他怎么也没有想到会让满城百姓看到他完好无损站在这里，他身侧拳头紧握，既然暴露了倒也不惧怕做得更绝一些。

他阴沉着脸看向已立在他亲兵包围圈之外的白卿言，冷声道："我想给你白家留颜面，才说重伤在身，你们白家真要本王当着众多百姓的面儿……说出白威霆如何不听本王号令，以至我大晋数十万将士葬身南疆的罪过吗？！"

"出征在外我祖父为帅，他身经百战，何须听你一个在这繁华帝都从未经历血战的黄口小儿号令！"白卿言泪如泉涌，灭顶之怒、锥心之痛燃尽理智，声音颤抖激愤，"即便是我祖父行军不当，可白家儿郎他们……为民血战，为国捐躯！难道死后要落得一个尸首分离的下场！这是哪家的道理！我弟弟才十岁！他才十岁！他十岁之身敢上战场！他是为我晋国而死的少年英雄！岂容你如此作践！"

一口恶气堵在信王心头，他被一个女人逼得哑口无言，死死咬着牙。

"即便我弟弟他只是一个平头百姓！你信王贵为皇室之子，也当好生对一个孩童的尸身！可你的仁义之心在哪儿？你简直畜牲不如！国之锐士为民为国而死！你……在这华贵的马车里同娼妇苟且，你配为皇子？配天下万民以赋税养吗？你这样不仁、不义、寡廉鲜耻只知享乐的无耻牲畜若是将来入主东宫，我大晋百姓定皆为你牛马，还有活路吗？你何止不配为皇室贵胄，你连人都不是！"

信王脸上瞬间血色尽褪，白卿言这番话要是传出去，让万民知晓……势必将成为他登顶之路上最大的阻碍！好歹毒的女人！信王怒火攻心气得全身都在颤抖，指着白卿言怒吼："来人！给我将她乱刀砍死！"

"我看谁敢！"白锦桐拔刀护在白卿言身前，一双肃杀的眸子扫过那些信王亲兵。

"信王慎言！"董氏疾步上前护住女儿，立在最前头通身的主母威仪，"若我白家战死之忠魂真有罪，那也自有陛下看过行军记录之后定罪！可在陛下定罪之前……他们都是为国舍命的英雄！信王不敬反辱，如今若再杀我白家遗孀，就不怕天下人口诛笔伐吗？"

身上带伤的白锦稚牙龈嚼出血腥味，血泪间全都是滔天的杀意，随同白家护卫通通上前，一副要护着白卿言同信王血拼的架势。

可白卿言已然怒不可遏，一把拽回护在她身前的白锦桐，上前两步……以胸口抵住信王府侍卫刀尖，一身震慑人心的杀气竟硬生生逼得那侍卫退了一步。

"杀我？！来啊！"她声嘶力竭，眼里翻涌着毁天灭地的戾气，"就在这光天化日朗朗乾坤之下，让天下人看看，这大晋皇室的皇子是怎么样对待烈士遗孤！让这天下人都好好看看，为晋国血战身死落得什么样的下场！我的魂魄便立在这里睁大眼看着，看将来谁人敢为晋国而战！谁人敢为晋国而死！你们林家江山还有谁敢为你们护！"

立在人群之外仿若局外人的萧容衍，幽沉的眸子深敛流光。

旁人还听不明白，可他却听得出……今日的白卿言理智在白家第十七子头颅滚落的那一刻灰飞烟灭，言语中欲反的暗芒渐显，咄咄逼人，凌厉又骇人。

信王被白卿言震慑得一身的冷汗，眼看着群情激愤的百姓上前各个都像不怕死似的，大有要同白卿言站立一线对抗他亲兵的架势，信王喉头剧烈翻滚着向后退："你们……你们这些贱民是要造反吗？"

百姓窸窸窣窣上前，恨不能将信王扒皮拆骨，各个斗志昂扬，看着眼前场景，信王心虚没底，想要故作镇定强撑，双腿却忍不住向后退。人言可畏这个词，信王不是不知道，今日他以为白家男人尽数已死……狂妄了。

就在信王不知应该如何应对时，突然有内侍监骑快马而来，尖细的声音呼喊道："陛下有旨……信王速速进宫听训！信王殿下请速速随小人进宫！"

信王正愁无法脱身，知道这是自家爹爹派人为他解困，忙恭敬跪地叩首："儿臣领旨！"

信王站起身，面目阴狠用手指着白卿言的方向点了点，便上了内侍监带来的马车，朝皇宫方向而去。

白家上下双眼通红带着恨意望着信王乘坐离开的马车，拳头紧握。

"祖父！我的祖父啊……孙儿才刚回白家，你还没有看孙儿一眼，怎么就去了……祖父！"

突兀的哭喊声响起，白卿玄跪行着朝镇国公的棺木方向一边爬一边哭喊，声音之大仿佛生怕旁人不知道他是镇国公的孙子一般。

白卿玄是被白家有心巴结的仆从背着来了南城城门口，刚才见白家和信王剑拔弩张，悄悄躲在一旁不吭声，信王刚一走，这才做出这副悲痛欲绝的姿态。

"国公爷啊！你怎么就去了！您的孙子白卿玄刚回来认祖归宗……您怎么就走了！"那妇人也捶胸顿足哭喊着。

董氏眸色阴沉，冷冷看着做出这般闹剧的这母子俩，厌烦无比："闹什么！"

"世子夫人这话说得，这怎么能是闹呢！我儿子卿玄是国公爷的孙子啊……国公爷不在了，卿玄作为国公爷唯一的孙子自然要来迎国公爷啊！"那妇人捂着心口，一副心痛难当的做作模样，"世子夫人一大早携白家遗孀前来南门迎国公爷，为何不叫我儿？难道国公爷和二爷刚去……世子夫人就迫不及待想要将我们母子俩赶出国公府大门了！"

"祖父啊！你不在了孙儿该怎么办啊！"白卿玄跪在国公爷棺木之前，拍着薄如纸的棺材，"孙儿刚回家就被打了一顿差点儿一命呜呼！孙儿到现在也没有被记入族谱，祖母也不见孙儿！没有祖父庇护！孙儿怕是不久之后就要去见祖父了啊！"

百姓见状，不由低声接耳……

"那也是国公府的公子？"

"我想起了！那日在满江楼前……被大姑娘打了的那个庶子！"

"没想到国公府满门英豪，竟然也出了这么个心狠手辣的庶子！"

"再心狠手辣如今也是镇国公府唯一的男丁了！怕是将来前途不可限量啊！"

刚才最冲动、最暴怒的白卿言看着这出闹剧，反倒静下心来，她闭了闭眼不再和信王的亲卫对峙，也不欲再看这母子俩的做作姿态。

她开口："白卿玄，今日之事……你应当也看清楚了信王对我白家态度！将来我白家前途如何还是未知，或许……不知道什么时候一顶大罪的帽子扣下来！满门皆灭！既然你们不怕……等我白家白事一过，母亲同我便请祖母主持将你记入族谱！镇国公府将来荣耀也好，灭门也罢！你都不要后悔！"

正在哭号的白卿玄浑身一个冷战，想起刚才信王的态度，如同立时被泼了一盆冷水，号啕的嗓音全都堵在了嗓子眼儿里。

她用力握了握白锦桐的手，看也不看做作的白卿玄，道："走吧，迎我白家英灵回家要紧！"

她转身走至双眸通红的春桃面前，拿过春桃给她带的白色狐裘，挺直脊梁走至抱着小十七尸身疯疯癫癫低声哄小十七的四婶王氏面前，蹲跪下身，用狐裘将小十七的遗体裹住。

"四婶，我们带小十七回家！"

四夫人王氏抬头，充血的眸子泪如泉涌，眼神茫然空洞得仿佛万物不存，喉头哽咽颤抖："可……可小十七的身体都被剖开了！我也……我也扶不住小十七的头！我扶不住小十七的头……"

只这一声"扶不住"，竟是绞碎了她的心肝脾肺肾，辛辣酸涩让人绝望的悲痛情绪冲上心头，她险些克制不住哭出声，眼泪如奔涌江水。

她咬着牙道："扶得住！"

"四婶，我们姐妹一起扶小十七，一定扶得住！"她拼命攥紧狐裘，手背经络暴起，死死咬着牙喊道，"白锦绣！白锦桐！"

早已经泪崩的白锦绣、白锦桐闻声疾步前来，蹲跪在白卿言身边，白锦稚更是甩开了扶着她的贴身侍婢一瘸一拐地朝小十七的方向走去。

"今日！我们姐妹三人……抱着小十七的身体，扶住小十七的头颅！迎我白家英雄国之英烈小十七……回家！"

十岁小童身穿铠甲的身体早已经僵硬，白卿言从四夫人王氏怀里托住小十七的脊背，白锦桐扶住小十七的头颅，白锦绣抱起小十七的腿……

"还有我！"白锦稚死死咬着牙，双手托起小十七腰身，含着热泪高声喊道，"小十七！姐姐带你回家！"

"扶起四夫人！"董氏忍住哽咽，强撑着喊道，"回家！"

漫天飘洒着纸钱，镇国公府主母董氏走在最前面亲自抛洒纸钱为忠魂引路。

董清岳扛起抬棺杠木，吼道："起棺！"

除了那口已经碎裂的小棺材，三口木棺依次被扛起，在白家护院的护卫之下迈进了大都城南门。

刚还哭号的白卿玄忙跪挪至一侧，心里惶惶不安。

南门守正同守门兵士，见痛哭的百姓纷纷跪下，亦是跟着低头颔首单手攥拳击胸，对着缓缓入城的忠骨行军礼。

白卿言怀里紧紧抱着她最小的十七弟，白锦桐稳稳扶住小十七的头颅和颈脖相接，跟在三口棺木之后，步履稳健地朝镇国公府走去。

白锦稚看着沿途跪拜痛哭的百姓，恨不得立时提起长鞭奔赴边疆，杀尽害了她白家男儿，害了小十七的贼人。

"信王对我白家的态度便是皇室对我白家的态度，小四……今天你亲眼看到他们怎么对小十七，怎么对我们祖父和叔叔还有弟弟……给他们用的什么棺木，又怎么对我们白家！你可明白……白家已经不是你以为的那个白家了，如今的白家危如累卵，已没有时间再容你慢慢成长！小四……你得长大了！"

白卿言目视前方眼眶酸疼，一字一句朝她身旁托起小十七腰身的白锦稚说道。

白锦稚眼泪越发收不住，哽咽点头："小四明白了！"

萧容衍负手而立，手中紧攥着那枚早已被养得通透无比的玉蝉，视线望着脸色惨白的白卿言，只觉她那双眼中呼之欲出的锋芒要藏不住了。

吕元鹏含泪跟着百姓一路往国公府步行，可人还没到国公府门口，就被吕相府的护院强行给请了回去。

百姓一路哭着跟随到了国公府门口，大长公主早就带着白家幼女在国公府门前等候，她亦听闻了南城门口信王做下的事情，尤其见四个孙女儿抱着小十七的遗体回来，大长公主睁大眼望着孙子的尸身……不敢伸手去碰，放声痛哭！

"信王他怎么敢！他怎么敢这么对我白家儿郎！我要进宫面圣！我要……"大长公主强撑着痛呼一声，人竟晕厥了过去。

"大长公主！大长公主！"蒋嬷嬷吓得脸色煞白。

白府门前乱作一团，董氏如定乾坤之柱石般立于镇国公府正门，命人将大长公主送回长寿院，安排国公爷、国公府五爷和六郎、十七郎重新清理遗体，装殓入棺，而其他没能回来的白家男儿，以衣冠入棺。

白家如此悲惨，可想而知前方战事怕是已惨如地狱。

镇国公府敞开的几扇府门内，搭了天棚的院中，二十多口棺材排开何其悲壮！

痛哭流涕的百姓是哭镇国公府，也是哭这大晋，大凉东燕联军强犯晋国，国公府男儿尽死，何人还能护这大晋山河，护这大晋万民？

白卿言从大长公主长寿院出来，望着阴沉沉的天，眼睛酸涩得撑不住，闭上眼已是泪流满面。

"长姐……"

听到耳边传来七妹妹白锦瑟哽咽的声音，她忙偏过头不动声色抹去眼泪，转过身来，看着小手揪住她衣摆的庶妹白锦瑟。

她克制情绪，握住白锦瑟冰凉的小手，弯腰与她平视，哑着嗓音问："小七怎么在这里？你的乳娘呢？"

白锦瑟双眼红彤彤的，咬紧牙关问："长姐，祖父和爹爹、叔父、哥哥他们……是不是被人害了？"

不等她张口，白锦瑟便道："长姐，小七已经不是还未开智的懵懂幼童，我已九岁！也同长姐读了兵法，也随先生念了圣贤书！我不傻！若非有人暗害，我白家男儿怎么会一个不留？连十七哥都不肯放过，这不是斩草除根斩尽杀绝是什么？"

望着白锦瑟眼底曾经的清澈明净，被如今不同于稚童的沉稳之色取代，她紧抿着唇心中酸楚难当，抬手摸了摸白锦瑟发顶，最终什么都说不出来……明明应当是最无忧虑的稚嫩幼童，因骤失祖父、父亲和兄长，好似一夜之间长大，她竟不知该喜还是该悲。

"小七……"白卿言弯腰屈起食指抹去白锦瑟的眼泪，低声道，"母亲，还有祖母和婶婶们，还有众多的姐姐，我们会为白家讨回公道，也都会护着小七平安长大！

前路漫漫，白家未来皆在我们众姐妹手中。有句话叫莫欺少年穷！等你长大后……长姐会让你看这大晋国，谁家说了算！"

白锦瑟似懂非懂望着白卿言重重点头："小七明白！"

余光看到董氏身边的秦嬷嬷进了长寿院，白卿言直起身，朝秦嬷嬷看去："嬷嬷……"

秦嬷嬷对白卿言行礼后道："大姑娘，七姑娘，朔阳白氏宗族的人到了，世子夫人让我过来同大长公主说一声，大长公主若是身子不适，世子夫人便找借口让他们改日再给大长公主问安，先让郝管家带人下去安顿。"

"朔阳都谁来了？"她问。

秦嬷嬷面有难色道："只派来了……两位与世子爷同辈的庶出老爷。"

寒风卷雪，积于青瓦檐角上的白色积雪倾斜滑落下来，廊间白色的灯笼被吹得来回晃荡。

她抿住唇半晌都没有说话，虽说朔阳白氏同镇国公府白家到她这一代即将出五服，可朔阳白家在朔阳之威势全靠白家庇护。朔阳每年送年礼时，朔阳白家嫡支恨不得都跟过来，意图同国公府拉近关系。如今白家大丧，竟只派了两个庶出的老爷前来，虽够不上见风使舵这个词，也难免显得薄情了些。趋利避害人之本能，她谁都不怪。只是心底，仍有微微凉意。

她低声说："祖母刚喝了药歇下，改日吧！"

秦嬷嬷颔首行礼后又匆匆离开。

白卿言牵着七妹妹白锦瑟的手来了前院，随母亲、婶婶和妹妹们跪于灵前。

四婶王氏整个人如同失了魂一般，人趴在小十七的棺材旁，谁劝都不走……

最先来祭拜的，是登州来的董老太君和两位舅舅，几乎是举家前来。

董长元祭拜完，看着双眸含泪叩拜还礼的白卿言，心中难受不已，猜测大约是因为如今白家情势不明，所以朔阳白氏宗族只派来了两位叔伯奔丧。在朝为官者不敢前来，就连表姐几位婶婶的母家也不曾派人前来吊唁，反倒是都城的百姓凑在国公府门口，哀哀哭泣。

白家此事，将官场世态炎凉，体现得淋漓尽致。

董老太君祭拜了白家英灵后，拉着董氏在偏僻无人之处低声问董氏日后打算。

"昨日同你大哥交好的吏部尚书，劝你大哥同白家保持距离，说圣上怕是要借此机会对白家斩草除根，让你大哥明哲保身！我思量着……要不然，我回去便对外称病，我们统一口径对外称阿宝和长元早有婚约，虽说是热孝成亲……但若是为了给我这个老不死的冲喜，旁人也说不出个什么来！你……也向大长公主求一份和离书！咱们回登州，能保一个是一个！"

董老太君话说得又急又快，想来是来之前心里就已经盘算好了的。

既然知道白家将亡，那她就是拼了这一条命，也要把自己的女儿和外孙女拉出来。

董氏听了董老太君这话一颗心七上八下地乱跳："娘……你确定了？真的是吏部尚书说的？"

吏部尚书，向来最善揣摩圣心。

"娘还能骗你不成！"董老太君用力握着女儿的手，声音带着哽咽的哭腔，"娘知道你情深义重，可这不是义气的时候！咱们一步一步来，先把你和阿宝从这个泥潭里拉出来！再想办法能救一个是一个！大长公主倒不用担心，到底是皇帝的亲生姑母，皇帝不会对大长公主如何的！"

董氏垂着眸子心底飞快盘算，二姑娘白锦绣已经出嫁，白锦桐也已经到了出嫁的年纪，只是四姑娘白锦稚同五姑娘、六姑娘和七丫头全都还小！五弟妹齐氏肚子里的还有几个月才生……

"婉君！"董老太君用力拉了一把女儿，"娘说的话你听到了没有！"

半晌，董氏红着双眼看向董老太君，笑了笑道："娘，女儿自嫁于岐山……曾与岐山有誓言在先，女儿若真的在此刻离了白家，日后去地下如何见岐山啊？女儿又怎么忍心让世人看到忠魂英灵身后……竟落得个家破不存的下场？"

董老太君忍不住用力拍打董氏的手臂："那你就忍心让娘落得一个白发人送黑发人的下场！你何辜？阿宝何辜？"

"娘！原本我想着……阿宝不愿意，那阿宝和长元的婚事就此作罢！既然事已至此，女儿必会说服阿宝，她不嫁也得嫁！若白家此次能安然度过不说……若不能，以后……阿宝就请娘和弟妹多多费心！"

董氏说着，在董老太君面前跪下行叩首大礼，喉头哽塞："就让阿宝，替女儿尽孝于娘膝下！"

董老太君偏过头用帕子捂着嘴直哭，痛得用手捶砸胸口，她知道女儿这是抱了和白家同生共死的决心，这让她一个做娘的怎能不心肝俱裂，这是她从小疼到大的女儿，这是她身上掉下来的肉啊！

见女儿长跪不起，董老太君又万般无奈将女儿扶了起来，哭腔浓得化不开："你这孩子自小就主意正又重情义！还未嫁之时就敢应下你那金兰姐妹……让秦朗做你的女婿！如今……如今……"

董老太君泣不成声，强忍着情绪将董氏搂在怀里："如今你既要同白家同生共死，那我董家就拼力一搏……尽全力保白家！望上苍怜我儿这赤子心肠，怜白家这一门的忠骨，别如此苛待白家！"

"娘！娘……"董氏紧紧攥着董老太君的衣裳，依偎在董老太君的怀里涕泗滂沱，只能一声声喊着娘。

董氏个性极其刚强，痛哭之后，她已开始为白家众人盘算出路。白家大丧之后，这几个孩子她都得想办法送出大都，若真有不测也好保全，若白家平安……那便当她们如儿郎一般出外游历，再回来便是。

窝在清明院的母子俩时不时就派人去前院打探消息，得知除了世子夫人董氏的娘家人来了，其他夫人的母家畏惧圣心甚至不敢前来吊唁，心当下就凉了一截。

摇曳的烛火之下，白卿玄趴在软榻上，想到今天自己在南城门那一哭，怕是把自己给埋到坑里了。

"玄儿，不如我们收拾了细软先跑吧！"妇人惶惶不安开口道，"如今白家这情况怕是和那个白大姑娘说的一般要倒了！万一真的要是一个灭族大罪怪罪下来，我们娘儿俩就得跟着白家一起去死！儿啊……留得青山在不怕没柴烧！大不了我们等白家风平浪静了再回来！你是白家最后一根苗苗！那时回来不用说你便是顶顶尊贵的国公爷，这白府的荣华富贵还是你的！"

白卿玄反复想信王对白家的态度，良久终于下定决心点头："好！娘你现在就收拾东西，白家男人都死了，这么大的葬礼肯定也顾不上我们娘儿俩！你拣些值钱的东西这几天往外送藏好了，等我差不多养好了，我们就走！"

见儿子已然下定决心，妇人连连点头："为娘这就去准备！"

一向柔弱的四夫人王氏，此次一心要守着儿子谁劝都不听，就紧紧抱着棺木不撒手，要陪着儿子。

董氏同为母亲怎么能不知道四夫人王氏的心情，便命人端去火盆，给四夫人王氏披上厚厚的狐裘驱寒。直到四夫人王氏体力不支晕厥，才被董氏命人抬了回去。

深夜，白卿言将母亲和几位婶婶劝去休息，姐妹七人彻夜跪在灵前守灵，倒是白卿玄……白卿言派人去请，却声称高烧不退伤口恶化，不愿前来。

五姑娘、六姑娘、七姑娘年纪虽小，可心中大悲大痛竟都成了支撑她们的力量，跪于灵前静候祖父、父亲、叔伯和众兄弟灵魂归来。

黎明之前的黑夜最为幽沉也最寒冷，即便是裹着狐裘寒气也已然爬上了白卿言的腰。

摇曳的烛火发出轻微爆破声响，她见七姑娘白锦瑟摇摇欲坠，轻轻撑开狐裘大氅将终于撑不住睡着的白锦瑟轻轻拥入怀，用狐裘大氅将她裹紧，让春桃将火盆炭火挑一挑，让炉火更旺些。

白锦绣也护住了眼皮打架的五妹妹，吩咐人去拿一床锦被来给五姑娘、六姑娘披上。

"小四，你身上有伤，去睡吧！"她对白锦稚道。

白锦稚跪坐于蒲团之上，一语不发地摇头，满门男儿皆灭，连尸身都找不回来，她如何睡得着？

白锦稚的所思所想就写在脸上，她看得眼眶发红心疼不已，垂着眸子低声道："没有见到其他叔叔兄弟的尸身，一切就都还有转圜的余地，这何尝……又不是一种希望？"

泪眼滂沱的白锦稚望着长姐，用衣袖抹了一把眼泪，心中陡然有了一丝光明，整个人都振作了起来，哽咽点头："嗯！"

天刚蒙蒙亮已有百姓前来国公府门前祭拜，也有人来国公府门前看热闹，看今日有没有达官贵人前来拜祭。

晨光穿透白雾，映着落雪的青砖碧瓦。

一辆镶铜包边的华贵榆木马车，停于国公府门前。

萧容衍侍卫拿过凳子，扶住他下车。

他拎着衣摆抬脚从容走上国公府高阶，解开大氅递与立在一侧的侍卫，在白卿言略显诧异的目光中，恭恭敬敬对着白家二十多个牌位行大礼。

董氏带着孩子们还礼。

英俊儒雅的翩翩公子，身着一身白色直裰越发显得清贵，气度非凡。

他看向白卿言，又从容沉静对董氏长揖到底，眸色温醇深厚："国公爷、世子爷、白府诸位公子，皆是晋国英雄，萧某虽为魏人，亦感佩至深！望世子夫人节哀，国士忠魂自在民心。"

董氏因为一句"国士忠魂自在民心"泪水终于绷不住，又郑重对萧容衍行礼："多谢萧先生宽慰。"

萧容衍还礼直起身后望着白卿言："白大姑娘，节哀。"

她挺直了脊梁，微微福身，半垂眸子，极长的眼睫如扇，看似柔弱的气质之下掩藏着旁人难以窥见的锋芒。

白家管事将萧容衍请至后厅，命人上茶，萧容衍刚端起杯子，就听到当世两位鸿儒崔石岩老先生与关雍崇老先生前来吊唁。

崔石岩老先生和关雍崇老先生与镇国公白威霆乃是至交好友，如今白威霆突逢大丧，两位挚友又如何能不前来悼念祭奠？

两位老人家年事已高，尤其是崔石岩年逾七十。在家仆和关雍崇老先生搀扶下，颤巍巍地抬腿迈过门槛，含泪唤了一声"不渝"已克制不住地哭出声来："不渝……愚兄虚长你七岁，我还未去，你怎能先走啊……"

不渝，乃是祖父白威霆的字。祖父立志，愿——还百姓以太平，建清平于人间，矢志不渝，至死方休。

她用力攥紧拳头，重重叩首致谢，原本压抑在眼眶中的泪水奔涌而出，似有什么直直冲顶到喉咙，堵得她发不出一丝声音。

原本还如同一潭死水的灵堂，因为崔石岩老先生这带着哭腔的痛呼声，哭声起了一片，连同门外的百姓也都跟着哭号出声来。

萧容衍立于廊下，见两位文坛泰斗、当世大儒对白家遗孀行礼，白卿言还的竟是师礼。他的眸子微微眯起，难不成这白家大姑娘竟拜师从两位大儒吗？

关雍崇将白卿言虚扶起来，泛红的眸子望着白卿言直点头，这段日子以来白卿言的所作所为，关雍崇略有耳闻，心中感慨颇多。

那年白卿言四岁，幼稚女童娇小可爱，挚友白威霆牵着幼女之手，去他林间小筑请他教授学文。

他说："女子无才便是德，何以劳神做学问？"

晨光透漏过层幛般密集的树叶，风过沙沙作响。

只见挚友含笑轻抚幼童发顶，徐徐说道："学而明礼、明德、明义、明耻！老夫不求我这孙女儿闻达天下，指望她知礼、知德、知义、知耻，做堂堂正正俯仰无愧于天地之人而已。"

光明磊落，堂堂正正！爱民护民，知礼明德，知耻明义，白卿言做得很好。

崔石岩老先生含泪点头，似安慰又似遗憾道："你祖父没有看错你，你的确长成如他所期望的那般……"

她哽咽难言，福身又是一礼。

"好孩子！照顾好……你祖母和母亲还有妹妹们！"关雍崇声音里的悲伤浓得化不开。

她颔首称是。

两位文坛泰斗前来白家吊唁的消息传出，清贵人家也都渐渐上门祭奠，原本死寂的镇国公府哭声震天，青帷马车络绎不绝。

年迈的定勇侯携全家前来，一声"不渝兄"已是潸然泪下。

白卿言叩首还礼，刚直起身就见春桃拎着裙摆急匆匆从人群挤到她身后，喘着粗气压着极低的声音道："大姑娘！卢平护院传信，纪庭瑜回来了！"

纪庭瑜！

她头皮发紧，一把扣住春桃的手，抬头看了眼还在行礼的定勇侯家眷，趁着众人不备强撑着已经发麻的双腿站起身，险些跌倒。

白锦桐眼疾手快一把扶住了白卿言，不敢惊呼出声，低声问："长姐？"

她紧握着春桃的手："走！"

春桃低着头用力扶好白卿言，悄悄从人群中退了出来。

白锦桐察觉出情况不对，她侧头低声同白锦绣耳语："二姐！劳烦你照顾妹妹们！我去看看长姐！"

白锦绣也担心白卿言的身体撑不住，连连点头，白锦桐忙起身悄悄去追白卿言。

双腿发麻的白卿言踉跄走下台阶，就见卢平面色凝重地迎了上来，他正要与白卿言说什么，看到紧随而来的白锦桐，便规规矩矩地抱拳行礼："大姑娘、三姑娘！"

"人呢？"她心里翻江倒海，声音也不自觉地颤抖，她害怕纪庭瑜带回来的消息是沈青竹出了事，又期盼着纪庭瑜能告诉她南疆战场白家尚有存者。

"后院，是银霜发现的，洪大夫正在给止血。"卢平道。

"走……"白卿言脚下生风，恨不能插翅飞过去。

饶是她心里有所准备，可到了后院听到纪庭瑜咬着木板因为疼痛发出的闷哼声，她还是心惊肉跳。

推开房门，洪大夫正用被火烤过的刀片按在纪庭瑜的断肢上为他止血，纪庭瑜一手扣着桌角，死死咬住木板，一张脸通红，全身的筋脉都暴起，豆大的汗珠不断往下滚落，鲜血止不住地喷涌而出。

"好了！好了！已经好了……"洪大夫将刀片移开，带血的手拿过毛巾擦了擦汗。

皮肉烧焦的味道入鼻，让人心惊胆战。

若不是经历过战场，对这样的画面早已熟悉，别说闺阁女儿家，就算是儿郎怕也忍不住腿软。

白锦桐睁大了眼，不明白纪庭瑜这是干什么去了，竟然……丢了一只胳膊！

"大姑娘！"纪庭瑜双眸猩红，他全身已被鲜血湿透，没来得及换下的衣衫褴褛，他单膝跪地似因为缺了条胳膊身形不稳，哽咽道，"沈姑娘带我和魏高一路快马疾驰南疆，路上遇到三公子身边亲卫岳知周，岳将军嘱托我将三册行军记录竹简送回，可……庭瑜有负所托，一路狼狈躲藏艰难回来，却只保住一册！请大姑娘责罚！"

语罢，纪庭瑜忙解开身后被血浸透的包袱，里面紧紧裹着一册竹简。

她双眸涨红，扶起纪庭瑜认真道："你活着就好！"

白锦桐这才恍然，原来长姐早已经派人往南疆去了吗？！

白锦桐上前接过纪庭瑜手中竹简，展开一边看一边念："宣嘉十五年腊月十二，疾勇将军白卿明灭大凉小股骑兵，带一千兵力回营驰援。营地已为平地，疾勇将军救残兵四人……残兵称一日前，信王见东燕五万大军前来，弃营带三千人夹尾而逃。守营疾风将军白卿瑜派五百兵士疏散后方百姓，率一千五百将士应战，疾风将军身死，尸身被焚。"

"宣嘉十五年腊月十三，疾勇将军死守丰县，东燕大军攻城。疾勇将军白卿明称数百万生民在后方，白家军背水一战，不战至最后一人，誓死不退！"

白锦桐看了眼面色铁青扶着纪庭瑜的白卿言，红着眼，接着道："为乱大晋军心，东燕大凉联军主帅云破行挂副帅白岐山尸身于车前！斩白家十七子头颅……"

看到后面的文字，白锦桐目眦欲裂，眼泪决堤，一股血气冲上头顶，脸色骤然煞白，胸口如同被一剑贯穿喘不上气来，杀气震天。

白卿言夺过竹简，死死咬着牙细看竹简所书，字迹潦草……

"为乱大晋军心，大凉东燕联军主帅云破行挂副帅白岐山尸身于车前，斩白家十七子头颅，剖腹辱尸，白家十七子腹内无粮尽是树根泥土，云破行大惊！白家军杀心激发，奋勇杀敌！十岁小儿血性，吾羞愧难当，已至此时吾虽文人也敢扔笔执剑！马革裹尸……去也！"

心口如同被千万支锥子狠狠地穿透，一股子腥甜从胸口奔涌到喉咙，尖锐要命的疼痛让她全身颤抖，险些跌倒在地。

"大姑娘！"春桃忙扶住白卿言，眼泪吧嗒吧嗒地往下掉。

哪怕是已经看到了小十七的惨状，可她没有想到……小十七死的时候，竟是这般凄惨！她闭了闭充血的眼，牙齿死命咬住舌尖让自己清醒过来，此时绝不能沉溺在这无尽的哀痛中，白家的伤、白家的惨烈，得让天下看！她要将信王这皇帝嫡子的脸皮撕给天下人看！她要借民怨民愤逼得那高高在上的皇帝……不得不杀信王！白家的仇，她白卿言以命相报！

此时，随着崔石岩和关雍崇老先生来祭拜之后，大都城内的权贵已纷纷前来，时机正好。

她睁开猩红的眼，灼灼双目凝视满身凄惨的纪庭瑜："纪庭瑜，我有一事要你做！你……身体可撑得住？"

"大姑娘吩咐！纪庭瑜万死不辞！"纪庭瑜咬紧了齿关。

"春桃，去我房中取吴哲送回来的五册竹简！"

"是！"春桃出门一路疾步快跑。

她见春桃出门，咬着牙郑重交代纪庭瑜："我要你带着六册竹简从我国公府正门入！就在灵堂……以这满身的凄惨将竹简奉上！"

"你是年前替我去南疆为祖父、父亲、叔父和弟弟们送冬衣的！崇峦岭遇到被杀手追杀的白家军猛虎营营长方炎，随你去南疆的护院全数丧命才救下方炎将军，方炎将军说刘焕章叛变，与东燕还有信王勾结，信王为夺军功强逼祖父出战，害死数十万将士。前线溃败疾风将军白卿瑜一边舍命抵挡，一边疏散百姓，信王弃百姓于不顾，强行带走大半兵力护他夹尾奔逃！你一路被追杀躲躲藏藏拼死护着这六册竹简回来，只求苍天还我白家英灵公道！"

白卿言条理清晰，话里九分真一分假，已然将这六册竹简的来源安排得明明白白。只有他信王会用流言这把剑吗？不管这些话是不是事实，当满大都城的百姓看到半死不活的纪庭瑜，听到他拼死送回来的消息，还能以为有假？即便是有一天朝廷放出所谓真相，百姓也会以为是朝廷为替信王遮掩一二的无耻谎言。信王敢对白家出手，她便要断了信王的登顶之路，甚至……要了他的命！

纪庭瑜明白白卿言要做什么，用力点头："大姑娘放心，庭瑜明白！"

见白卿言直起身，满身的杀伐气息，纪庭瑜又道："大姑娘，岳知周将军还带了一句话……七少、九少带兵奇袭大凉都城未归，或可保白家一脉！沈姑娘和魏高已经快马去了！大姑娘……万望珍重！切不可行鱼死网破之计。"

"长姐！"白锦桐喜极而泣，"长姐当真没说错！没有见到尸身是好事！说不定还都活着！"

她没想到昨夜安慰妹妹之语，今日竟恍然成真。七郎和九郎……她只觉一股暖流从脚底蹿上头顶，有明光驱散眼中寒峭，竟让她不可闻地哭了出来，汹涌澎湃的恨意因为这句话陡然添了几分平和。一悲一喜，让她头皮都跟着发麻，一时间百感交集！这算不算她总算赶上，能让沈青竹去救下两个……算不算没有白白回来，至少从阎王爷的手中，抢回两个？不，在没有见到两个弟弟之前，什么都言之过早。望苍天可怜白家，让沈青竹千万救下他们！

她突然打起精神来，心底虽极喜，依旧沉着吩咐道："平叔！你立刻在白家死士中挑选精锐奔赴大凉，不计任何代价，务必……确保白家七郎和九郎安全无恙！"

卢平颔首："是！"

她心突突直跳，南疆她必须得亲自去一趟，接应阿玦和阿云平安归来也好，经营军队里白家的枝蔓也罢，她都得亲自去一趟，已然迫不及待。

白锦桐扶着白卿言从那满是焦肉味的房间出来，在这朗朗艳阳之下她眼睛酸胀得竟睁不开来。

明明隆冬暖阳，却风声鹤唳，枯叶萧萧。

"长姐……"白锦桐用力握紧白卿言的手，死死咬牙，"纪庭瑜将六册竹简送于灵前，我来读！让这大都城的百姓都知道我白家前线的惨烈！知道那寡廉鲜耻的信王的嘴脸！省得……这六册行军记录被送到御前，皇帝为维护信王不公布！"

"不止要念……"她睁开眼，将满目的悲戚之色深敛。

她望着这满院子的白绢素缟在风中翻飞，身上的杀气令人窒息得胆寒："我要带着这竹简去宫门前，去敲登闻鼓！将竹简所书的内容大白于天下！让信王之流无所遁形！要用这民情、民愤、民怨来逼皇帝还白家一个公道！"

女子清平的嗓音，掷地有声。

白锦桐心中怒火与悲切沸腾，坚定道："我陪长姐一起去敲登闻鼓！"

她垂眸凝视长廊内光可鉴人的青砖板，怅然开口："你去长寿院请祖母，就说……崔石岩老先生同关雍崇老先生来了！也让祖母来亲耳听一听，她想守想护的皇家都出了什么样的畜牲。"也让她们的祖母来听听，这畜牲又是怎么害死了她的丈夫、儿子和孙子！

望着白卿言步伐坚实迈向前院的背影，白锦桐紧紧攥了攥拳头，将自己的泪和痛吞下，转身去了长寿院。长姐既然没有说将七哥和九弟的事情告知祖母，那她便也不言。祖母同长姐之间微妙的嫌隙和防备，白锦桐一向敏锐怎么会没有察觉？只不过祖母是当朝大长公主，总有她的难处，白锦桐能够谅解，可看了这行军记录看了信王这龌龊小人的所作所为……

白锦桐死死攥着拳头，对祖母的感情她是既敬重又仰慕，虽说可以毫不皱眉地为祖母舍命，可倘若祖母还是执意护着皇室诸人，那她也只能让祖母伤心了。

前院灵堂。

白锦绣看着面色苍白地回来跪在她身侧的白卿言，低声问："长姐若是身体不适不必强撑。"

她摇了摇头，抬眼便看到雕刻着齐王府图腾的精致马车悠悠地停在了国公府门前，她藏在袖中的手收紧，隐约有些发颤。

梦中之时，白家大丧，虽然她病重也知道齐王不曾来过，难道是……萧容衍？

来得正好！

她生怕事情闹得不够大，知道的人不够多！

眉清目秀的内侍，扶着齐王踩凳而下，迈过国公府铜包边的门槛，刚准备郑重对设立在门口的灵堂行礼，突然不知从哪窜出来的快马直冲国公府高阶，浑身带血的纪庭瑜快马而来从马上跌了下来……

"保护殿下！"齐王府护卫齐齐拔刀，护在脸色煞白的齐王身前，疾步向后退。

嘶鸣的马儿被惊得马蹄腾空，还是卢平眼疾手快地冲过去，一把扯住缰绳将浑身是血的马儿制住。

门口的百姓被吓得发出惊呼声，连连向后躲，目不转睛地盯着刚从马背跌落下来全身带血趴在地上似乎已经不会喘气的男人。

"是纪庭瑜！世子夫人、大姑娘！是我们府上的纪庭瑜！"手中死死扯着缰绳的卢平抬头喊道。

扶着大长公主从长廊而来的白锦桐听到卢平的喊声，喉头发紧，忙道："祖母我去看看！"

大长公主颔首："快去！"

白锦桐松开扶着大长公主的手，撒腿朝前院跑去。

跪在灵前的白卿言起身拨开挡住路的齐王府侍卫，疾步冲了过去，惊愕地睁大了眼……刚才，纪庭瑜明明没有伤得这么重！他的胳膊明明已经被洪大夫止住血了，怎么又……她心中了然，为了给白家求一个公道，纪庭瑜这是要拿命搏！这到底是怎么样的朝廷？竟逼得白家这样钟鸣鼎食的簪缨之家，求一个公道还要让忠仆舍命？

"纪庭瑜？"她蹲跪下身扶住纪庭瑜，看着纪庭瑜本就断了的胳膊又短了一截，辛辣无比的酸胀袭击了她的眼眶。

纪庭瑜大概是为了把戏做得真一些，又砍了一截手臂！

纪庭瑜从马上摔下来的那一下，摔得不轻，他解开身上被血染红的包袱递给白卿言，用力握住白卿言的手示意她安心。

纪庭瑜额头青筋暴起："大姑娘……属下奉命替您去南疆为国公爷他们送冬衣，在崇峦岭遇到杀手追杀猛虎营营长方炎！我等拼死救下方炎将军……"

"方炎将军说刘焕章叛变与东燕还有信王勾结，信王为夺军功强逼国公爷出战，害死数十万将士。前线溃败疾风将军白卿瑜一边舍命抵挡，一边疏散百姓，信王弃百姓于不顾，强行带走大半兵力护他夹尾奔逃！方炎将军托我等将这六册行军记录的竹简送回来！我们一路躲躲藏藏……全数兄弟尽死才护得这六册竹简回来！只求……苍天还国公爷、白家满门公道！"

齐王听闻此事，满脸惊骇，行军记录竹简送回大都呈上御前这是常理，怎么还会有人沿路追杀？

萧容衍垂眸喝茶不动声色，倒是被请进后堂休息喝茶的清贵齐齐起身前往正门口，好奇心作祟，欲第一时间清楚知道这白家男儿到底是怎么尽亡的！

白锦桐看着被纪庭瑜鲜血浸湿的地板，颤抖着伸出手拿过包裹着竹简的包袱，虽说她心里清楚纪庭瑜只有伤得惨烈，才能显得更真。

可真当纪庭瑜为白家对自己下了这般狠手，白锦桐心里还是犹如翻江倒海般难受，白家的公道，苍天和晋廷不愿清清明明地给，只能用这些自损八百的手段来求！

白锦桐当着众人的面拆开包袱，颤抖着拿出一册竹简展开。

世子夫人董氏、二夫人刘氏两位丈夫儿子都没有回来的妇人也挤开护卫上前，抓起竹简细细浏览，意图在这行军记录之上找到自己丈夫儿子还活着的蛛丝马迹。

白卿言用力扎紧了捆着纪庭瑜断臂的绳子，厉声喊道："平叔！带纪庭瑜去请洪大夫救治！快！"

齐王推开身前拦着的护卫，上前两步，恭敬长揖到底道："既有行军记录在，世子夫人可否交于本王，现在就带这几册竹简面见父皇！"

齐王虽无大才，可是心里也清楚以镇国公白威霆的能耐，绝不可能如同昨天信王在皇宫里哭诉的那般刚愎用军不听信王劝阻，强行出兵！贪功逼迫镇国公出战，兵败弃百姓于不顾，就这两条足以阻断信王登顶之路！

齐王心跳的速度极快，储位向来是有嫡立嫡，无嫡立长，信王为嫡，他为长！虽说他自知没有文治武功之大能，却也不想让这江山落于信王那种心胸狭隘、只知享乐之徒的手中！既然想要那至高之位，他便不能不为自己谋划争取。

董氏看着手中的竹简，血气直冲头顶，脑中麻木空白，齐王话音已然听不见，她目眦欲裂，泪如泉涌，满腔的怒火几乎要将她整个人烧成灰烬。

二夫人刘氏跪在地上，翻看完一册竹简，没有找到自家丈夫儿子的信息，又撕心裂肺哭着换了另一册。

白锦桐手握竹简，紧咬着牙关，克制着心中翻涌的滔天情绪，力求口齿清晰，念道："宣嘉十五年腊月初二，斥候来报，大凉二十五万主力埋伏于川岭山地，困白岐英驰援四万兵甲于其中。信王督促元帅白威霆率全军主力奔赴川岭山地，与白岐英里应外合歼灭大凉主力。元帅疑有诈，信王奉天子命督战，强命白威霆出战，抗命则斩白威霆九族。"

百姓见白锦桐当众读行军记录，纷纷凑上前，仰头望着立在国公府门内的白锦桐，心中惊骇。

原来竟然是信王强命镇国公府出战！

"宣嘉十五年腊月初十，副帅白岐山被困凤城五日粮绝，东燕大军活捉白家五子阵前脱衣剜肉羞辱，欲逼白岐山投降，副帅决意为护凤城百姓撤退与东燕铁骑死战拖延时间，含泪举箭射杀白家五子。副帅白岐山言，家中独子、有高龄父母者退后一步，未成家留后者后退一步，余下……敢为我大晋百姓而死者，随我出战迎敌！白家十七子，年十，执剑上前，称敢舍血肉随父上阵为大晋百姓死战，绝不苟活！白家军深受十岁小儿所感，纷纷拔剑三呼，宁死战，不苟活。"

白锦稚更血气直冲头顶，疾步上前随手抓了一册竹简展开，气息不稳念道："宣嘉十五年腊月十二，疾勇将军白卿明灭大凉小股骑兵，带一千兵力回营驰援。营地已为平地，疾勇将军救残兵十人……残兵称一日前，信王见东燕五万大军前来，弃营带三千兵力退逃。守营疾风将军白卿瑜派五百兵士疏散后方百姓，率一千五百将士应战，疾风将军身死，尸身被焚。"

"原来是信王！信王太不要脸！竟然带着三千人夹尾逃了！"

"他娘的！就这……信王还好意思说国公爷刚愎用军！明明就是他逼着出战的！"

"太不要脸了！可怜镇国公府满门男儿，竟然就这样被葬送了！"

百姓哭喊叫骂着，顾不上信王乃是天潢贵胄，乃是皇帝嫡子，悲痛欲绝又怒火中烧，恨不能活活撕了信王。

"宣嘉十五年腊月十三，疾勇将军死守丰县，东燕大军攻城。疾勇将军白卿明称数百万生民在后方，白家军背水一战，不战至最后一人，誓死不退！为乱大晋军心……"白锦稚读到这里，声音突然戛然而止。

她握着竹简的手咯咯直响，怒火和悲痛撕心裂肺几欲化作喷薄而出的哭吼，胸腔内灭顶的恨熊熊燃烧，椎心泣血，死死咬着牙，一字一句："云破行阵前斩白家十七子头颅，剖腹辱尸，白家十七子腹内尽是树根泥土……"

镇国公府门内门外，一片寂然。

四夫人王氏听到儿子惨死的状况，整个人呆若木鸡，所有情绪凝滞后，喷薄爆发，她死死揪住自己的衣领，望着儿子的棺木歇斯底里地惨叫了一声，迎头朝棺木撞了过去。

"护住四夫人！"董氏睁大了眼喊道。

萧容衍身边护卫动作极快，竟在四夫人王氏头堪堪离棺木一寸之距，把人给拉住了。

白卿言只觉全身汗毛都竖了起来，心头如被浇了一勺热油，直到见四婶被萧容衍的护卫护住，紧紧攥在袖中的手才缓缓松开。

董氏冲过去一把抱住四夫人，哽咽道："四弟妹！你切不可做傻事啊！"

"这天杀的信王！没心肝的狗东西！他凭什么这么对白家！凭什么这样对我的儿子！老天爷啊……你不长眼啊！怎么没让信王那个狗东西死在战场上！怎么不让他死！"

柔弱的四夫人，丈夫、儿子皆死，已无所畏惧，管他皇室贵胄，管他圣上嫡子，她已经抱了必死的决心，难不成还不能痛快咒骂一次吗？

"母亲！"

"母亲！"

五姑娘和六姑娘扑过去跪着，抱住四夫人的腿哭着。

"母亲,女儿已经没有了祖父和父亲!不能再没有母亲啊!"六姑娘白锦华哽咽难言。

五姑娘白锦昭哭道:"我和妹妹虽然不是母亲亲生的,可我们自幼是母亲养大的,母亲就是我们的亲娘……您要是随爹爹弟弟去了!我和妹妹该怎么办?!"

四夫人王氏低头看着抱着自己腿的一对孪生庶女,心头一软,整个人瘫软下来,抱着两个庶女失声痛哭。

那日信王扶灵回城,给国公爷和白府小公子用的是薄如纸张的棺材,那白家十七子出征时还没有马高,为国战死,那黑心肝的信王竟然都不曾让人将小公子的头颅缝合,存着折辱之心就那么带回来,简直是丧尽天良!十岁孩子尚且为国血战,死得那样凄惨,无粮可食,腹里尽是泥土树根!这大晋国自有白家镇守之后,敌国不敢来犯,丰衣足食,谁家娃娃挨过饿?就是那街边乞儿怕都不曾吃过泥土树根!他信王一个皇子,一个马大人高的汉子,竟然狠毒至此,懦弱至此!还将一应过错全部推到为国捐躯的忠烈身上!此人不仅无耻狠毒,懦弱自私,还是个寡廉鲜耻之徒。

白卿言咬紧了牙关,痛过哭过也疯魔过,再听这行军记录,她以为自己心中已痛到麻木,可胸腔里还是犹如被人陡然浇了一碗热油,仇恨剧烈燃烧了起来。

她含泪从母亲、二婶、白锦桐、白锦稚手中拿过竹简,抱于怀中,在白家灵堂前郑重跪下叩首。

再抬头,那双眼灼灼如烈火,周身的凌厉杀气宛如尸山血海中归来的罗刹:"祖父、父亲、叔父弟弟被奸佞无耻之徒迫害屈死,我白卿言今日在白家忠魂灵前起誓,誓为白家亡魂争一个公道,不使刘焕章、信王之流偿命,不得青天明鉴,誓死不休!"

说罢,白卿言利落起身,挺直了脊梁踏出镇国公府正门。

萧容衍幽邃黑沉的视线望向白卿言坚忍的背影,眯了眯眼……白家大姑娘依旧还是那个骑烈马斩敌军的血性女子。要信王偿命这样的话,除了白家大姑娘,满大都城怕是找不出第二个敢说的了。

"白大姑娘,这是要带行军记录去哪儿?"齐王颇为心急。

立于镇国公府牌匾之下,孝衣衣角翻飞的白卿言转过头来,她咬着牙说:"去宫门前,去敲登闻鼓!去为白家鸣冤!为我屈死的祖父、父亲、叔父和弟弟们讨一个公道!"

齐王睁大了眼,明白过来,白大姑娘……这是要去逼他的父皇!

"长姐!我与你同去!"涕泪横流的白锦桐紧攥着衣摆,抬脚跨出门槛,表情坚定。

双眸猩红的白锦绣咬牙站起身："我也同去！"

"我也去！"

白锦稚的话音刚落，就听大长公主如洪钟般的声音从身后传来……

"阿宝你站住！"

她闻言，死死抱住怀里的竹简，手指瞬间变得冰凉，身形亦跟着僵硬。

人可以因为血脉亲情变得无坚不摧，也会因为血脉亲情变得无比懦弱，铁心铁骨亦会被冲击得溃不成军。可如今，在这白家二十多口棺材前，她不会为了祖母退。就算是祖母想要阻止她，也已经无力回天了！在这光天化日之下，在这大都城百姓众目睽睽之间，难不成她的祖母——林氏皇家的大长公主，还能将她关回后院？

她还是失望，心痛还是止不住，她的祖母大长公主在听到这竹简所书，知道她的丈夫、儿子、孙子如何惨死，知道她的孙子小十七是如何被斩首剖尸，竟还要维护那林家皇权……

她转过头来，似被血染红又深沉如渊的眸子看向大长公主，声音变得很轻："祖母要阻我？"

看到亲自教养的大孙女眼底的失望和戒备，看到三孙女全身紧绷怒意蓄势待发，大长公主到了喉咙口的话，一时竟没有能说出来。

可她到底是大长公主，虽已风烛残年，通身不怒自威的庄重威仪竟是随着年岁增长愈发厚重，哪怕容颜憔悴，鬓边银丝依旧梳得一丝不苟，将脊背挺得极直。

大长公主哭过的双眼通红，她紧握着虎头拐杖，在蒋嬷嬷的搀扶之下终于还是朝白卿言的方向走来，与白卿言对视，一向温和的嗓音染着一层沙哑："白家大仇，哪有让你一个闺阁女儿家冲在前头的道理！老身是这镇国公府的镇国公夫人！老身还没死！我自己的丈夫！我自己的儿子、孙子！我就是舍了这身血肉之躯，也要为他们讨一个公道！"

出乎白卿言意料，又完完全全在情理之中。她双眼越发通红，心慢慢软了下来，相比起她们失去父亲和兄弟，真正的可怜人，其实是她的祖母大长公主，一夕之间丈夫、儿子、孙子，全都葬身南疆，偏偏行恶者是她的母族。都说，自古人生有三痛，少年丧父、中年丧夫、老年失子。

不过都是可怜人罢了。

她主动向前迎了两步扶住大长公主，哽咽："祖母……我们与祖母同去！"

大长公主用力握住白卿言的手，转头，沉凝的目光望向几个儿媳，目光极为平静，道:"老大媳妇,府里交于你和老二媳妇、老三媳妇!照顾好老四媳妇儿和老五媳妇儿!守好白家!"

董氏忍住心中悲痛,朝大长公主的方向福身行礼:"母亲放心,府里有我等,必不会乱!"

皇帝亲姑母、当朝大长公主,携孙女儿,在百姓跟随之下,徒步前往宫门前。

"走!我们也去!同大长公主一起去告御状!为英雄讨公道!"

"走!一起去!"

百姓群情激愤。

大长公主一手握住乌木拐杖,一手死死攥着白卿言的手向前,步子走得极为坚定,声音如从钟鼎里传来一般:"阿宝,逼杀信王此事,你太沉不住气,太迫不及待,太操之过急!你可知你这是在逼着陛下杀他唯一的嫡子?你就不怕这民情、民怨,杀了信王的同时也会成为刺入你心口的一把利刃?说到底,阿宝你还是不信我这个祖母,对否?"

她紧紧握着祖母颤抖着已经枯槁的手,说:"大都城内,百余民众随我同行,行军记录竹简已然公布于众,大晋皇帝若不怕百姓的悠悠众口,若不怕尽失民心,尽管拿了我这颗头颅去!我曾为晋国征战,身受重伤不可生育!我的祖父、父亲、叔父和弟弟都身死南疆,昭昭日月朗朗乾坤之下我赌皇帝不敢杀我……"

"阿宝身为白家女,若无壮士断腕的勇气和意志,提什么报仇?"

大长公主脚下步子一顿,闭了闭眼复又抬脚,喉头微颤:"阿宝,你什么时候才能懂活着的人才是最重要的?祖母……不能再失去你们任何一个人了!"

大长公主的声音里尽显老态,纵深的褶皱之中褐色的斑痕清晰可见,话音里尽显对她的失望和担忧。

宫门外的侍卫远远看到积雪堆至两旁的道路上,突然有人成群结队朝宫门方向走来。声势浩大,引人注目。守门侍卫全身戒备,已有侍卫奔回营房告知守门统领,等守门统领匆匆穿好衣衫从营房出来时,大长公主已然携身穿孝衣的白大姑娘、白二姑娘、白三姑娘、白四姑娘以及一众百姓到了武德门前。

守门统领上前对大长公主行礼,直起身后问:"末将参见大长公主,不知大长公主何以……"

谁知,守门统领话还没说完,白家三姑娘便取下鼓槌,奋力敲鼓。数百年来静置在宫门外，无人问津已然生锈的登闻鼓声响，惊得宫内鸟雀齐飞。

大长公主扶着虎头拐杖颤颤巍巍在宫门外跪了下来，守门统领吓得也跟着跪了下来。

只见白家姑娘连同白家忠仆，还有百姓纷纷跟在大长公主身后跪了下来，如浪潮一般声势浩大，让人猝不及防。

此时，正歪在软榻上喝茶看着娇柔美人儿弹琵琶的皇帝，隐隐听到有鼓声眉头一紧，喊了一声："高德茂……"

皇帝身边最得脸的大太监高德茂忙匆匆进来，跪地："陛下……"

"哪儿来的鼓声？！听个曲儿都不得安生！"皇帝颇为不悦。

"回陛下，老奴听着像是前面传来的，已经派了小太监前去查看了。"高德茂道。

武德门外。

白锦绣跪于大长公主身侧，拿着竹简唇齿清楚、一字一句含泪地念……

白锦绣字正腔圆，虽带着哭腔，可吐字极快极为清晰，让在场的人听得一清二楚。

六册竹简，分明只是行军记录之事，可随着白锦绣抑扬顿挫连番念下来，竟让人仿若置身于那杀声震天、刀光剑影、鲜血四溅、你死我活的战场，将事情完完整整呈现于百姓面前。

已经叛国的刘焕章，假传消息称粮草刚运至凤城，就被东燕骑兵突袭，五万铁骑围城！粮草辎重被困城中，不等镇国公发号施令，信王狂妄自大命镇国公白威霆二子车骑将军白岐英率四万精锐信州驰援。

镇国公行军多年经验丰富，猜测其中有诈，可信王却拿出皇帝御赐的金牌令箭逼迫，镇国公万般无奈只能同意。后斥候来报，大凉二十五万主力埋伏于川岭山地，困白岐英驰援四万兵甲于中。

信王眼见中计，内心惶惶不安，强令白威霆率全军主力奔赴川岭山地，与白岐英里应外合歼灭大凉主力。白威霆疑有诈，但信王奉天子命督战，强命白威霆出战，称说白威霆若是不从命便禀告圣上，说白威霆见金牌令箭不从抗旨足以灭九族。

镇国公白威霆，只能冒风险部署，命骠骑将军白岐景率两万大军绕过丰县突袭大凉军营，副帅白岐山率五千精兵驰援凤城。白卿明、白卿琦率一万白家军精兵驻扎灵谷要道以便策应各方。白威霆亲带五万大军赶至川岭山地，命副将刘焕章率主力十八万兵士隐蔽黑熊山伺机突袭川岭山地。

一如白威霆所料，他带五万大军入川岭山地中计，白岐英所带四万精兵竟尽数被灭，大凉四十五万大军整军以待镇国公，镇国公只能寄希望于副将刘焕章，带军拼死搏杀。

腊月初六，晋国大军苦战三日，五万大军几乎消耗殆尽终不见副将刘焕章驰援。大凉主帅请见镇国公白威霆，称刘焕章为权位已背叛镇国公白威霆，悉数将元帅布兵排阵告知大凉与东燕，大凉倾全国之力派出七十万大军，东燕亦是举国出四十万精锐，此次势要全灭白家军与白家人，打断大晋国脊梁。

大凉主帅还告知镇国公，刘焕章假借镇国公白威霆之名诱骗白家诸子，诱捕五人。如今带兵遁走以镇国公叛国为名，掉头直攻凤城，原本还在拼死挣扎的晋国大军，听到这个消息立时军心溃散，如同羊群被狼群围住般再无力反抗。

元帅白威霆身中数箭，死前命猛虎营白卿辉、白卿阳带军情记录面见信王，禀告信王防刘焕章叛变！号令全军上下不惜代价为二人拼出血路。

而奉命奔赴凤城的副帅镇国公世子白岐山，在马不停蹄赶达凤城之时，发现凤城安然无恙。粮草府谷官称粮草并未到凤城，副将刘焕章曾停留凤城，称粮草已直入前线军营让粮草府谷官不必忧心。世子白岐山知刘焕章叛变，掉头欲驰援川岭山地。谁知刘焕章竟率十八万兵士于骆峰峡谷道半路伏击，兵力悬殊……副帅白岐山携一万兵甲无力招架，身负重伤，带一千残兵退回凤城。

副帅白岐山被困凤城五日，粮绝。刘焕章活捉白家五子阵前脱衣剜肉羞辱，欲逼副帅白岐山投降，白岐山决意为护凤城百姓撤退与刘焕章死战拖延时间，含泪举箭射杀白家五子。

副帅白岐山出战前，曾让家中独子有高龄父母者退后一步，未成家留后者后退一步，余下敢为大晋百姓而死者，随他出战迎敌！

白家年仅十岁的十七子，执剑上前，称敢舍血肉随父上阵为大晋百姓死战，绝不苟活！白家军纷纷拔剑欲死战护民，三呼"宁死战，不苟活"。

而信王在东燕五万大军突袭大营之时，更是带走了三千兵士夹尾而逃，徒留两千白家军愿同疾风将军白卿瑜为民死战，为疏散后方百姓拖延时间。白卿瑜派五百将士疏散百姓，带一千五百兵士饮壮行酒，称虽生不同时，今日为大晋万民同袍而战，便皆是血亲兄弟，一酒饮尽，来生再会！后疾风将军白卿瑜同一千五百兵士同死，尸身被焚。

疾勇将军白卿明死守丰县，大凉东燕联军攻城。疾勇将军白卿明称数百万生民在后，白家军背水一战，不战至最后一人，誓死不退！为乱大晋军心，大凉东燕联军主帅云破行阵前斩白家十七子头颅，剖腹辱尸，白家十七子腹内尽是树根泥土，云破行大惊！白家军杀心激发，奋勇杀敌！

就连记录行军记录的随行史官，都在最后一笔写下这样的言辞……

"十岁小儿血性，吾羞愧难当，已至此时吾虽文人也敢扔笔执剑！马革裹尸……去也！"

六册竹简读完，武德门前，白家诸人、大都百姓早已经泪流满面。

白卿言双手举起行军随行记录染血的六册竹简，高声喊道："南疆粮草未见，副将刘焕章叛国！信王贪功逼迫镇国公白威霆出战，致数万将士命丧南疆，却将罪责推于镇国公称镇国公刚愎用军。求陛下还英灵以公道，还忠骨以清白！捉拿刘焕章、杀信王，正国法，安民心！"

守门统领听完后亦是义愤填膺，热泪盈眶，他回头看了眼，好意示意大长公主："大长公主，这登闻鼓敲一下三十杖！还是先让三姑娘停了吧！"

"敲！"白卿言双眸如炬站起身，"这一下三十杖，我来挨！今天就是死在这武德门外，也必要这铮铮鼓声直达天听！"

她以承受军棍之姿态单膝跪于最前方，死死盯住眼前宏伟慑人的武德门。

这些年来，登闻鼓立在这里形同虚设，更像一种象征，从无人敢上前击鼓。行刑官手持大棍，死死握着这长棍，心中情绪澎湃翻涌，听完白家男儿如何身死，这棍……他如何能打下去？眼前柔弱清艳的女子，这可是白家遗孤啊！这让他着实是下不了手。可下不了手也要下，手腕儿上留着点儿分寸也就是了。

"白大姑娘，规矩在前我不得不动手，还请您海涵！"

那廷杖高举，克制着力道落下……闷棍带风直击，白卿言双拳紧握，整个人险些栽倒在地，她死咬牙龈只觉胸腔内泛起腥甜。

"我来挨！我身强体壮！我来！"白锦稚上前拦住那长棍，与白卿言跪于一排，对刑官道，"我长姐那年诛杀贼寇伤了身，身体本来就不好，我来！"

"我敲的鼓！自然是我来受罚！"白锦桐用力击鼓，手下不停。

"我们姐妹一起挨！"白锦绣亦是跪在白卿言一旁，"军棍我们都挨过不少，还怕这小小廷杖？"

跪在人群中一泪流满面的汉子站起身，越众而出，跪下道："我来替白家姑娘挨这廷杖！白家众男子为国死战而亡，难道白家遗孀也要为了讨一个公道而亡吗？白家忠义……陛下定要还白家公道啊！"

"我来！信王奸诈之徒勾结叛国贼刘焕章贪功透过不说，还折辱为大晋捐躯之英雄遗体！白家男子敢为国为民马革裹尸，我亦敢为白家公道舍生取义！"

白面书生已是起身："说得好！好一个舍生取义！在下乃一介书生，都说百无一用是书生，今日在下便舍了这无用的身躯，只求英灵忠魂能得公道！"

书生这话激起了民众情绪，连妇孺都忍不住哭出声来，尤其有孩子的妇人，一想到白家十七郎那十岁孩童的结局，想到险些撞棺而亡的四夫人，竟也起身称要替白家挨棍。

百姓群情激愤，受那起头几人一身侠义感染，纷纷响应。

白锦稚回头看着为他们白家出头的百姓，心口似有滔天骇浪翻涌，眼泪大滴大滴往下掉，喉头哽塞得连一个谢字都说不出来。她陡然想起，初一那日长姐在清辉院教训她的话……

——我们朝堂无人本就举步维艰，若再无民心拥护，那就是万劫不复！这便是操纵此事的背后之人要看到的我白家的结局！

原来，这就是长姐要的民心！原来民心所向竟是如此强大。

她心底热血澎湃，指节慢慢收拢，如醍醐灌顶……难怪曾经寡言少语的长姐，要不厌其烦地在人前力数白家功绩，表达白家爱国爱民之心。

以前白家做得多，说得少，民众便认为理所应当。

如今，长姐将白家为大晋国、为大晋国百姓所做的事说出来，民众便感激涕零。

俗语说，会哭的孩子有奶吃，这话果真不假。

"我也来，我身强体壮，不论白家三姑娘敲了多少下，我都来挨这军棍！"

越来越多的人情绪激愤愿替白家三姑娘领受廷杖，连七八岁的小童也站起身道："白家护万民，万民亦能护白家，我虽年幼却也读圣贤书，我也愿意替白家姐姐挨棍！"

刑官见状越发不敢动手，内心震撼无比，他从未见过百姓如此维护一个家族，被这气势汹汹要求替白家三姑娘领廷杖的百姓，震得立在一旁手足无措，转身吩咐跟在身后的侍卫："快去向上峰禀报，看如何处置。"

躲在武德门内探听消息的小太监见此情况，一路飞奔至皇帝大殿，连爬带跑到大殿门口，急忙对高德茂道："高公公，镇国公府大长公主带着白家几个姑娘在武德门外敲登闻鼓，要求陛下捉拿刘焕章，杀信王，以正国法！百姓全都在外面嚷嚷着要替敲鼓的白家三姑娘挨廷杖。"

饶是高德茂这样在皇帝身边经历过大风大浪的人物听到这话都被吓了一跳，信王……那可是皇帝和皇后的嫡子,这大长公主疯魔了不成,竟然敢要求皇帝杀嫡子!

历来皇子有罪除非是谋逆,否则最严重的也不过是圈禁,白家大约是男子尽死已经疯了便不管不顾起来。

"高公公!"小太监用衣袖擦了擦汗,"您要不要告诉陛下?"

高德茂甩了一下拂尘,冷笑道:"这样触霉头的事情,自有人来报,我上赶着做什么?昨日陛下刚给了信王一脚,今日白家就来找麻烦,最近你们当差都小心着点儿自己个儿的脑袋,别被牵连了。"

高德茂话音一落,果然守城统领便来禀报此事。

皇帝听完直接砸了手中青花绘缠枝红梅的瓷茶盅,气得坐不住来回走动,淡黄的茶水顷刻将细绒地毯弄得一片狼藉。

"放肆!他白家放肆!"

大殿内宫女太监跪了一地,屏息不敢言语。

天子一怒,伏尸百万!谁敢在皇帝怒头上说话,难道不怕被连累?就连在皇帝面前极有脸面的高德茂都鹌鹑似的以首叩地,恨不得将自己缩成一团让皇帝看不见。

"微臣派人查清楚才敢来向陛下禀报,听说是今天灵堂之前,白家奉命去送冬衣的下人拼了命浑身是血将那六册竹简送回来,竹简被白家姑娘当众念出,百姓情绪激愤都跟着一起来跪在宫门外,为白家求公道!"

怒火中烧的皇帝险些站不住,镇国公府当众念一遍,宫门口又念一遍,生怕百姓记不住啊!竟然是一点儿余地不留!白家可真是胆大包天!

皇帝单手撑住沉香木桌角,咬了咬牙,转身吩咐道:"高德茂你去!亲自把大长公主先给我请进来!"

到底是自己的亲姑母,先稳住大长公主,白家的那些孩子都好说。

打定主意的皇帝看着被茶水沾湿的衣角,又发火:"还不给朕更衣!"

武德门外,与大长公主同跪于宫门前的白卿言见皇帝身边的大太监高德茂一路小跑过来。

高德茂小跑过来行了礼,跪在大长公主身边道:"大长公主,陛下让老奴来请大长公主……"

见皇帝身边的大太监已经出来,白锦桐这才将鼓槌放了回去,跪于白卿言身旁。

大长公主用力捏了捏白卿言的手,拄着拐杖站起身理了理自己的衣摆。

"大姑娘……"高德茂笑盈盈地对白卿言道,"可否将这行军记录的竹简交于老奴呈于陛下。"

白卿言将竹简郑重地递给高德茂，一字一句开口："这竹简我已过目，字字锥心！望陛下能还为国捐躯忠魂公道！否则白家不安，百姓不安。"

高德茂下意识朝陪白家跪在这宫门口的百姓看了眼，白大姑娘这话里话外的意思，往大了说可就是威胁今上了。

小心翼翼接过染血的竹简，高德茂道："白大姑娘放心，老奴一定将这话带到。"

白卿言挺直脊梁跪在这里，目送祖母随着高德茂一起从武德门入宫……

"长姐，你说祖母会不会被皇帝说动？"白锦桐紧紧攥着身上的孝衣，眉头紧皱。

大长公主态度看似明确，却又不分明，白锦桐如何不知？

她望着那朱漆红门，望着祖母挺直的脊梁，原本坚毅的心有些许无力。

她只道："形势逼人，祖母和皇帝都挡不住！"

"皇帝真的能杀信王吗？"

白锦桐心中反复琢磨思量，大晋史上还从未有过被处斩的皇子，即便是之前的二皇子也是幽禁后自尽的。

"皇帝不处置信王，不足以平息民情民愤！一旦动手处置，这贪功冒进、害大晋数十万将士葬身的罪，怕担罪责将过错推于忠魂之身的罪，足以让信王此生再无能力问鼎高位，或圈禁，或贬为庶民！"她徐徐说道，杀气悄无声息从眼底漫了出来。

"便宜他了！"白锦绣难得面露狠色，眼泪止不住地往下掉。

"皇帝若是能狠得下心杀信王，至少在百姓心中还能留一个好名声，他若舍不得……便是尽数将民心推向了白家！忠烈为民反遭惨死，皇子苟且却保命，孰是孰非自在民心！"她深深呼吸了一口这隆冬凉气，挺直脊梁，"朝堂之地不容女子，可民心向背却不分男女。我们前朝无权，能挣的只有民心！"

"报仇简单！只要有心，总能杀了信王！何必白白便宜皇帝动手落一个好名声？民心这样强大的刀刃握在我们自己手里不好吗？信王贪生怕死背弃百姓，想他死的大有人在，哪天不小心夜黑风高被人抹了脖子，除了皇室怕也无人为他落泪了！"白锦稚拳头握得咯咯直响。

经历此事，白锦稚如今做事前也愿意动一动脑筋，不全靠自己的一腔冲动，白卿言深感欣慰。

大殿内，皇帝也是第一次看到这行军记录的竹简。那桩桩件件记录得清清楚楚！

他原本只知此战惨败，行军记录没有送上来，伤亡情况没有统计清楚。他着实是想不到，会败得这么惨！

南疆一战，折损他晋国数十万兵力，他晋国至少五年没有实力再与大凉一战，少不了要割地求和。

皇帝怒发冲冠，手都在抖，他刚还恼火白家的逼迫，而此时他最恼恨的是他的嫡子信王！狂妄竖子没本事还强迫主帅出征，他懊悔当初为什么要给信王金牌令箭，自己的种难道还不知道他是个什么货色吗？是了，当时派信王去镇国公那里，本就存了让信王强压镇国公的心思，可他只是想让镇国公一门获罪！只是想灭一灭这所谓将门不败神话的风头。

可他是大晋国的皇帝，从未想过让大晋国败得如此惨烈！白家人死不足惜，可那些死去的数十万大军可都是他的将士，他如何能不心痛？

还有那个刘焕章！

竟敢叛国！

竟敢带着大晋的军队同室操戈！

逆贼！诛九族！一定要诛九族！

皇帝握着竹简的手一个劲儿地在抖，一想到武德门门口跪着身穿孝衣的白家女儿家和大都城的百姓，要强逼他杀了他的嫡子！他更是怒火中烧。这是他唯一的嫡子！

皇帝头疼不已，心里恼恨，恨不得立刻下旨灭白家满门。

此时，皇后在大殿外团团转不知如何是好，如今白家同百姓来势汹汹跪在宫门外，口口声声要讨公道，要让皇帝杀信王安民心。皇后同皇帝多年夫妻，太了解皇帝那个喜欢沽名钓誉的性子，万一要是真的为护名声杀了信王……皇后都不敢想，皇帝多子，可她就那么一个儿子！

殿内，皇帝看着面色沉沉的大长公主，闭了闭眼："姑母，我们是自家人，关起门来自然说自家话！姑母将事情闹得如此之大，想求什么啊？"

皇帝一双带着杀气的阴沉眸子朝大长公主望去："真的要逼朕杀信王吗？"

"既然关起门来说自家话，那我便同皇帝说几句掏心窝子的话！"大长公主紧握着手中虎头拐杖，神容沉静，"我下嫁当初还是镇国公世子的白威霆之前，父皇曾对我说，'镇国公府白家乃国之柱石、大晋脊梁，皇室需依仗白家，也须防备白家！'父皇年岁已高时日无多，望我替能他守住林家皇权，防备白家反心！那天我是以我皇室之血起誓的。"

似乎怕这话分量还不够，大长公主紧紧握着虎头拐杖幽幽道："当年父皇赠我一支皇家暗卫队，这些年我一直养在庄子上，哪怕国公爷和我那几个儿子上战场也未曾动用过，陛下可知……我防的是什么？"

皇帝望着大长公主的眼神变得郑重起来，他从未料到大长公主当年下嫁，竟还有这般内情。连亲子上战场都未曾动用，那便是为防白家反心。

"我要替我们林家守住皇家权威不可侵犯，所以今日我向陛下谏言，信王该杀！"大长公主紧紧攥着衣袖中的沉香木佛珠，长叹一口气，"不说白家私仇，只说这天下民心！行军记录众目睽睽之下送到白家灵堂，信王之所作所为已然尽人皆知！白家、百姓恨得咬牙切齿！陛下应知水能载舟亦能覆舟，民心所向皇权方能长久！若陛下杀信王，这一次武德门外的百姓，就尽是陛下收揽的民心！若不忍心杀信王，甚至不忍心责罚……陛下失去的，可就不仅仅是武德门外那些百姓的民心了。"

这话大长公主说得仿佛一心为了皇室，可她也有私心，她的确是想让皇帝杀了信王，为她的丈夫、为她的儿子和孙子报仇！她最小的孙子，那般活泼可爱，他才十岁！若不是信王贪功冒进，逼迫白威霆出战，白家何至于满门男儿皆灭？

信王，该死！可她不能做女人家那副哭哭啼啼的姿态，以血脉之情求皇帝杀了信王。大长公主从小就知道，女人同男人不一样在哪里，和一个男人对峙，首先便不能把自己当成女人。男人的格局是天下，女人的心大多都太软，所图的是骨肉血脉，是后院的一亩三分田，这是她曾经教导嫡长孙女儿白卿言的。

大长公主一番话，说得皇帝心口突突直跳，他紧紧攥着手中竹简在案桌上敲了敲，随手丢在一旁，倚着金线绣金龙飞天的软枕，闭眼反复琢磨。

皇权稳固民心向背与亲情不舍之间较量，皇帝心口不多时就聚集了一股子浊气。

他闭着眼问："姑母对朕说这些话，就真的没有半点杀信王为子孙报仇的意思？"

到底是居至尊之位久矣，皇帝身上上位者权势滔天的威慑力十分骇人。

大长公主稳住心神，缓缓开口："我是镇国公府国公夫人不假，可我首先是皇室的大长公主！"

皇帝睁开眼，阴鸷的眸子朝大长公主望去，充满探究。

大长公主直视皇帝的双眸，声音沉稳："为今之计，刘焕章九族必是留不得了！趁着武德门百姓俱在，陛下至少要做出样子来。让御林军亲围刘府，抄家吧！信王正因为他身为嫡子，所以才严惩，即便不杀，但此生与此至尊之位无缘了！至于白家，只剩下些孤女寡母已然翻不出什么浪花来。"

曾经先皇还在世时对皇帝说过，大长公主这位皇室嫡女是个有本事且自负的人，这些年老人家吃斋念佛，眉目间都修养出一股子慈悲悯善的佛性，可真当遇事，深入骨髓的那份杀伐决断没有变。

"姑母那个嫡长孙女，可是厉害得很呐！"皇帝眸子眯起，提起白卿言来杀气不经意走漏，声音冷如寒冰。

大长公主握着沉香木佛珠的手一抖，轻轻拨弄起佛珠来，声音由弱变强："后面的事我已经盘算好了，白家大丧从简办理，让这件事的风波早早过去！随后，我会来宫中自请去镇国公爵位，然后去庙里为国祈福长居！还请陛下念在白家世代忠良的分儿上，让白家遗孀……回祖籍朔阳吧。"

不见皇帝吭声，大长公主闭着眼，眼角沁出些许泪意，哽咽开口道："嫁入白家，却不能全心以待，对丈夫、儿子，时时试探，处处防备。陛下可知我心中有多愧疚啊？如今便让白家远离大都城，给白家留一点血脉吧。她们毕竟体内也流着咱们林家的血！也都只剩女儿家了，就算是姑母请求陛下为姑母留下一点血脉，成吗？"

大长公主双眸含泪，恭恭敬敬对皇帝哀求，希望皇帝还有那么一点点怜悯之心，看到白家退让的姿态，不要赶尽杀绝。

皇帝手指摩挲着，半晌才开口："姑母，朕不欲将白家赶尽杀绝，可这个白大姑娘……"

盘点这点日子以来，这个白大姑娘所做所行，称得上锋芒毕露！正是这个白大姑娘一路将白家声誉推至鼎盛，他是皇帝岂能连这个都看不透？

可这个白大姑娘，又是最像白素秋的一个。想到白素秋，皇帝眼眶隐隐湿润。少年时求而不得的心头好，越是人到中年越是容易时时想起，时时悔恨遗憾。

对白家的忌惮，由来已久如冰冻三尺。既然如今牺牲了数万将士走到了这一步，白家出类拔萃的人物，即便是女儿家，不除干净了，皇帝不甘心也不放心。

大长公主见皇帝对白卿言有了杀意，手都在发颤。

她看了眼皇帝，带着哭腔开口："为了皇室安稳，陛下若说需杀了我这孙女儿，我绝无二话！可陛下知道为何我这么看重我这个嫡长孙女儿吗？"

皇帝朝大长公主看过来。

"因为我这孙女儿是最像素秋的！"大长公主提到女儿眼泪如同断线，"个性刚强，宁折不弯！活脱脱另一个素秋啊！素秋去的那一年……老身差点儿随她去了！如今我将这满腔的感情寄予这孙女儿身上，望……望陛下看在素秋的分儿上，饶了这孩子一命吧！"

大长公主的话，无疑是触动了皇帝心底最柔软的位置。或许从坐上这个冰冷的皇位开始，皇帝的心就逐渐变得冰冷，可唯独藏着白素秋的位置……柔软又温暖。

皇帝咬紧了后槽牙，垂眸盯着那带血的竹简，半晌下定决心般开口道："扶大长公主到偏殿休息，让谢羽长亲率御林军将刘焕章一家捉拿入狱，再把信王那个逆子给朕绑过来！"

想了想皇帝又补充了一句："从武德门出入！"

大殿外如火上蚂蚁团团转的皇后听到皇帝暴躁的吼声，惊得面色发僵。

武德门外。

御林军统领谢羽长快马而出，带着御林军直奔刘焕章府邸，声势浩大。

很快，昨日心口结结实实挨了皇帝一脚的信王，被御林军用麻绳结结实实捆着，从武德门押了进去。

信王看到武德门门口的白家人和百姓，那眼神如同毒蛇一般直直看向白卿言……

这连番动静下来，百姓议论纷纷又热血沸腾，直说好歹天子还算圣明。

很快武德门内又疾步走出个小太监，他手里抱着拂尘，立于白家姑娘面前，尖着嗓子道："陛下传白大姑娘……"

白锦稚一把扣住白卿言的手，心跳速度极快："长姐……"

她望着双眸通红的白锦稚，轻轻拍了拍白锦稚的手，眼神坚定又明亮："有祖母在，还有你们和百姓在这儿等着，不会有事的！"

白锦稚听她这么说，才略有心安，缓缓松开攥着白卿言的手。

她站起身，双腿已经有些发麻，从容不迫地理了理身上的孝衣，对跟随他们白家来武德门前的百姓行了一礼，才回身望着来传旨的太监。

"烦请公公前面带路……"

红墙碧瓦的宫路，白卿言跟在带路公公身后，双眸幽深难测，脊背挺得极直，完全不像刚才挨了一棍的样子。

白卿言垂着眼睑，她在梦里透过梁王和杜知微对皇帝多少有些了解。皇帝无治世之大能，多疑又猜忌。因自幼不受看重过得十分清苦，问鼎至尊之位后，十分喜好奢华排场，还一心想要做一位要比高祖明昭帝更有名望的贤君。这样的一个皇帝，当比任何人都忌惮史官那根笔。不然御林军出动为何走武德门？毫不留颜面地绑了信王，又为何偏从武德门押入？皇帝既然从武德门宣她觐见，便已经说明皇帝不会杀她。一会儿皇帝对她，无非或是威逼，或是利诱罢了。

不待白卿言多想，便已到大殿门前。

走进殿内，见面色发白的信王哆哆嗦嗦跪在一侧，她恭恭敬敬对皇帝行叩拜大礼，静静凝视眼前光可鉴人的青石地板。

皇帝凝视伏地不语的白卿言，手里攥着一卷行军记录，有一下没一下敲着面前案几，声音凉得让人脊背发寒："白大姑娘聚众于武德门前，是想要什么？"

她缓缓直起身，跪于大殿内，仰头望着高座之上的皇帝，反问了回去："这句话也是臣女想问陛下的，陛下让信王此等草包监军，想要的是什么？"

白家护民百载，民心所向，乃是她的依仗，所以她打心底不惧皇权龙威。大晋国这位皇帝，最会审时度势。如今她立在大势所趋这头，皇帝心里明白。

皇帝极力忍耐，额头青筋突突直跳，只觉这白大姑娘不止胆子大、心计深沉，而且敏锐！她料定了他这个皇帝不能杀她，所以才敢在他面前如此张狂。

皇帝气急败坏，冷冷笑道："为逼朕杀信王，煽动民情民愤，白大姑娘是意图动摇国祚，以此来逼朕就范吗？！怎么……朕若不杀了信王，白家就要反吗？"

"染了血的行军记录竹简，还在陛下案前，陛下看过了吗？"她视线扫过那几册竹简，抬头望着睑色阴沉的皇帝，为白家心寒不已，"臣女手中无权无势，亦无兵甲，身着孝衣不带刀戟，不过撑着一条命跪于武德门前，为祖父、父亲、叔父和兄弟们求一个公道，何谈反字？"

皇帝猛地站起身，绕过案几，将手中竹简狠狠摔在白卿言面前。

"何谈？得了行军记录的竹简不速速呈上来，大都城的百姓都比朕先听到这竹简所书。灵前立誓，带着情绪激动悲愤的百姓堵在武德门前，你就差逼宫了，你还敢说何谈！你真当朕已经老到耳闭目昏，看不出白家的腌臜伎俩？"

她俯身捡起地上的竹简，用素白衣袖擦了擦，最下面一行字迹入目……副帅白岐山被困凤城五日粮绝，东燕大军活捉白家五子阵前脱衣剜肉羞辱，欲逼白岐山投降。

滔天的怒火在白卿言胸腔里被热血滚了滚，终于还是按捺不住，咬牙出了声："白家为求公道自保的伎俩腌臜，陛下派草包监军，将金牌令箭赐予草包，难道就不腌臜了？"

"你放肆！"皇帝目眦欲裂。

"大凉、东燕虎视眈眈，大梁、大戎居心叵测。国之锐士与觊觎大晋的大凉、东燕大军舍命厮杀，不畏马革裹尸，不畏身首异处，不畏天地为墓，抛头颅洒热血，为家为国而战，誓死不退！可在南疆战事如此吃紧时，陛下反忌惮臣子功高盖主，命从不涉沙场、兵法不通的皇子持金牌令箭监军抢功，难道不是天大的龌龊吗？"

"蠢才以金牌令箭相逼！如今白家儿郎尽灭，晋国再无威慑大梁、大戎十年不敢来犯的镇国公，朝内再无骁勇善战的将领！数十万大军皆亡……大晋可谓自断臂膀！"

看着皇帝狰狞的表情，她忍不住冷笑："等大晋前脚卑躬屈膝与东燕、大凉求和，后脚大戎、大梁便敢扑上来分一杯羹，这局面……陛下可满意了吗？！"

皇帝死死咬着牙关双目通红，白卿言所言正中红心，这便是为何皇帝看到竹简后怒不可遏、悔不当初的原因。

"陛下对白家赶尽杀绝也好！就当给天下人提个醒，就算要为国尽忠，也千万别死心塌地不给自己留后路！否则满门男儿皆灭，连被扶灵回来，都只能用普通百姓都不用的如纸薄棺，连十岁孩童都不能许他一个全尸！"

不待皇帝开腔，信王已然怒喊出声："你们白家不过是我皇家养的看门狗而已！你祖父你父亲那个两个老不死的东西就是拥兵自重，你们白家心里还有我父皇这个君上，还有我林家皇权吗？这林家江山社稷，如何能容看门狗置喙！白威霆那个老匹夫满口天下黎民社稷百姓，装出一副为国为民的风骨！你敢说，你白家没有为了窃取我林家江山，反我父皇铺路吗？"

"我父死守凤城水断粮绝仍顽强抵抗，是要反吗？"她站起身将手中竹简撑开，如血的眸子带泪，手中竹简抖得哗哗作响，"我五个弟弟被生擒，为避免大凉人借辱白家子嗣动摇军心，我父含泪举箭射杀我五位弟弟，是要反吗？"

"我胞弟白卿瑜被留于后方，明明可以借保护信王为由遁走，可他仍死战白岭一线，尸骨无存，是要反吗！我十七弟他只有十岁，被困凤城，粮绝五日，死后被大凉贼人刨心挖肝，腹内尽是泥土树根！这是要反吗！"

她高昂声音携着杀气，在这大殿内惊心动魄地回荡着。

"我十七弟他才十岁！他的人生还没有开始！可深入骨髓的忠义之心，世代相传的铮铮铁骨，让他明知死路，还要举剑杀敌！这样的忠心，放眼天下除我白家，还有谁？"

"大晋称霸列国数十年，拿得出手的武将凤毛麟角！为替大晋培养后继足以震慑列国之将才，祖父和父亲将白家满门男儿尽数带去前线，不为家族留余地，不为白门留后路，这样的赤胆忠心陛下视若无睹！我白家全族誓死效忠，数代碎首糜躯，换来的是什么？是朝中奸佞的栽赃诬陷！是陛下的疑心！陛下的猜忌！和陛下的忌惮！"她痛得五内俱焚，忍着刀绞之痛看向信王，"若白家要反，你信王手中的金牌令箭不过一块废铁，焉能号令我祖父？你焉能有命回大都！"

太监跪地抖如筛糠，天子之怒，令人惶惶。

信王浑身颤抖，皇帝紧抿着唇。

气势宏伟的大殿内，静得针落可闻。

她手持竹简，又缓缓跪下，哽咽低语："陛下，可还记得初被立为太子之时，在那红砖绿瓦的东宫，曾经对我祖父说过什么？陛下说：'姑父年长孤十岁，孤自幼视姑父为父兄，不以姑父为朝臣。姑父胸怀天下万民，为天下苍生谋求海晏河清，孤亦如此。朝中有孤，战场有姑父，终此一生，托付军权，永不相疑。'"

皇帝身侧拳头收紧，思绪似被拉回那年白雪纷飞的隆冬腊月，白威霆极为威严的五官郑重，双眸发红，长揖到底，语音铿锵："必不负太子所期。"

那些话，只是他一个不受宠的皇子初登离至尊之位一步之遥的那个位置，想为自己寻求靠山的一番算计罢了！

白威霆……当真了吗？

皇帝思绪恍惚。

"这就是祖父为何全家效忠，不为白家留一丝退路……带我白家男儿尽数去南疆的原因！"

她看到皇帝的神情，接着道："祖父说，自古武将最受君王忌惮，可祖父有陛下的信任便什么都不惧怕！祖父说陛下心怀鲲鹏大志，要的是王霸天下，他所求是天下太平。若他有生之年志向无法达成，白家后人当以此为志！若有一日，四海一统天下太平，白家后人需将皇帝许予的兵权主动奉还皇家。因为削弱权臣，权归中央，是每个皇帝平定天下后都会、也应该做的。只要白家做人取忠，做事取直，不恋栈权位，不论皇家谁坐在那九鼎之位，必会以最温和的方式保全白家平安。"

皇帝心头一震，他竟不知镇国公白威霆竟是如此高看于他。

她抬头望着手悄悄扶住沉香木桌的皇帝："陛下，祖父如此信任陛下，可陛下……做到了永不相疑吗？"

偏殿一直提心吊胆的大长公主，听到这话终于松了一口气，僵直的脊背软软靠在软枕上，闭着眼也抑制不住两行热泪往外涌。

刚才白卿言激烈的言辞，几次都让皇帝起了杀意。

可此言一出，她孙女儿的命算保住了。

还好，白卿言到底没有被仇恨冲昏头脑，懂得给自己留一线生机。

皇帝望着不卑不亢一身孝服素衣跪于大殿正中央的女子，像极了白素秋的傲然风骨。

心头被触动，皇帝直勾勾看向与他对视的女儿家，如同入定的老僧一般。这世间，忠臣不难求，难求的是忠且义的能臣，可往往能臣却最容易被佞臣攻讦……被皇帝忌惮。

隔了良久，皇帝才脊梁挺直，缓缓开口，语声带着些无力："信王……我将他贬为庶民，圈禁于信王府内！至于刘焕章夷九族！这个结果，你可满意？"

"父皇？父皇！"信王不可置信张大了眼，跪行上前哭喊道，"父皇！儿臣可是你的嫡子啊！"

皇帝咬紧了牙，对这个嫡子失望至极，恼火至极，声线凌厉："把信王拖出去，哭哭啼啼成何体统！"

还是舍不得杀了嫡子啊！皇帝不杀不要紧，她也会杀，不过是徒留信王多活几日，多受一些折磨罢了。

她恭恭敬敬对座上皇帝叩首："还望陛下严查竹简所书，关于粮草辎重未至凤城之事，以还白家英灵一个公道！"

见女子俯身，长发簌簌从肩头滑落，皇帝闭了闭眼彻底按下杀心。

罢了，一个同素秋一般风骨的女子，就当让她替素秋活着吧。

"粮草之事，事涉忠勇侯秦德昭，你二妹妹刚刚嫁入忠勇侯府……"

"陛下，秦朗已自请去世子位搬出忠勇侯府，他又是陛下口中称赞的士族子弟表率，白家只求公道，不愿株连。"

"粮草之事，朕必细查！"皇帝绕过案几，带着威仪落座于龙椅之后，凝视白卿言片刻后问，"你刚才说，大晋前脚与东燕、大凉求和，后脚大戎、大梁便敢扑上来分一杯羹，此言切中要害，很有见地。不求和，大凉东燕大兵压境；求和，大戎、大梁虎视眈眈。"

皇帝抿唇不语，静待白卿言开口。镇国公白威霆称赞过的"将星"，皇帝也想看看她有何能耐。

原本白卿言便想在所有事情尘埃落定之后，奔赴南疆，没承想皇帝竟然把这个机会送到了面前。她要去南疆，除却寻找和接应白家幸存者之外，最要紧的是白家的根基在军中！百足之虫死而不僵，军队才是白家最应该经营的地方，振臂一挥一呼百应，那是换作大晋国任何一个姓氏都做不到的。

她思量片刻，叩首道："南疆一战，绝不可避，不容他念！割地、赔款、求和，即便做低姿态使大凉、东燕暂时撤兵，大戎、大梁扑上来一样难缠！可若此次在此惨败的情况下依旧胜了，列国便都知道大晋国威仍不可犯。"

"你这话，可是有……胜的把握？"皇帝此话问完，轻轻喷了喷舌尖。曾经灭蜀归来的庆功宴上，镇国公白威霆说他这孙女天生将才，他只笑不语，心道白威霆言过其实，闺阁女儿家虽说是有斩落大蜀大将庞平国的名头，肯定也都是旁人帮扶的。而如今，他竟然和这个他曾不屑一顾的闺阁女儿家，议起前线战事，国之战和方略。

不知怎的，皇帝又想起将才白卿言说镇国公白威霆称他有鲲鹏大志之言。亦忍不住忆起，他曾对国公爷说，终此一生，托付军权，永不相疑。

皇帝心头顿时萌生愧疚，闭上了眼。说悔，丧失忠勇能臣，他悔！说不悔，功高盖主的几代功勋，势力瓦解，再无人能威胁他的皇权，他也不悔。心头那淡淡的煎熬，也不过是难以避免的怅然若失罢了。

"那要看是谁去战。"白卿言听出皇帝的言外之意，抬头望着那居高位者，"一兵之勇唾手可得，一将之才十万不得其一也。"

背靠金色软枕的皇帝，手指收紧。

"金革之事不避，舍孝尽忠！若陛下还信得过我白家，白卿言愿以白家百年荣誉起誓，不灭犯我晋国者，誓死不休！若陛下已不愿信白家……"

皇帝双目如炬："朕若不愿信，如何？"

"那就请陛下为晋国百姓万民忍一忍，哪怕派一位皇子随行，军功……白家不要！此战胜后，想必列国惧晋更甚，那时大晋有大把的时间培育后继将才，臣女便回朔阳老家，为祖父、父亲、叔父和弟弟们守孝。"

皇帝摩挲软枕棱角的手指一顿，白卿言话里的意思是将军功双手奉送随行皇子？

皇帝抿了抿唇："军功奉送？你甘心？"

"陛下，宫宴那日臣女以为，臣女已经说得很清楚，白家从来不曾想要什么军功，白家世代舍命相护的，是这大晋的河清海晏，百姓的盛世太平！白家军的风骨，是不灭犯我晋民之贼寇，誓死不还！"

皇帝手心蓦然收紧。不灭犯我晋民之贼寇，誓死不还！若是将才，镇国公府白家满门男儿皆死，皇帝有哀无悔，此刻心境已迥然不同。他心如被毒蝎蜇了一下。曾经，他许诺永不相疑，可他还是疑了镇国公。但他不能悔，镇国公功高盖主太甚，大晋江山林家天下不能在他手上出乱子，否则他对不起林氏祖宗。宁错杀不放过，他是对的！他是皇帝便一定是对的！

皇帝手指轻颤，良久哑着嗓音道："你去偏殿扶了你祖母回去吧，朕想想……"

白卿言叩首从正殿退了出来，就见祖母已在正殿门口候着她。

祖孙俩通红的双眸对视，彼此搀扶一语不发往宫外走。

"你是……为了逼陛下杀信王，所以才竭力主战，自请去南疆？"大长公主指尖冰凉。

"不是我竭力主战，而是不得不战。今日孙女同陛下之言，并非危言耸听。"

"护大晋的河清海晏，守百姓的盛世太平！"大长公主轻轻念叨着这一句话，用力捏住她的指尖，"你同你祖父……可真像啊！"

白卿言垂眸望着脚下长路，心中怅然。不，她和祖父并不像。她的祖父是真君子，她不是。梦醒后，她不知什么时候也变成满口仁义道德，骨子里盘算私利的小人。去南疆，她并非全然是心怀天下为国为民，她的确可怜边疆百姓，可她主要是想去迎一迎她有可能尚存的弟弟，去经营笼络白家在军中开始涣散的势力。曾经少入军旅的白卿言，太清楚军权意味着什么。曾经祖父坐拥晋国兵权，却对今上俯首听命。旁人说祖父迂腐也好，愚忠也罢，她都深知那是这个时代最难能可贵的君子气节。

但她，不是君子。乱世中强者为尊。卑劣也好，道貌岸然也罢，即便是要用小人手段。能守白家平安，能护百姓太平，能让大晋国的皇帝之位能者居之，这个小人她当了。

半晌，大长公主声音轻颤着问："你祖父……当真说陛下心怀鲲鹏大志？"

她冷笑反问："祖母觉得，今上……像吗？"

不过是前头言辞太过激烈，冷静之下借祖父之言的描补一二，故意让皇帝心怀愧疚罢了。皇帝若稍知何为廉耻，便应该自省配不配得上"鲲鹏大志"这四个字。

大长公主闭了闭眼，如此她便能放心了……对她这个孙女儿。青出于蓝而胜于蓝，她亲自教养的孙女儿比她更厉害，审时度势，因势利导，真真假假，虚虚实实，她做得很好，真的很好！

她用力握了握孙女儿的手，唇角含笑，眸底难掩怅然悲伤："阿宝长大了，比祖母预计的长得还要好，如此……祖母也可放心去寺庙清修，为你祖父……为白家英灵守丧。"

只盼着能抵消心底对丈夫、儿子、孙子的一些愧疚。她作为大晋的大长公主，责任是尽到了……可是作为妻子、母亲和祖母，她又总有那么一点点保留。大概只有素秋和阿宝，因为她们是女子，故大长公主从未想过女子能做出什么威胁林家江山社稷的事情来，所以一腔拳拳爱意全都倾注于女儿和这个孙女儿身上。

或许也是造化弄人，素秋的死，让白威霆痛下决心将孙女儿也带去沙场历练，竟也给了她最疼爱的孙女儿同朝廷对抗的余地。

金革之事不避，舍孝尽忠。大长公主心底念着刚才大殿之上孙女儿冠冕堂皇的话，她隐约能猜到孙女儿想去南疆是因为军队才是白家的根基。她如今只在心底暗暗祈祷，孙女儿要的只是皇帝不敢动白家的底气，而并非推翻林家江山的力量。

从武德门出来，白家仆人已经带着马车在门口候着了。

白卿言拜谢了随他们而来的百姓，告知皇帝允诺会还白家公道，武德门外欢呼声不断。

"多谢诸位，大恩大德铭记于心！"她再次郑重对之前要替她挨棍的百姓行礼。

白卿言刚扶大长公主上马车，就见立于百姓最末背着行囊的秦尚志遥遥对她长揖一礼，便转身离去。

"长姐，你在看什么？"白锦桐扶着白卿言顺她视线看过去，颇为茫然。

"没什么。"白卿言说着弯腰进了马车。

马车一到国公府门口，陈庆生将凳子放好，还没来得及和白卿言说话，人就被佟嬷嬷给隔开了。

她回头看了眼陈庆生，陈庆生会意点头。

一进国公府正门，她便松开佟嬷嬷的手，道："嬷嬷帮我重新准备孝服，我去看看纪庭瑜……"

佟嬷嬷见白卿言孝衣上还带着纪庭瑜的血，眼眶一下就红了，点头："哎！老奴这就去准备！"

见佟嬷嬷走远，陈庆生立刻小跑上前，从胸前拿出一本已经暖热的名册递给白卿言："大姑娘，这是两个月前由忠勇侯负责筹备送往南疆的粮草经手之人名单！"

她抿唇，拿过名单展开……上面除了记录经手粮草的人员名单官职之外，有的后面还有陌生字迹写下了此人生平、个性，墨迹很新。

"这是？"

"这是客居于我们府上的秦先生帮忙添上的，先生说或许对大姑娘有用。"陈庆生颇为汗颜，"小的查粮草经手人之事，不知道这位秦先生如何得知，将小的请了过去补全了这名单，否则小的怕没有这么快将名单拿到手！名单上的人小的已经去细细核查过了，这名单的确没有问题。刚才秦先生又差人将小的唤了过去添了这几个人的生平、个性。"

秦尚志能伺机刺杀梁王，必定关注梁王动态，梁王和忠勇侯有所勾结，秦尚志必会细查，以秦尚志的能耐这名单定然不会有假。镇国公府对他有救命之恩，秦尚志是君子，他一直未离开国公府一来是养伤，二来也是想伺机报偿国公府一二。如今得知她想要这名单，秦尚志便出手相帮，还了恩情才安心离去。可当初救回秦尚志的是卢平，她也不过是许了秦尚志一个容身之所罢了。

合了手中名册，她心有感激思量片刻吩咐道："你去准备一百两盘缠，再准备一匹骏马，随我出城一趟。"

"是！小的这就去准备！"

第六章 引蛇出洞

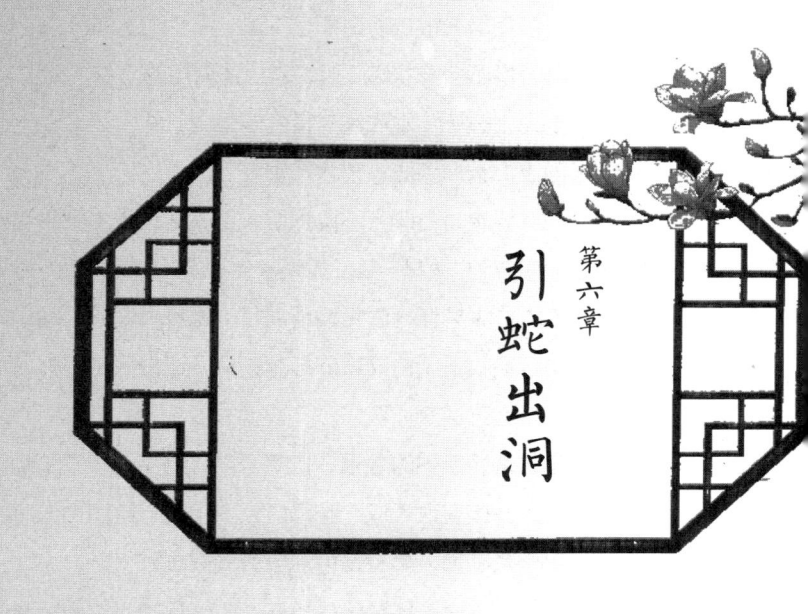

秦尚志身上带伤，走得并不快，刚行至距城门一里地的折柳亭，便听到陈庆生唤他。

"秦先生留步！秦先生留步！"

秦尚志回头，只见快马而来的陈庆生勒住缰绳，从马上一跃而下，恭恭敬敬对他行礼："秦先生稍候，我家大姑娘来送一送先生！"

秦尚志攥着包袱的手一紧，朝城门方向望去。

只见一辆镇国公府寻常仆从出门时用的柞木马车飞速朝他驶来，缓缓停在他面前，秦尚志挺直了脊梁。

驾车的是白卿言的乳兄肖若海，他一跃跳下马车对秦尚志恭敬行礼的间隙，春桃已然挑开了马车车帘扶着白卿言下车。

白卿言换了一身衣裳，狐裘遮挡住内里的孝衣，身边未带一个护卫，只带了春桃。

"秦先生……"她浅浅对秦尚志福身行礼。

秦尚志忙长揖到底："大姑娘。"

"先生要走，白卿言不敢挽留，便来送送先生吧！"她从春桃手中接过灰色的包袱递于秦尚志，"骏马一匹，狐裘一件，防身匕首一支，愿先生一路坦途，鹏程万里。"

秦尚志心中感怀，眼见面前眉目清雅风骨峭峻又温润如玉的女子，推辞的话到嘴边，还是含笑收下了白卿言的好意："多谢白大姑娘！"

"先生太过客气。"

秦尚志攥着手中的包袱，低笑一声，抬头道："不瞒白大姑娘，秦某于白府养伤之际，观大姑娘智谋无双，胸襟广大，不止一次萌生入府为姑娘效力的念头。"

她手心紧了紧，略有错愕地望着秦尚志。

可到底，秦尚志还是选择离开，若今日她开口强留秦尚志，反而让秦尚志心中总存有遗憾。

"先生胸怀大仁，有匡扶天下的志向，白卿言万万不敢以镇国公府小小后宅困先生这条蛟龙。"她说完，突然话锋一转，无比郑重地对秦尚志一礼，"但若来日，白卿言能肩扛起我白家军大旗，以女儿身在那庙堂之高占一席之地，自当扫席以待，万望先生不弃，与卿言携手同肩，匡翼大晋万民。"

秦尚志心中被激起骇浪，他没想到眼前的女子襟怀这般洒落，家中突逢大变，满门男子皆身死，她竟还有匡翼大晋之志。

晋国脊梁镇国公府白家，果然家风清正，明大义，有担当，品格之高他望尘莫及。

久违的热血不禁澎湃，豪气冲天之感突如其来，秦尚志只觉自己也年少了起来。

他按捺不住心头情绪，抬手："君子一诺！"

白卿言唇角笑开，与秦尚志击掌："君子一诺！"

目送秦尚志蹬上陈庆生骑来的那匹骏马，扬鞭而去。她拢了拢狐裘，眉目舒展。如今秦尚志离开大都，也能同梦中那抑郁不得志的命运错开吧。

郊外寒风凌厉，春桃上前低声提醒道："大姑娘回吧！"

"嗯！"她颔首，刚转身，便听到有人唤她。

"白大姑娘。"

她回头，瞧见萧容衍身边那个身手奇高的护卫对她恭敬行礼道："我家主子请白大姑娘折柳亭饮茶叙旧。"

她抬眼朝山丘之上的折柳亭望去，只见一身白色狐裘的萧容衍从容沉静地立于折柳亭之内，迎着她的视线浅浅颔首。

前日南门前，萧容衍的属下出手劈裂信王马车，今日四婶撞棺亦是萧容衍属下相救，她欠了萧容衍两声谢。可一想起那人潜藏在温润儒雅之下的凌厉，还有那日满江楼对望时的孟浪，她还是心有余悸。

"乳兄你同陈庆生在这里稍候。"她回头叮嘱了肖若海和陈庆生一声，便扶着春桃的手随萧容衍的属下朝折柳亭走去。

陈庆生手心不由握紧，折柳亭里那位先生是谁他心里门儿清。大姑娘交代的事情他没有办好，反给大姑娘留下后患，这是他的过失。

陈庆生望着大姑娘白卿言的背影，又看向那凉亭之内风度翩翩的男子，暗暗下定决心，以后做事当更谨慎，扫尾干净，决不能再给人留下任何把柄。

见白卿言踏入亭内，萧容衍对她颔首行礼，举止很是风雅，眸中笑意温醇深厚："白大姑娘。"

她松开春桃的手，郑重福身道："白卿言欠萧先生两句谢，一谢先生前日城南出手致信王马车车轴断裂，二谢先生今日救我四婶。白卿言并非知恩不报之人，他日先生若遇困顿，白家力所能及，必不推辞。"

"白大姑娘请……"萧容衍对她做了一个请的姿势，率先跪坐于小几前。

天下第一富商来这折柳亭，带的是金线绣制的软垫、沉香木的小几，大都城天香阁的精致点心，小火烹茶用的还是一套白玉茶具，果真一副纨绔做派。

春桃与萧容衍的属下立于折柳亭外几步之遥的位置，不至于靠得太近听到他们说话，也不至于看顾不到。

她跪坐于萧容衍对面，只见萧容衍极其修长的白净手指拎起炉火上的茶壶，亲自为她斟了茶，将白玉茶杯推至她面前，收了手才含笑徐徐开口："白大姑娘若对萧某说谢言报，那……那日宫宴提醒之事，萧某又该如何回报啊？"

长相极其俊朗清雅的萧容衍，声音轻柔，目光带笑，看似温雅平和气韵之下难掩锐利深沉。

她藏在袖中的手悄悄收紧，隔着冬日茶杯氤氲的白雾，凝视对面从容温润的男子，他如同冬日蛰伏中骤然苏醒的蛟，正死盯猎物伺机扑食，给人极强的压迫感。

就连萧容衍身边那个身手奇高的侍卫，刚才都隐隐透露出杀气，这何尝不是萧容衍对她的一种威慑？

梦中，她对萧容衍颇为了解，他的温和也只是看着温和。他骨子里毒辣冷血，心中那股狠劲儿配得起他角逐天下的野心。可他心底却又执着地留存了几分疏朗正直，否则也不会赠她贴身玉蝉，给她生机，让她逃命。

想起预示之梦，她心底难免五味杂陈。

折柳亭外，雪花飘落，枯柳被隆冬之风吹得簌簌作响。

亭内虽有火盆，可到底四面透风，还是暖和不起来。

她浅浅颔首："举手之劳，先生不必挂怀。于我而言，于白家而言，先生两次出手，才称得上恩情深重。"

早知萧容衍厉害，会被查出……与其否认，等将来萧容衍查到实证坐实此事，怀疑她有所图谋，不如现在大大方方承认下来。

看着对面磊落坦然的女子，萧容衍眼底笑意愈深："白大姑娘，既敢传信，便是……已知我身份？"

她没有正面回答，语气如常，不惊不惧道："先生不论何等身份，既心怀侠义，又有恩于白家，卿言便当先生是位侠士吧。"

这回答，像是对萧容衍的真实身份并不看在眼里。

萧容衍猜不透这白家大姑娘是想要在他这里结个善缘，又或是想要左右逢源。

他深知大姑娘的能耐，也清楚大姑娘的手段。即便曾经大蜀皇宫里白卿言披风烈马的飒爽形象让他印象尤深，哪怕晋国宫宴上他曾视白卿言为他母亲的知己，心底也难免慎重防备起来。

他肩扛的并非只是自家功业，自家争功业败了，最多缓几年卷土重来就是了。

他肩负的是大燕复兴的责任，群雄逐鹿争霸，败了，便是亡国。

败了，他担待不起！

"侠义之心，侠义之士，白大姑娘莫不是想同萧某人说，那日传信警示，不过是白大姑娘心存侠义？"萧容衍骨节分明的手指摩挲着茶杯，垂眸不看白卿言，眸色越发深沉，"对敌国密探心存侠义，白大姑娘这是敷衍之词，还是有意搪塞啊？"

萧容衍将"敌国密探"四个字咬得极重。今日既碰上，又把话说开，萧容衍便不能容已知他身份的白卿言顾左右而言他。

见萧容衍凌厉之意已显于眉目之间，她稳住心神，亦是打算和萧容衍把话说得更明白一些。

"侠之小者，拔刀助弱。侠之大者，匡救万民。"

女子清明沉稳的声音传来，萧容衍攥着酒杯的手一紧，闻声抬眼。

她直视对面的英俊男子毫不退缩，眉清目明，眼底没有丝毫怠慢之色。

见萧容衍眼底笑意逐渐深敛，她又徐徐道："所以，侠义之心可贵，侠之大者更可贵，此贵不分世族寒门，亦不分晋国大魏。当今乱世，不论是何人，只要有平定乱世之能，治国用兵之能，在白家人眼里便是大侠士。"

不论是何人……当然也包括了眼前这位大燕王爷萧容衍，所以她称他为侠士。

这话，可谓说得十分大胆。

她等于明明白白告诉萧容衍，如今乱世风起云涌，列国各自为政，欲争雄称霸。不论哪一国君王有心逐鹿天下，只要心志在于平定这乱世，才德能还天下太平，便值得白卿言或是白家的尊重，白家甚至乐见其成。

话说到这一步，萧容衍也不再遮掩，问："白家世代镇守晋国，忠义之心列国共鉴，大姑娘这番话是因白家诸子葬身南疆的愤怒之语？"

"白家世代忠义不假，可忠的是以赋税养我白家的大晋百姓。保境安民这四个字，才是白家子嗣世代相传的信仰！"她声音慢条斯理，说得风淡云轻，"至于愤怒……"

她垂下暗藏锋芒的目光，悲痛都被她深藏在心底："功德有厚薄，期质有修短，都是命定，何来愤怒之说？"

后话她没有说完，天道盛衰，国之气运，同样也都是定数。

梦里，守卫这大晋江山的白家为皇帝不容，被奸佞构陷。白家家破人亡后，不过十年，这位大燕摄政王萧容衍，便率领铁骑叩开了晋国皇宫的大门，一如当初晋国踏平了大蜀皇宫一般。所以白家根本不必再为气运将尽的林家皇权，赔上全族性命。

她祖母大长公主有句话说得很对，如今重要的是活下来的人，她不得不为白家未来而谋划算计。梦中萧容衍如何拿下大魏,她不曾忘,忠于大魏的丞相公孙一家被连根拔起,一夜之间鸡犬不留。论起手段毒辣,萧容衍堪称行家里手。与这样智谋无双又冷酷无情的人交手,若在白家鼎盛之时,白卿言还敢一搏。她如今并无可与萧容衍抗衡的实力,亦没有这个自信在与他博弈较量的过程中,护白家毫发无伤。此时的白家需要蛰伏,需要时间经营运筹,而非和人钩心斗角。

既然如此,那便不必在此时将彼此置于对立面。至少,不要在白家大难尚未平息之前,就让这位未来的大燕摄政王萧容衍认为白家愚忠晋国,哪怕仅剩女眷,亦要誓死拥护晋国,拥护林氏皇权。如此,心中良善尚存的萧容衍,才不会在今日便彻底置白家于死地。

萧容衍是绝顶聪明的人,定能将她话里的意思听得明明白白。

他含笑倒掉了白卿言面前那杯温凉的茶水,拎起炉上茶壶,重新替白卿言斟了一杯热茶:"白大姑娘的意思是,究竟最后谁问鼎江山,白家并不在意。"

白卿言早已知他身份,话又说得如此明白,他便也不绕弯子了。

她视线扫过那杯热气蒸腾的茶水,眉目平和从容,言辞斩钉截铁:"卿言有幸生于镇国公府这样从不轻看女子的门户,少时随关雍崇老先生读过圣贤书,亦随祖父征战过沙场。虽愚钝,也知唯有天下一统,方能还百姓万世太平。"

她知道萧容衍有这样的雄心抱负,将来亦有这样的能耐。白家不过是历史长河中的蜉蝣罢了,何必做那螳臂当车的愚蠢之事?

萧容衍心底震了震,眼底如藏了一泓幽远深泉。她才多大啊,竟能以如此沉静从容之态说出"唯有天下一统,方能还百姓万世太平"这样的话来?

这些年萧容衍为了大燕四处奔走,大凉、大魏、大晋这三大强国的国君他都见过,他们雄踞一方说什么天下太平,却都参不透其中道理。就连他也是奔走列国多年之后,才有此悟。

他一时间竟有些看不透眼前这位……看似性情温和却坚毅磊落的女子。是白家巨变让她失了对晋国的忠心?还是她的心胸格局本就如此宽广?想起这位白大姑娘劝秦朗自请去世子位时,大破大立的胆识气魄!满江楼前料理那个庶子时,凌霜傲雪之姿!宫殿之上更是傲骨嶙嶙,满腔的爱民之心,通身的正气浩然。萧容衍相信,白卿言属后者。

这白大姑娘的通透和睿智,是可以模糊她的年岁与性别,与她相对而坐……萧容衍萌生的不是莫欺少年郎之感慨,而是发自内心的敬佩与服气。如此年纪,便有如此心胸，如此大智，倘若再假以时日，她该成为怎么样的人物？

萧容衍不由想起自己的母亲，手指微微握紧了玉蝉。他从不因男女之别轻看任何女子，早先便觉得这位白大姑娘手段了得，心胸城府更是了得。今日一叙，萧容衍对这位白大姑娘已不仅仅只是刮目相看。他心口热血汹涌澎湃，若能得这样的人与他共匡大燕，何愁大燕不能王霸天下？

萧容衍挺直腰脊，拱手行礼致意，态度较之前更为郑重："白大姑娘所说，虽是征战杀伐之言，亦有鸿儒悯世之心，萧某敬服……"

白卿言不敢托大，随之恭敬还礼。

今日这些话，白卿言说得十分郑重，算是给萧容衍透了一个底，白家只护大晋万民，不护林家皇权。

城北土丘的折柳亭内，萧容衍目送白卿言乘马车离开，心中感怀颇深。这位白家大姑娘虽为女子，襟怀格局远胜当世男儿。今日折柳亭一叙，萧容衍险些按捺不住想邀白卿言入燕。可大燕如今内乱未平，外患交迫，富饶山河大半尽失，曾经的国都大都城都奉送于晋国，才得以存国。这样的国，他不知白卿言这样有治世之心、亦有征战之能的人物，是否愿意屈尊啊。

"主子，这位白大姑娘果然知道了主子的身份，会不会……"

萧容衍拢了拢大氅，眸中含笑道："不会，收起这份担心吧！"

这白大姑娘能出手相救，便不会事后小人做派害他。原本今日这一叙，也不过是萧容衍想得知白卿言救他之图谋而已。如今得知白家大姑娘根本对他就无所图，心底倒隐隐生出几分失落。若有所图该多好，有所图……便有往来，有往来便能建立情谊。

"起风了，回吧！"萧容衍开口。

"主子，大都城今年因国公府大丧，怕元宵节也没有什么热闹可看了，不如……我们提前启程？"萧容衍属下试探询问。

"嗯，回去收拾吧……"萧容衍缓缓开口，"等镇国公府白家的葬礼结束，我们就启程。"

摇摇晃晃的马车之上，白卿言闭着眼思量着白家日后的路该如何走，她心中大致有了轮廓。退而蛰伏，暗中蓄力。等白家丧事一过，她、白锦绣、白锦桐三人分头行事。

而眼下最重要的，是如何利用秦尚志留下的这份南疆粮草经手人名单，让如今处在暗处不动的梁王动起来。梁王就如同藏在阴暗夹缝中伺机而动的毒蝎，去南疆之前料理不了梁王,她不安心。忠勇侯同梁王看着没有什么明面儿上的联系,可梦里白卿言跟在梁王身边,自然知道忠勇侯和刘焕章是都投了梁王门下的。如今忠勇侯秦德昭入狱,不知道梁王和杜知微着不着急啊……

马车驶到白府后角门,春桃扶着白卿言下了车,陈庆生见肖若海牵着马车离开,上前愧疚道:"大姑娘,都是小的把此事想得简单,办事不力,才让姑娘受了那萧先生的纠缠,小的日后定当谨慎行事。"

陈庆生是个聪明又有能耐的人,一次错能让他心生警惕很好,白卿言也怕陈庆生矫枉过正。

"不碍事!总归是他欠了我们人情,只是道谢罢了,谈不上纠缠!"白卿言对陈庆生还是很满意的,"名册的事情你还是办得很好的。"

"此事秦先生出力最多,小的不敢居功。"陈庆生十分恭谨。

"明天开始,你便跟在三姑娘身边听从三姑娘的差遣,我会吩咐郝管家让你好好挑几个称手的帮手。以后好好办事……争取早点儿和三姑娘回来!"白卿言握了握春桃的手,"也好,让春桃有个好归宿!"

春桃和陈庆生两人都闹了一个大红脸。

春桃目光羞涩闪躲,反倒瞧见了匆匆而来的佟嬷嬷。

"大姑娘,佟嬷嬷来了……"

"你先去吧!"她对陈庆生道。

陈庆生这才恭敬退了下去。

佟嬷嬷走至白卿言面前行了礼才道:"大姑娘,清明院里的嬷嬷来禀,清明院那两位收拾了银钱细软,还有国公府房内的摆件儿,听厨房的王婆子说还要了好些腌肉干粮,看样子是准备要逃了。"

白卿玄母子俩一向趋利避害,此次信王回都城对白家的态度有目共睹。信王是嫡子,是最有可能问鼎至尊之位的人。而今日大长公主却率白家诸人去宫门前逼杀信王,白卿玄是个聪明却又不那么聪明的人,自然要想办法逃,这都是情理之中的事情。

"没关系,让他们走,动静最好闹大一点,让别人都知道是他们母子俩非要在白家大丧当口走的。"她想了想又说,"这事交给我两位乳兄去办,他们刚到国公府,得指派他们做点儿什么才能立住。"

佟嬷嬷当即就明白了白卿言的意思,肖若海两兄弟当初一个跟在董氏陪嫁大掌柜身边学着如何打理生意,一个跟着董氏陪嫁农庄的总大庄头学理事,为的是将来白卿言出嫁时两个人能跟着去婆家，成为白卿言最好用的左膀右臂，故而他们和白家诸人很少打交道。如今白家突然遭难，虽说他们两个人是白卿言的乳兄，白家的下人和忠仆会敬着，可他们要是不做出几件事情来，一时半刻怕还是融不进白家来。

佟嬷嬷扶住白卿言，一摸白卿言的手心冰凉，眸子缩紧："大姑娘出门没有带手炉吗？怎的手这么冰凉？"

说着，佟嬷嬷双手捂住白卿言的手，怒目训斥春桃："春桃你是怎么回事儿？看你平时做事沉稳妥帖，明知大姐儿畏寒怎么……"

"嬷嬷！"不待佟嬷嬷说完，她便温柔握了握佟嬷嬷的手，踏上游廊台阶，"是我没有让春桃备着手炉，总不能因为畏寒就把自己当成病秧子对待。以前冬练三九夏练三伏都能扛得住，现在狐裘加身，不过是没带暖炉而已，我受得住，嬷嬷太小心了。"

春桃忙跟着补充道："嬷嬷不知道，现在咱们大姑娘已经可以扎一个时辰的马步了，手上因为缠着铁沙袋悬臂练字，如今也有了力气。之前奴婢也同嬷嬷一样担心，后来见大姑娘身子骨越来越好，就连洪大夫都说姑娘气色比去岁冬日里要好，所以春桃在这些事上便听咱们姑娘的了。"

佟嬷嬷这才点了点头，还是不住地揉搓白卿言的手想让她暖和起来。

回去的路上，佟嬷嬷嘴没有闲着，还说了那两位朔阳老家来奔丧的庶老爷刚去见了董氏辞行的事。

朔阳老家的人辞行白卿言并不意外，今日武德门前逼迫皇帝杀信王的声势浩大，他们也怕万一今上恼怒，祸连上身吧。

"结果这两位庶老爷还没走，朔阳老家老族长的嫡长子就来了，一进门这位爷就同世子夫人说，国公爷出征之前朔阳老家曾派了人来国公府，同国公爷商议过完年打算给族里置办田产还有重修祠堂、祖坟和学堂，还有请鸿儒去授课的事情。"

白卿言颇为意外，虽说祖父对朔阳老家那里一向是有求必应，可这件事祖父走之前为何并未交代只言片语？

佟嬷嬷见白卿言似有疑虑，接着道："这位爷说，此事原本商定下了回头国公府回朔阳送年礼时一并处理，可如今国公府突逢大难，老族长的意思是……族里也不敢麻烦国公府，就让这位爷将账册带来给世子夫人，林林总总下来竟然要四十五万两银子！不拘是银票还是现银，必须赶在他们明日出发前备齐，还特意说这是老族长的意思。"

佟嬷嬷刻意压重了"必须"两个字，就是想让白卿言知道这朔阳老家的人，要欺他们镇国公府无男儿狮子大开口。

春桃瞪大了眼："这是抢银子还是讨银子？白家如今出了这么大的事情，派了两个庶老爷来奔丧，丧事没办完就要走！现在来了一个嫡支的老爷，竟然是上门要银子的！"春桃一向好脾气，也被气得不行。

白卿言垂着眸子，细细想了想。朔阳老家的人敢这么理直气壮，不仅仅是欺负镇国公府无男儿，更是因为祖父曾经待他们太过客气太好说话，惯出的毛病。有句俗语叫升米恩斗米仇，她早就告诫过祖父和父亲。或许是男人心性同女人所思总有不同……祖父说，这世间唯有血脉之情不能以金钱衡量，更何况多亏族人照看在朔阳的白家宗祠，如今族长亦是祖父未出五服的叔父。父亲说，国公府这等武将世家最不缺的就是世俗之物，若能用世俗之物换得族人日子安泰、白氏一族兴旺发达有何不可？祖父、父亲倒是心善，可朔阳老家那些所谓族人，却早已无感激之心，只视国公府为他们的钱袋子，予取予求。天下知恩图报如秦尚志这样的君子多，狼心狗肺如白家宗族这样的白眼狼也多。

白卿言脚下步子一顿，问："母亲怎么说？"

"还不知道，如今朔阳那位族长长子与那两位庶老爷正在世子夫人处，同夫人详细叙述算账，诉苦这些银子如何紧巴巴不够用呢……"佟嬷嬷道。

她立在廊中，垂眸想了想，抬眸道："去看看……"

白卿言人走到正厅廊下，见小丫头正要行礼，她示意小丫头不要出声，就立在廊下盯着对面檐角被风吹得摇曳的灯笼，静听厅内动静。

董氏随手合了账本，丢在一旁，冷笑道："修祠堂也好，祖坟也好，或是学堂什么都好，照理说的各家出力都是应该的！可国公爷和世子爷走之前没有交代过此事，堂兄进了国公府的门，一不上香，二不祭拜，张口便同我说银子的事儿！好不容易上了香，又同我说明日必须备齐四十五万两银子。四十五万两银子不是小数目，当国公府是开银号的吗？"这些年公公和丈夫都纵容着朔阳宗族，反倒纵得他们不知天高地厚，对国公府予取予求也就罢了，还如此理所应当，真当国公府欠着他们的了？

那位朔阳来的嫡支老族长的嫡长子白岐云，被这话刺得脸色难看，咬了咬牙道："我是奉了老族长的命令来的，弟妹……你这推三阻四地说国公爷没交代是什么意思？是说族人胡言讹你国公府的吗？"

见嫡长兄如此硬横，年长的那位庶老爷擦了擦汗，忙出来打圆场："弟妹莫怪，堂兄也是领命而来，太过着急了。你看……因为南疆战事吃紧，昆山玉的价格翻倍地涨，可修安置牌位的地方可不能偷工减料，否则让祖宗如何能安？弟妹说是不是这个道理？刚才来见弟妹之前堂兄同我说了，他来之前老族长特意叮咛了，按如今国公府的情形是决计不能让国公府全出的，国公府只要出了大头，其他的咱们族人自己凑。"

"如今国公爷和世子爷相继过世，你这位国公府主母若是拿不了主意，那我就拿了账本去见大长公主！"白岐云甩袖道。

"好啊！"董氏笑着用帕子压了压唇角，端起茶杯，"那堂兄便去吧！请自便……"

见董氏一副端茶送客的架势，白岐云心口一堵，没有董氏派人领路他如何进得去后院？

董氏心里和明镜一样，知道等白家大丧过后还是要回到朔阳才能保全他们这些孤儿寡母，可越是这样董氏今日就越不能让他们这般踩在她头上，否则日后回了朔阳，他们还不得更加肆无忌惮地压榨她们孤儿寡母？她若今日忍让成全，白氏族人不但不会感激，反会得寸进尺。以前就是对他们太好了，以至于稍有不顺他们的意便会被他们怨恨上，眼下不就是活生生的例子？

来之前白岐云的父亲也就是族长对白岐云说，如今国公府男子皆战死南疆，白家只剩女眷，五夫人肚子里的那个又不知道是男是女，镇国公府不能没有男人支撑门楣，否则爵位便无人继承，他让白岐山同大长公主和主母董氏商议，将白岐云的嫡次子过继与镇国公府。想到自己的儿子以后就是镇国公，白岐云欢天喜地按捺不住地热血澎湃，满脑子都是他儿子要当镇国公了！国公爷这爵位的荣耀不必说，国公府多年征战积财甚多，以后也都是他们家的，这可是天大的好事。为此白岐云高兴得成宿睡不着觉。

谁知道他刚从朔阳出发，沿途就听说国公府二爷竟然在外面有一个庶子。这庶子刚被接回国公府就因视百姓为贱民，让嫡长女白卿言按在长街上结结实实打了一顿。人人都说国公府爵位要落在此子头上，直叹可惜。白岐云一听这事，气得在路上病了一场，心里憋了好大一口气。国公府二爷在外有庶子的事情，回朔阳报丧的国公府下人怎么都没有提过？

原本白岐云都准备打道回府了，却被身边的乌管事拦下。乌管事说既然出发了好歹去给国公爷上炷香，说不定事情有什么转机，可他们不去就全然没有转机了。白岐云心不甘情不愿地应下来，乌管事便派人先行一步去国公府打探那个庶子的情况。今日午后，白岐云和乌管事到大都城时，正是大长公主带着孙女儿们在武德门前逼杀信王之时。白岐云一听这消息，顿时打了一个冷战，生怕白家触怒圣上降下塌天之祸连累他们，便传令让两个庶堂弟立刻辞行。

谁知他派去给堂弟传令的人刚走，乌管事派来大都打探消息的人就回来说，国公府二爷那个庶子已经收拾好东西随时准备开溜。乌管事脑筋一转，又给白岐云出了个主意。乌管事说白家逼杀皇帝嫡子将来肯定得不了好下场，但眼下国公府有百姓拥护应该暂时安然无恙，如今这庶子提前察觉到危险遁走，他们朔阳白家自然也不能蠢到过继儿子往国公府这个火坑里跳。但是，这庶子一走，国公府无男丁，宗族要是再不肯这继儿子给国公府，女眷多半要回朔阳老家依靠宗族。不管国公府将来是要回老家，还是求宗族过继儿子，总之都是国公府求着族里。他们大可趁此机会以为宗族置办田产、重修祠堂、祖庙、祖坟、学堂，还有请鸿儒授课的事为借口，要上一笔。国公府主母董氏是个聪明人，若知将来要依托族里的庇佑，就必定不敢不给。

白岐云来国公府之前，乌管事还特意叮嘱他说话时姿态要摆得高一些，族里必须要趁国公府的孤儿寡母还在大都城时，先给一个下马威，往后等他们回到朔阳才好替族人找董氏要好处。白岐云觉得乌管事说得有理，加上心里有火，说话难免盛气凌人。

立在廊下的白卿言垂眸思量了片刻，轻轻侧头对春桃道："去前面将三姑娘和四姑娘叫过来！别叫二姑娘知道了……"

春桃点头正要走，又被白卿言拉住，在她耳边低声耳语："再去让你表哥快马去一趟萧府，面见萧容衍，告诉萧容衍我要借他第一富商的名头做一笔买卖，绝不损他丝毫，他若能相助于我，白卿言感激不尽。"

"好！"春桃应声后，匆匆朝前面灵堂跑去。

之所以让陈庆生去找萧容衍，不过是因为当初便是陈庆生给萧容衍送的信，白卿言希望萧容衍能看在当初送信的分儿上，借他的名头让她用一用罢了。

佟嬷嬷多聪慧的人，白卿言一说不让叫二姑娘过来，就知道白卿言的谋划可能会伤了姑娘家声誉，毕竟二姑娘已经嫁人，不比她其他姐妹还在家中。

佟嬷嬷有些担忧地皱眉："大姑娘有什么吩咐，交给老奴来办就是了！您和三姑娘四姑娘都还是闺阁女儿家，有些事情还是不要沾染的好……"

"逼杀信王这样的事情我都做了，还担心什么闺誉啊？"她同佟嬷嬷笑了笑低声道，"嬷嬷就不要担心了，我有分寸。"

大厅内，白岐云拍桌而起愤怒道："大长公主在镇国公府后院，你！你不让仆从带我去，我如何见得上大长公主？"

董氏将茶杯重重放在桌子上，一双凌厉的眸子朝白岐云看去，冷笑："原来你还知道这是镇国公府！还知道我是国公府主母！今日我把话放在这里，你们朔阳白家要是来吊唁祭奠的,我国公府欢迎。若是来要银子的,就好好地等我白家大事过了之后再谈!你们若是等不及现在就可以出门回朔阳,又或者在国公府门前让百姓来评评理!也好让天下人看看,朔阳白氏在我白家大事当口,都存了些什么不仁不义的下作心思!"

"你!"白岐云气得一张脸通红,站起身指着董氏。

一时间,厅内的气氛剑拔弩张。

立在董氏身边的秦嬷嬷微微抬起下颌,十分和善笑眯眯地开口:"这位爷,我劝您把您的手指收回去,我们世子夫人是堂堂朝廷一品诰命,你对夫人不敬,可是要下狱的!再者我们国公府是世代武将之家,仆人血性,看您这么指着当家主母,冲动起来怕是您这根手指就保不住了。"

白岐云被秦嬷嬷这么一唬,原本绷直指着董氏的食指微微弯曲,随后一甩袖背在身后,居高临下望着董氏,傲气十足道:"董氏你可要想清楚了,国公府二爷的那个庶子已经收拾行装准备跑了!国公府爵位无人继承,你等女眷还不是要回朔阳祖籍寻求宗族庇护!你如今对宗族之事推三阻四,这可是在断你们自己的后路!"

白锦桐与白锦稚两人一听春桃传信,便偷偷找了借口从灵堂溜了过来,两人还没来得及同白卿言说话,就听到了白岐云盛气凌人的声音从里面传来。

白锦稚瞬间怒火上头,抬脚就要往里冲,走了两步又停下来,竭力克制住自己的怒火咬了咬牙转身。

瞧见长姐和三姐正望着她,就知道自己刚才差点儿没有沉住气又要闯祸,她耳根一红,走回来问:"长姐,需要我和三姐做什么?"

白卿言招手,示意她们凑近,三个姐妹凑成一团之后,她开口:"我要你们演一场戏。"

佟嬷嬷双手交叠放在小腹前,看着那三个姐妹商议事情,眉头紧紧皱成一团,脸上满是担忧之情。

等白卿言细细说完,白锦稚双眼放亮:"长姐知我,名声什么我从来不惧!更何况这一次咱们占理!长姐放心,小四这次绝对不会坏事,一定克制住自己!"

说完,白锦稚三步并作两步直接冲进厅内,草草对董氏行礼之后,转过头怒目横眉:"我白家大丧当前,院内停放二十多口棺材,白家遗孀举步维艰,你们身为族人不但不帮衬,反倒趁此机会要从我白家抢银子!你们还要不要脸!"

"小四!退下……"

白卿言和白锦桐携手踏入正厅，对董氏行礼。

朔阳来的两位庶老爷看到白卿言，心里一虚，这国公府的嫡长女实在是太厉害，连皇帝的嫡子都敢逼杀，怎么能不让人心怵？

"我不退下！他们是个什么东西敢伸手指大伯母？论身份贵贱，大伯母是一品诰命夫人！他这么大年纪了才是一介秀才，有什么在大伯母面前狂？论宗族身份，呵……"白锦稚冷笑，"当初我高祖父生有四个嫡子，除却嫡长子也就是我曾祖父之外，其余嫡子全部战死又不曾留后！我曾祖父自觉既坐镇国公之位护卫大晋，便无法再身兼族长之职为宗族出力，便将一庶子记在我高祖母名下当做嫡子领族长之位，这位庶子便是堂伯父的祖父！所以根源上讲，你们一家子本就是庶出的！有什么资格在这里对白家正统嫡长媳呼喝？"

白岐云这辈子最讨厌就是有人拿他祖父庶子的身份说事，那些年白岐云还小时，每每遇到族内大事，那些所谓四叔公、六叔公的，都会用祖父庶出为由来压祖父！

如今白锦稚这个小女娃娃也拿他祖父身份说事，这让白岐云怎能不恼火："你！董氏！这就是你们国公府教养的孩子！"

"庶出的就算是给了尊贵抬了嫡，自小不是主母身边教养长大，可见这教养还是欠缺体统！自己失了体统也就罢了，祸遗子孙可就是造孽了！"白锦桐开口。

国公府关于庶子教养的规矩极大，所有庶出子嗣绝不得和生母搅和在一起，一律由乳母带着养在各自嫡母身边。不到大年节庆绝不允许庶出子女同生母见面，若发现庶出子女私下与生母见面，妾室生母一律打死。当初国公爷定了这个家规，是担心嫡出子嗣倘若如上一代般悉数战死，庶出的子嗣再同嫡母不亲近，嫡母老来日子不好过，这才定了这条家规。妾在白家，便是高一等的奴仆，虽说有人伺候，可奴仆就是奴仆，说破天也只能是奴仆。白家子嗣，庶出也是主子。主、奴，不可同语。白锦桐就是庶出，她自出生后便被教养在李氏身边，虽说一应吃穿用度不如嫡出，这也是应该的，况且嫡母从未苛待过她，她从无怨言。

"董氏！你就看着你国公府这小小庶女出言侮辱族长？"白岐云自持身份不愿意和两个孩子吵，只对董氏发难。

"董氏也是你能叫的！"白锦稚下意识往腰后一摸，这才意识到自己的鞭子不在腰后。

"堂伯父若还想商量宗族的事情，那便恭恭敬敬同我母亲认错，把态度放端正了，咱们再来谈……"白卿言径自坐在董氏下手的位置。

两位庶出的老爷端起茶杯装作喝茶，都没有吭声，唯有白岐云冷冷看了白卿言一眼："长辈说话岂容你小辈置喙？"

"你……"白锦稚最见不得谁对她长姐不敬。

"我是国公府嫡长女，名取白家男子排行的卿字！战场我上过，敌国大将的头颅我斩过！大蜀我灭过！祖父、父亲、叔父、兄弟皆身死南疆，国公府荣耀今日起便由我来承担！"她抬眸平静幽深的视线望着白岐云，丝毫不收敛身上骇人的杀气，"事关我国公府，便没有我不能开口的。"

那从尸山血海中归来的戾气悄无声息地在这大厅中蔓延开来，让人没由来地脊背发寒。

"佟嬷嬷，带白锦桐、白锦稚去祖父、父亲灵前叩首谢罪，既然当初曾叔父已记在我们高祖母名下，便是嫡子，此事不容再提！下次再犯……便自去领十鞭！"

"长姐……"白锦稚梗着脖子，"我不服！"

白锦桐皱眉拉着白锦稚往外走："走吧！别让长姐生气！"

佟嬷嬷亦是规矩地立在一旁劝道："四姑娘若是不走，大姑娘叫了卢平过来，四姑娘这顿鞭子可就逃不了了。"

白锦稚红着眼，硬是被白锦桐拉出了前厅，出了门还在犟嘴："我不服！我就是不服！宗族就是看我们只剩孤儿寡母前来打劫的！"

两位庶老爷脸色一阵青一阵白，低着头不吭声。

"堂伯父，还要继续说吗？不说的话……我母亲同我可要去灵堂守灵了。"白卿言慢条斯理道。

这是要逼着白岐云给董氏致歉认错。

董氏理了理自己的衣摆："卿言，我们走吧！"

白岐云脸色难堪，偏过头冲董氏的方向揖了揖手："世子夫人包涵！"

白卿言这才侧身朝董氏的方向，开口："母亲，宗族里的事情也算是大事，既然堂伯父等不及给祖父、父亲和各位叔叔上香就要谈，那就谈吧！谈完了……还请堂伯父好好地去给我祖父、父亲和叔叔们敬香。"

两位朔阳庶老爷听到这话，忙道："这是自然！这是自然！"

"母亲，既然此次三位叔伯来我国公府不为吊唁，只为拿银子修宗祠、祖坟、学堂，哦对，还要给族里置办田产！我刚听堂叔说修安置牌位的地方可不能减料，那就是祖庙也要修一修？可是这意思？"

董氏看向白卿言，没有明白女儿的意图，便先静观其变抿着唇不吭声。

"这是自然！"白岐云脸色微霁。

白卿言点了点头，看向董氏："前几日祖母倒是同我说起，等国公府大丧过后是有让我等回祖籍朔阳的意思。原本祖母她老人家打算这几日便同您说一说，重新修缮我们嫡支闲置在朔阳祖宅的事。这事女儿私下问过郝管家，郝管家说祖父老早就有这个意思，半年前便命祖籍看宅的老管家送来了修缮图纸。咱们祖宅本就大，若要好好修缮，七七八八算下来，大约需要花十八九万两银子，这还不算添置一些东西。因为数额巨大，咱们国公府一时拿不出来，此事就给搁置了。"

白岐云心头一跳，以为白卿言是要用修缮祖宅的事情，搪塞过去不给银子！白岐云一张脸憋得铁青。国公府女眷要回祖籍朔阳，是他刚说的，人家要回去肯定是先修祖宅要紧，他有种搬起石头砸自己脚的感觉。

白岐云气不过冷笑："国公府百年武将之家，修缮祖宅拿不出十八九万两银子，堂侄女儿这是哄谁？军粮军饷国公府随便拿一拿，指头缝里漏出一点儿都不止这个数！"

她眸色一沉："堂伯父慎言！您好歹也是年过不惑之人，说话竟然如此不当心。贪污军粮军饷这可是诛九族的大罪，堂伯父敢说，我国公府可不敢接。"

白岐云抿住唇，他的确是一时气恼失言了。

深深看了白岐云一眼，她才接着同董氏道："给族里置办田产、修祖庙、修祠堂、祖坟和学堂这些事，既然当初祖父应承了，即便是祖父如今不在了我们也得办，族里要四十五万两，修缮祖宅就当二十万两，这下来便是六十五万两！"

白岐云眉头直跳，这的确不是一笔小数字。

"母亲，您和诸位婶婶的嫁妆肯定是不能动，就算为了凑银子修白家祖庙、祠堂、祖坟和学堂，给族里置办田产，不论说到哪里去，也断断没有动儿媳妇嫁妆的道理！女儿寻思着那就将国公府公中的铺子、宅子全都卖了！还有大都城郊区的农庄良田也都卖了凑银子，反正最终国公府遗孀遗孤还是要回朔阳依靠宗族，不如就干干净净地走，别在大都城留什么牵绊了……"

白岐云和朔阳的两位庶老爷都愣住了，没想到白卿言这么一堆话最后不是要推辞的意思。

董氏一脸狐疑地看向女儿，只见女儿对她浅笑颔首，董氏这才皱眉心安了下来，端起茶杯道："这些家业可不是说卖就能卖的。"

白岐云心头大动，国公府这些产业在大都城可都是顶顶赚钱的，要是国公府为了凑银子把长街铺子什么的卖出去，他倒是可以悄悄让乌管事买下一两间，以后可就不愁没银子花了。

"我知道堂伯父要得急，说是必须明日便备下！"她冷笑一声，侧头对董氏道，"母亲，如今第一富商萧容衍尚在大都城，碰巧咱们府上陈庆生和萧府管家十分相熟，可以让郝管家同陈庆生一起去问问，放眼天下怕也只有萧容衍，可以在一时半刻拿出这么大笔银子来。"

"其实……"白岐云开口，又生生将话咽了回去，只道，"其实卿言说得对！"

他原本是想说其实也不着急，甚至还想劝董氏和白卿言慢慢卖个好价钱，好给他时间从中谋利。可这话一出口，就同他急着明天就要的话相悖，他只能将话吞回去。

"既然说拢了，那就请三位堂叔伯正正经经经给我祖父、父亲上炷香，告诉他们宗族的事情我们国公府应了。也让祖父和父亲知道宗族承了我们国公府的情，以后宗族会好生照顾国公府遗孀遗孤，也好……让我祖父和父亲放心！"

白卿言这话说得在情在理，拿了人家倾家荡产凑的银子，若连一句承诺都给不了，那也太无耻了！

朔阳的两位庶老爷见白岐云没吭声，便轻轻拽了拽白岐云的衣袖，用三人能听到的声音道："堂兄，这话有理……这些年国公府对宗族照顾颇多，而且刚才您太着急了，一进门不曾上香便同世子夫人说这事情，好多人都看到了，就是为了挽回一二，你确实应该好好上炷香。"

"对啊！国公府出了银子，宗族得了实惠，她们孤儿寡母要的无非是个面子，就是上炷香，再当着来吊唁的宾客说几句白家遗孀守诺的话，也是值得的！再说，这话当着来客说了，国公府也就不能仗着是孤儿寡母就耍赖不给银子了！"

刚才白岐云是太着急了，他是想抢在两个弟弟辞行之前说这件事儿，他也不是有意不上香的。既然目的达成，他也不必再做出一副高高在上的样子，国公府里总归是在办丧事。

"我也不是有意不上香的，只是有些着急！"白岐云说完清了清嗓子道，"既然这件事敲定了，那就上香禀告国公爷和世子爷，好让他们知道！世子夫人……有得罪之处还望海涵！"

董氏侧头对秦嬷嬷道："秦嬷嬷，你带三位爷去上香。"

"是！"秦嬷嬷双手交叠放在小腹前，恭敬地对三位朔阳白家老爷行了礼后，做了一个请的姿势。

见那三人前脚出了大厅,后脚董氏就急不可耐地问:"阿宝,你葫芦里卖的是什么药?"镇国公府倒是拿得出那几十万两银子,只是这事宗族做得太气人,就算要给哪能给得这么痛快?

"阿娘……"白卿言挽住董氏的胳膊,一边往前面灵堂走一边道,"我们既然要回到祖籍朔阳,与其到时候不停被宗族盘剥,倒不如这一次直接干净利落,把手里明面儿上的产业全卖了!趁着祖父灵堂设立在院门外,再让锦稚和锦桐把这件事闹大,让宗族和世人都知道此次我们被逼着帮扶宗族,连手中产业都悉数变卖。宗族的人这一次拿了钱之后,以后碍于人言也不能再找我们孤儿寡母帮扶宗族,这是其一。"

"其二是要做出退出大都的姿态,让皇帝安心?"董氏问。

见白卿言点头,董氏拍了拍女儿的手满目心疼,若女儿的祖父、父亲和弟弟们都在,哪里用她一个女儿家为家族前程殚精竭虑?

她笑着捏了捏董氏的手:"阿娘心里什么都清楚,女儿也是什么都瞒不过阿娘。"

"可这大魏富商萧容衍,能一口气买下这么多的铺子和农庄良田吗?"董氏攥着女儿细心盘算,"这可不是一笔小数目啊!"

"这就是我要同母亲说的了,我让陈庆生去同萧容衍说,此事只借他的名头,钱由我们国公府出。只有这个法子能将国公府明面儿上的所有铺子田庄转到私底下,还是由您攥着。"白卿言望着董氏,"就是不知……我们国公府一时之间,拿不拿得出四十五万两给宗族的人?"

董氏听着白卿言的话脚下步子一顿,想起昨日弟弟董清岳同她说,信王马车车轴断裂便是萧容衍身边那个身手奇高的护卫所为。今日萧容衍也是一早便来国公府祭拜,又是萧容衍身边的护卫出手救下了要撞棺的四弟妹。

她抓着女儿的手一紧:"你和萧容衍私下见过?有来往?你和阿娘说老实话!"

董氏的问题像连珠炮似的,她越想越觉得是这个道理,虽说士、农、工、商,商排最末,可大晋国并不那么轻贱商人。这萧容衍生得英俊潇洒不说,身上那股子书生儒雅的气质更是出类拔萃!她的女儿自不必说品貌超尘拔俗,难不成两个人……有了情谊?否则白卿言如何就能肯定萧容衍会帮国公府?若白卿言真与萧容衍有了情谊,那她就得另作打算,之前和母亲董老太君说的法子便不能用了。女儿平安重要,可平安之余能让她这辈子顺遂如意也重要。

眼下,白家身后立着大都城的百姓,皇帝一时间还不会拿国公府如何。若女儿真对这个商人有情,她此时就需要开始筹谋,待到试过这个萧容衍人品,她才敢把女儿托付于他。萧容衍那样的气度,怎么就是一个商人?这要是让女儿跟了他,那就不仅仅是低嫁了,怕这在世人看来就是自甘堕落、自轻自贱吧!普通清贵人家哪有把女儿嫁入商家的道理,更别说是镇国公府这样百年荣耀列国皆知的簪缨世家。

不过是须臾间,董氏心里已百转千回。

白卿言望着董氏变幻莫测的面色,磊落地对董氏开口:"今日我去城外折柳亭送人,偶遇萧容衍便闲聊了几句。不过,女儿让陈庆生去找萧容衍商议此事,却不是觉得几面之缘,几次闲谈便能在萧容衍那里得这个面子。"

她扶着母亲一路往前走,一边低声同董氏解释道:"自萧容衍入大都城,母亲细想萧容衍每每一掷千金的作风。他要的是在这大都城扬名,甚至在晋国扬名,把大魏第一富商的名号变成天下第一富商,让天下人知道有萧容衍这么一号人物!"

"而今在晋国之内,镇国公府的地位举足轻重,对萧容衍来说,有什么比一口气吞下国公府手中所有的铺子、农庄和良田能让他更快达成目的?"

白卿言刚才站在廊下时,心底盘算过了。萧容衍当初在宫宴上说,要等大都城十五灯会一过再走,为何?无非就是想借着这次灯会天下文人雅士齐聚大都城之时,彰显财力,打响天下第一富商的名号。可如今因为国公府的丧事,这个期望怕是要落空。既如此,白卿言便将机会送到萧容衍面前。萧容衍那么聪明的一个人,绝不会错过这次既能向天下展示财力又能让国公府欠他一个人情的机会。

董氏看着女儿锋芒内敛的目光,攥住她冰凉的手,问:"这萧先生不论仪貌还是品格都堪称鹤立鸡群,你对他……"

她一时间没反应过来母亲话里的意思,待反应过来了被母亲弄得哭笑不得:"阿娘,你想到哪里去了?我自己是什么样子我心里清楚,此生已经打定主意要赖在母亲身边了,更何况我们国公府如今举步维艰,哪有余地容我有那样的小女儿心思?"

不待董氏开口,她又道:"母亲,不论是什么事,我们都等到祖父、父亲、叔叔和弟弟们的丧事过了之后再说。"

董氏眼眶发红,哽咽点头。

"世子夫人、大姑娘。"古老先生被小厮搀扶着走了出来,行了礼便急急追问:"宗族来的岐云四爷呢?走了?"

古老先生是国公府忠仆,自高祖起古老先生的祖祖辈辈都在国公府内伺候,可以说世世代代为国公府殚精竭虑。古老先生这些年来一直打理府内最为要紧的账房,银钱调度都归古老先生管，不论是在国公府内还是在朔阳宗族内都很得人望。刚才白岐云端着架子来找董氏，秦嬷嬷便悄悄派人去找古老先生来镇场子，只是没料想白卿言过来没过一会儿就将此事敲定，古老先生到底是来晚了一步。

"刚才母亲答应了宗族提出来的要求，打算变卖国公府手头所有的铺子、农庄和田产凑足这笔钱，堂伯父已经去前面上香禀告祖父和父亲了。"白卿言恭恭敬敬地对老人家道。

"老朽去与他们理论！"古老先生拄着拐杖，又颤颤巍巍地朝着前面走去。

"古老……"

董氏正欲唤住古老先生，却被白卿言攥住，她深深地看了眼古老先生的背影，收回视线沉稳镇定地望着董氏："母亲，让古老去添一把火，正好！"

太阳已经落山，敛尽天际最后一丝余晖。

前院灵堂前，摇曳的烛火之下，白岐云终于正正经经行了叩拜礼。

他跪在蒲团上开口道："伯父、堂弟，你们虽去了，可弟妹是个守诺的，之前伯父应承要给宗族修祠堂、修祖庙、修祖坟和学堂这些事，弟妹都应下来了！"

白锦稚一听这话，按照白卿言的交代怒道："什么？大伯母同意了！"

"锦稚！"白锦桐做戏拉她。

白锦稚甩开白锦桐的手，怒问："大伯母为什么要同意这小人的讹诈！我们国公府不倾家荡产怎么能凑齐四十五万两？大伯母怎么能答应啊？若真是倾家荡产了……我们国公府孤儿寡母该怎么办！"

"小四！"白锦绣哽咽着出言阻止。

白锦稚情绪却越发激愤："更何况，此事若是真的，为何祖父从来没有交代过？这宗族堂伯父一上门来不先祭拜吊唁，反倒说什么国公府遗孀要靠宗族庇护，要我们拿银子买平安，和强盗一般做派！大伯母那么要强的一个人，为什么要服软？我们国公府又凭什么服软！这些年来宗族从我们国公府拿走的银子还少吗？我们祖父、伯父和我父亲、叔叔、哥哥弟弟们尸骨未寒，宗族里的人就逼着我们孤儿寡母拿银子买平安！这和乡间恶霸又有何区别！"

白锦稚本就嗓门大，又是习武出身，这嗓子一吼，将院内的宾客、院外的百姓全都引了过来看热闹。白府满门男子都葬身南疆，今儿个上午先是行军记录被忠仆舍命送了回来，皇宫武德门前百姓陪着闹了一场！此时大都城百姓无不挂心国公府，都不愿意看到国公府再出什么岔子。刚才这宗族的人来了，不叩拜不上香，直朝内院冲去，百姓和宾客也不是没有看到。闹了半天，那么匆匆忙忙是逼着白家遗孀拿银子买平安啊！

白岐云双眼瞪大："你这小辈满口胡说什么！谁要你们国公府拿银子买平安？那是你祖父镇国公和伯父世子爷早就和族里商定好的，原本就定在今年送年礼时做安排，国公爷常说，国公府作为族内最显耀的一支，为族里出力这是应当的，且历年来为宗族做事国公爷也是全盘揽下，族长怎么劝国公爷让其他族人出点力，国公爷也都只说宗族荣耀我们白家才能更加昌盛！族长怕国公府丧中还惦念着宗族的事情，又腾不出人手来办，这才让我上门！你这小女子颠倒是非黑白不说，又是怎么对长辈说话呢？"

白岐云虽然爱拿架子，可不是个蠢透的。当着这么多外人在，他又怎么会拿出刚才在厅内逼迫董氏的嘴脸授人话柄？他当然是把国公爷捧得高高的，族长也自然是因为体谅国公爷那份重视宗族荣耀和前程的心，这才派了他来。

"小四！退下！在国公府二十多位英灵面前吵闹成何体统？"白锦桐拉扯了白锦稚一把，将手中香双手递给白岐云，"请堂伯父为我祖父、伯父、父亲、叔叔和兄弟们上香！"

白岐云看了眼被白锦桐制止的白锦稚，嘟哝了一句："欠缺家教！"

"你……"

白锦稚还要上前理论，却被白锦桐死死按住手腕。

白岐云举香鞠了三躬，正要上香时，手中的三炷香居然齐齐断成两截。

"断了……"

"香怎么断了！"

"这是……国公爷不肯受他的香啊！"

百姓议论纷纷，忍不住往前凑了两步看热闹。

白岐云脸色难看，抬头朝着镇国公的漆黑牌位望去，心中陡然惶惶，下意识向后退了两步。虽说子不语怪力乱神，可他在国公爷尸骨未寒之时逼上门来，企图讹诈国公府遗孀，本就心虚，眼下香断两截，如何能不心慌？

白锦绣看出白锦桐递香时的门道，垂眸没做声。

"怕是香受潮了，堂伯父重新点香吧！"白锦桐垂眸掩住眼底笑意，重新点了三根香递给堂伯父，"堂伯父上香吧！"

白岐云忍住心中忌惮，越发恭恭敬敬地鞠了三躬，再次上前上香时，手中三炷香居然又整整齐齐断掉跌落地上，惊得白岐云连连向后退。

"我就说我祖父从来没有交代过,要国公府把家产全都交给宗族!"白锦稚一下就跪在了灵堂前,哭喊开来,"祖父!祖父!是你回来了对不对!你也看到宗族的人欺负我们孤儿寡母,祖父你是在替我们鸣不平,所以不受他的香火是不是!"

灵堂前的烛火突然剧烈摆动,牌位影子也跟着在墙上胡乱晃动,门口又窜进来一阵风,一时间人人都提起了心。

"国公爷显灵了!"

"是国公爷显灵啊!"

"国公爷!"

门外百姓突然都哭喊着跪了下来,家中仆人也各个热泪盈眶跪了下来,高呼国公爷。

白岐云脸色惨白,手中捏着断成两截的那三炷香尾,又向后退了两步。

白锦稚跪在了灵前重重叩首:"祖父!前有信王攀诬,后有宗族逼迫,国公府遗孀步步艰难,求祖父明示我等小辈该何去何从啊!"

"宗族也太不要脸了!"声如洪钟的老人家声音传来,惊得白岐云回头。

只见古老先生被小厮搀扶着颤颤巍巍走了出来,双眸通红,怒发冲冠。

古老先生匆匆而来,眼见国公爷魂魄不安,一颗心都揪了起来,愤怒地指着白岐云的鼻子骂:"宗族还要不要脸啊?啊?"

"古……古老!"白岐云轻轻唤了一声。

古老先生的拐杖将这青石地板敲得咚咚直响:"我这些年管着国公府的账目,最清楚不过国公府对宗族的帮扶!每年国公府进项,包括陛下的赏赐,哪一次国公爷没有惦记着宗族?哪一次没有分一半之数运回宗族?"

古老先生说到这里,直接跪在了灵堂之前,捶胸哭喊道:"老奴就应该早早劝着国公爷和世子爷啊!升米恩斗米仇,这宗族的胃口果然是被养大了,开口就找国公府要四十五万两银子!这些年国公府年年将一半进项分与宗族,怎么拿得出四十五万两银子!国公府拿不出银子,他们就逼着世子夫人变卖国公府所有的铺子、农庄和田产!这要是都卖了,将来……国公府这上百口人都要怎么过活啊!都是老奴的错……没有尽忠直言!老奴……老奴愧对国公爷信任,愧对这国公府上下,老奴这就死了算了!"

说着,古老先生陡然站起身,朝着灵堂里的实木供桌撞去。

"古老!"白锦绣睁大眼,张开双臂拦住古老先生,竟被撞得和古老先生一同跌倒。

灵堂瞬间乱成一团,拉古老先生的拉古老先生,忙去扶白锦绣的扶白锦绣。

百姓被激得义愤填膺。

"国公府也太倒霉！这还给不给国公府遗孀活路？一天下来，差点儿逼死国公府两条人命！这都是做的什么孽，这宗族都不怕天打雷劈吗？"

"呸！也忒不要脸了！国公府这么大的丧事，宗族不知道赶紧派人来帮衬人家孤儿寡母，竟跟个强盗似的抢家产！"

"真是贪心不足！国公府每年一半进项都给了宗族，谁家这样大方！我看就是国公爷太好性了，让那群狼心狗肺的东西越发不知足，这才给国公府遗孀酿下如此大祸。"

"我看，他们就是欺负国公府没有男人了！国公府男儿为国为民而亡，这不要脸的白氏宗族也好意思欺负人家孤儿寡母！"

见百姓群情激愤，白岐云向后退了两步，和自己两个庶堂弟站在一起，显然被刚才"国公爷显灵"之事吓得方寸大乱。

"闹什么！"国公府世子夫人董氏被白卿言扶着缓缓走入灵堂，董氏主母威仪十分慑人，"闹出这么大的动静，是要惊动大长公主吗！"

古老先生愧疚难安，重重叩首："世子夫人！老奴没有做到尽忠直言，老奴不配为国公府家仆啊！"

董氏说着，走至古老先生面前，扶起双眸通红的古老道："古老何出此言？古老一家子从高祖起祖祖辈辈跟着国公府，世世代代为国公府辛苦！我如何不知啊？"

"世子夫人！"古老先生老泪纵横，哽咽不能语。

"虽说此次国公府为了给宗族置办田产，修缮祠堂、祖庙、祖坟和学堂，倾家荡产才能勉强凑足银子。可我董氏在此立誓，必会以我全部嫁妆奉养为国公府辛苦的忠仆、家奴，我董氏有一口饭吃，便绝对不会让国公府任何一人挨饿。"

"世子夫人！"

"世子夫人！"

白家仆人、家奴悉数跪地，感激董氏恩德。

董氏虽是后宅女流，却是个有城府有决断之人。

白卿言望着母亲，心中满是敬佩叹服，刚才母亲一直压着她等在后头不出面，直到古老先生被逼得要碰死，烧起百姓心中的那把火，母亲这才不紧不慢出来收拾场面。今日母亲在灵前称将用嫁妆奉养白家忠仆、家奴，便是将来退回朔阳，宗族看到了国公府浩浩荡荡回去的仆从，看到国公府吃穿用度一如往昔，也不能再拿什么宗族大义来逼迫国公府为宗族出银子，毕竟这用的可都是她母亲的嫁妆。宗族再无耻，也不能把为宗族贡献的说头安在族人媳妇的嫁妆上，更不可能手伸得那么长去查白家媳妇的嫁妆。否则，以后谁家敢嫁白家郎？她想了法子，可母亲却将她的法子补得更为周全，关于宅子里这点儿事情她在母亲这里还有得学。

"此次为了宗族，银子我们国公府倾家荡产凑了！可话我也要先同族堂兄说清楚……"董氏看向白岐云，一字一句，声如洪钟，"此次为宗族出力，我国公府既然拆家散业挑了大梁，下次宗族可别再打我们这些遗孀嫁妆的主意，毕竟我们的嫁妆还要养活女儿，养活这些为国公府奉献出力的忠仆、家奴！待我们回到朔阳老家，还求族内给我们这些国公府遗孀一条生路，一点安宁。"

白岐云和两个庶堂弟立在一起，本应为挽回宗族声誉辩上一辩，可一想到刚才烛火无风摇曳和两次断香，死死抿住唇不敢开口。

声誉，乃是一个宗族的立世之本。他万万没有想到，国公府这群将来要依靠宗族过活的妇人、女童，竟然连世族之本都不顾了，彻底与宗族撕破了脸。这要是让白岐云的父亲——如今的族长知道，白岐云的腿怕是保不住了。

"国公府家财散尽不要紧，所幸还有我等妇道人家的嫁妆，还怕养活不了我们的孩子和国公府的忠仆家奴吗？"挺着肚子的五夫人齐氏被贴身嬷嬷扶着也来了灵前，她恭敬对董氏一礼，"只要能花银子买我国公府孤儿寡母一条生路，莫让宗族把我们逼死，国公府家财散尽又有何妨？！不止有嫂嫂的嫁妆，还有我的嫁妆，嫂嫂……我们国公府诸人同舟共济，没有什么坎是过不去的！"

一直倚在儿子棺材前，痛不欲生的四夫人王氏哑着嗓音开口："还有我的嫁妆！"

"还有我的！虽说我的嫁妆比不上大嫂的，可当年也是十里红妆……嫁妆流水似的抬了一整天！"三夫人李氏闻讯而来，人还未到声先闻。

自古以来，出嫁的女子无不将自己的嫁妆看得比命还重要！当宗族逼迫国公府倾家荡产用银子买平安时，国公府诸位夫人站出来，称愿用嫁妆来养活国公府余下的子女，愿意养国公府的仆从、家奴！这等比较之下，国公府诸位夫人是何等气度！这朔阳白家宗族又是何等龌龊？民间百姓不是没有家里死了男人又无男丁的绝户，那些孤女寡母谁又能保住男人给留下的产业？大多都是被宗族抢了去。没承想，就连白家这样的世族，也是这样龌龊。

白卿言垂下发热的眼睛，她一直都知道她的婶婶们义薄云天，虽说平日里几房相处难免时有口角，心生不愉，可一旦真的遇到难关，白家便无比团结。这……便是白家数百年来，生生不息，荣耀愈盛的原因。世间只有血脉之情不能以银钱衡量，祖父这话并未说错……

"国公爷曾在宗族数次说过,国公府显赫,为宗族出力应当应分无怨无悔!宗族绝无逼迫国公府遗孀的龌龊念头!世子夫人动辄拿嫁妆说话,着实让宗族难堪!让天下人以为我白氏宗族族长乃是夺人遗孀产业之人!既如此……哪怕违背国公爷遗愿,宗族也断不敢领受国公爷这份好意,告辞了!"立在白岐云右侧的朔阳白家庶老爷,恭恭敬敬地说完,伸手去拽白岐云。他想趁机带着白岐云溜之大吉,毕竟宗族的声誉要比这银钱贵重得多。他们本不占理,再对质下去难免露馅。

白锦稚二话不说拦住了三个人的去路,紧咬牙关,声嘶力竭:"这会儿说不敢领受?刚才咄咄逼人要我伯母明日凑齐四十五万两的,不是你们吗?颐指气使让我们拿钱买后路的,不是你们吗?满嘴说着我祖父高义,实则暗指我们国公府遗孀是不义之徒,陷害宗族!你当我是傻子听不出来?既如此,你们敢不敢对着我祖父的灵位发誓,你们没有逼迫我大伯母?你们若敢发誓,我白锦稚今天以死向宗族谢罪!你们敢吗!"

三位朔阳来的老爷,谁真敢发这个誓啊?

白锦稚高昂愤怒的话音刚落,急促而来的骏马突然被勒住,稳稳当当停在镇国公府门前。

身披白色大氅的萧容衍从马背上一跃而下,随手将马鞭递给随行侍卫,在门外恭敬地理了衣摆,这才抬脚迈上镇国公府台阶。

萧容衍进门未言,先行大礼叩拜,随后才起身对董氏长揖到地。

董氏同白卿言回礼,不待萧容衍开口,白卿言便先道:"想必萧先生已经见过国公府管事了,萧先生可有盘下我国公府名下铺子、农庄和良田的意思?宗族这边儿催得急,明日就要见银子,母亲和我思来想去……只觉放眼大都城,能一夜之间拿出五六十万两的,也就只有您这天下第一富商萧先生了!本想得了先生的准信,再让管家同管事带了契约登门,不承想萧先生竟亲自来了。"

萧容衍望着语气慢条斯理、面色从容镇定的白卿言,朝身后伸手,随从立刻递上一个十分精致贵重的红木盒子。

萧容衍将盒子双手奉上,温淳的嗓音徐徐道:"镇国公府白家之忠勇,天下有目共睹。萧某亦感佩国公府满门忠烈!萧某身为商人,身份低下,能拿得出手的也唯有这黄白之物!这里是一百万两汇通银号的银票,刚印出来。如果不够,明日我再让人送两百万两过来!世子夫人、白大姑娘尽管开口,萧某再多也拿得出来。"

白家灵堂的灯笼摇曳烛火之下，身形修长挺拔的萧容衍沉着自若。满室烛光灯火勾勒出他极其清雅分明的五官棱角。平静似水的幽邃目光也因火苗摇曳，忽明忽暗，显出温润醇熟的气质。

白卿言知道机会送到萧容衍面前，萧容衍只会比她预料的做得更好……对国公府遗孀如此豪气，既展示了财力雄厚富可敌国，又博得了好名声。听到百姓纷纷赞赏萧容衍高义，她眸色越发幽深。今日之后，萧容衍天下第一富商的称号便坐稳了，一个义商的名头也少不了。

董氏浅浅福身行礼："多谢萧先生援手，国公府承了萧先生的情。不过生意便是生意……还是要按规矩办事。萧先生尽可命掌柜管家带人来同我府上账房盘算铺子、农庄和良田价值几何，该多少是多少！绝不能让萧先生多出一钱。"

"世子夫人……"

董氏抬手，示意萧容衍不必再劝，神色温和："萧先生能在国公府艰难之际雪中送炭，已是难得！国公府上下铭感五内。只是国公府家法严厉，就算山穷水尽，也绝不能多拿百姓一针一线！国公府家规不可违，硬骨不可折！更别说国公府有我等妇人在，并未到穷途末路。"

萧容衍郑重行礼致歉道："是萧某鲁莽，国公府男儿虽尽马革裹尸，但国公府硬骨精气长存，萧某感佩！如此，便依世子夫人所言……"

"不过……"萧容衍视线扫过被白锦稚拦住的朔阳白家三位老爷，道，"既然朔阳白家宗族这三位老爷如此着急，可先将银票给予。死者为大，国公府如今大丧在前，先办丧事。待到丧事结束，再慢慢计较生意对账交接之事，世子夫人以为如何？"

"萧先生高义，国公府感激不尽。"白卿言恭敬行礼后道，"母亲，对账交接怕是需要些时日，我们既然答了三位族内堂叔伯明日备齐，便不能失信。如今国公府突逢大丧，忙得不可开交。既然萧先生信得过国公府，不如先请萧先生拿了四十五万两给三位堂叔伯，待到国公府丧事一过，再对账交接。"

董氏颔首："那便有劳萧先生了。"

萧容衍这才将手中锦盒递给身后侍卫，侍卫拿出四张十万两的银票，又拿了五张一万两的银票，一手夹着装银票的木盒，一手拿着银票走至白岐云三人面前，态度散漫地单手将银票递了上去。

白岐云不是个傻子，这四十五万两银票要是在人后收倒也无妨，刚才闹了一场，来吊唁的清贵和百姓都看着，宗族逼得白家遗孀变卖国公府产业给宗族凑银子，现下来了一个商人反倒给国公府送银子,他要是收了这银子,他们白家宗族才真要让全天下耻笑了。

白锦稚出言激白岐云:"堂伯父,银票来了……您怎么又不敢伸手拿这银票了?该不会因为祖父显灵,你怕了?莫不是祖父答应给宗族办这办那的话,不过是你欲强夺国公府产业,编出来骗人的说辞!"

白岐云又不由自主想到刚才无风摇曳的烛火,断了两次的香,手心里起了一层黏汗。

一直跪在灵前的白锦绣抬头,缓缓开口:"堂伯父如此犹豫,莫不是我四妹妹的揣度是真的?堂伯父是怕昧着良心收下银子,夜里我国公府英灵会找伯父算账不成?"

白岐云慌得向后退了一步,色厉内荏:"你胡说什么!这……这本就是原先说好的!"

话这么说,白岐云却迟迟不敢伸手接银子,惧怕之意显而易见。

倒是立在白岐云身后的庶老爷咬牙上前一步,双手接了银子。

"只望宗族拿了银子,真能够还我们镇国公府孤儿寡母……一个平静!"白卿言长长叹了一口气,"天色已晚,让下人带三位堂叔伯去安置吧!待国公府大丧过后……我母亲亲自派人护送三位叔伯回朔阳!"

白锦稚一听又沉不住气上前:"长姐!他们这般对我们国公府……"

"我国公府,宁教天下人负我,我绝不负天下人,此乃义。"

白岐云看着恨不能将他们生吞活剥的国公府诸人,哪有勇气在国公府住下来?

"不……不必了!我们自有住处!"白岐云紧紧握着庶堂弟的手要走。

"堂伯父,大都城离朔阳虽说不远,但也不近,堂伯父怀揣四十五万两银子,如此回去难免不稳妥!国公府丧事未办完之前,实在腾不出人手护送您三位回朔阳,为稳妥计……不如等丧事结束后,国公府派人护送您三位回朔阳为好。"

"长姐!"白锦稚气红了眼,满腔愤懑。

不等白岐云开口,刚才那位接了银子的庶老爷道:"此次我三人本就是为国公府丧事与国公爷遗愿而来的,自然得等国公府丧事之后再走!只是护送之事不敢再麻烦国公府,否则我等得羞愧而死。"

话已经说到这个份儿上,白卿言颔首,命人请萧容衍去内厅喝茶致谢。

白岐云三人在百姓注视之下灰溜溜离开。

围观百姓却不免觉得白卿言对族人太过软弱。

"虽说宁教天下人负我,我绝不负天下人,可白家宗族的人这么作践他们国公府,白大姑娘连信王都敢逼杀的人,怎么面对宗族那么软弱?"

三五聚作一团提灯往回走的百姓议论纷纷。

"怎么那么软弱?那还不是人在屋檐下不得不低头,没听世子夫人说丧事过后,国公府白家的遗孀要回朔阳了?能怎么办?她们孤儿寡母的总不能和宗族硬来吧?"

说到这里,有心肠软的妇人不住抹眼泪:"镇国公府满门忠烈,怎么就落得了这样一个下场!要是国公爷知道定然死不瞑目啊!"

"可不是死不瞑目吗?就刚才别人上香都好好的,偏那个朔阳白家的族老爷上香,香就断了!还两次!烛火无风摇摆,那可不就是国公爷显灵了嘛!"

"哎呀!这天都黑了,你怎么说这个!怪瘆人的!"

"怕什么,国公府一家都是为了护卫我们百姓而亡的,难不成死后英灵还会害我们吗?就算死后也会护着我们,什么妖魔鬼怪能害我们?!"

天色已沉沉黑了下来,大都城往日最热闹的红灯长街被笼罩在一片蒙蒙夜色之中,隐约能看到百姓、商户自发换上的白色灯笼,大约是为了哀悼为国为民而死的国公府英灵。

国公府长廊里、檐角上的白色灯笼,随风轻轻晃动。不一会儿,雪粒如被磨碎的细盐一般往下落,轻轻砸在灯笼的白绸缎面上,噼里啪啦直响。

董氏、白卿言坐于厅内,缓缓与萧容衍细说国公府只借用他名头的事情。

"此事,算我国公府欠了萧先生一个人情,还烦请萧先生同国公府把这场戏做足,可好?"董氏徐徐说道。

萧容衍放下手中茶杯,郑重道:"世子夫人这话折煞萧某了。萧某虽愚钝,却也知……此乃是白大姑娘看透萧某大都之行所图,给了萧某借国公府达成目的的机会。"

"士、农、工、商,商者多为人轻贱,国公府并未低看萧某出身,反助萧某,萧某铭感于心,只盼他日世子夫人与大姑娘能给萧某机会,报偿一二。"

能让尘世之人所看重的,无外乎三样东西,一曰权,二曰名,三曰财。三样东西,可以说相辅相成——权柄在握,可得财,可得名。名,可以成就权,成就财。财,亦能成就名,成就权。而其中最容易掌握便是财,其次是权,好名声最难……

萧容衍既然要用第一富商的名号行走列国,想得他国勋贵甚至是皇廷青眼,自是要将名声推至鼎盛。有了盛名,萧容衍不论走至哪一国,都不必再花费心机接近那些权贵人物，只要名帖递上自是想见何人都可。

尤其此次，萧容衍同世间忠义之名最盛的白家扯上关系，那便是为萧容衍这个名字镀了一层金。白卿言这是把站在白家肩上、为他萧容衍博好名声的机会，拱手送到了萧容衍面前。这对他将来与各国门阀、世家打交道大有裨益，以萧容衍的心智，他怎么会看不明白？

董氏望着坐于灯下英俊儒雅的男子，他眸色沉稳内敛，眉目间被摇曳的烛火染上一层温润暖色。虽为商贾，却无铜臭，通身清雅，言行举止间颇有从容之态，话音温醇平和，让人好感倍生。

董氏轻轻握紧手炉，眉目间略略含笑，望着萧容衍点了点头。萧容衍是个极为睿智通透的人，虽说眸色如一泓深泉让人望不到底，但董氏能感受到，萧容衍坐于此间同她说话，并未有所藏掖，是真心领受了国公府这份恩情。董氏倒是不图日后萧容衍能有所报偿，她不过是喜欢和聪明人打交道，不费劲。

"也是感激萧先生城南出手拦信王，今日棺前又救了我白家遗孀。"董氏望着门外簌簌的落雪，"雪天路滑，萧先生回去路上小心。三日之后，国公府必将四十五万两如数奉还。卿言，送萧先生……"

萧容衍起身恭恭敬敬对董氏行大礼后，才随白卿言从厅内走了出来。

"萧先生慢走……"白卿言福身。

明灯长廊之下，掌灯婢女在前挑灯引路，萧容衍与白卿言并肩而行，春桃和一众丫头连同萧容衍的护卫，跟在两人身后不远处。

一路无言，倒是萧容衍先出声道："'宁教天下人负我，我绝不负天下人'，这话……怕是此时此刻已经传到陛下耳中。最晚后日，关于信王之事，陛下定有所决断。"

白卿言垂着眸子没有吭声。国公府决意退回朔阳老家的姿态，摆出来给皇帝看了。皇帝想听的话，也借着朔阳宗族逼迫之事说了。是个人就总有心，心再冷，也总有一丝温情能被触动。那日大殿之上，她信口捏造祖父说皇帝鲲鹏大志的言语，已让皇帝心存愧疚。她深信，再让皇帝看到国公府"宁天下人负我，我绝不负天下人"的仁义，皇帝必有决断。

"宗族逼迫，变卖国公府产业，助萧某达成所图，推进皇帝决断，为国公府日后回朔阳不受宗族钳制铺路。"萧容衍摩挲着手中玉蝉，心中敬服，低声问，"宗族逼迫之事……也是白大姑娘一手促成？"

这位白大姑娘每每惊人之举，必定令人刮目相看，而后又必存后手，环环相扣，让人叹为观止。

"宗族人心不足，我也只是顺势而为，略作谋划，求存罢了。"

在萧容衍这等心智之人面前否认，他必要同她饶舌，逼她承认，不如痛痛快快认下来。

"不论如何，此次白大姑娘助我，萧某没齿难忘。"

"不过各有所求，各得实惠，谈不上谁助谁，就算作相互成全。况且今日折柳亭内，白卿言说了，先生他日若遇困顿，白家力所能及，必不推辞。"

说话间她已将萧容衍送至偏门，她拢了拢身上狐裘，侧身望着立于白家偏门灯下的男子："若萧先生仍内心不安，就当白家这是报答先生两次出手相助之恩了。"

国公府家仆已将萧容衍的马牵至门前，马儿看到萧容衍，鼻子喷出白雾，踢踏着马蹄想凑过来。

"萧先生请吧……"

"告辞。"萧容衍对白卿言行礼后，抬脚走出国公府，潇洒利落地一跃上马。他一手攥住缰绳，一手接过国公府家仆递来的乌金马鞭，高坐于马背，朝门内白卿言的方向望去。

随风摇曳的白绸灯下，身着孝衣孝布的女子浅浅福身行礼，面色苍白有几分病弱之态，隔着薄雾雪籽，依旧掩不住的明艳夺目的惊鸿美貌。清雅恬静，从容淡然，内里心智坚忍，城府谋算深不可测。

这样的人物，萧容衍敬佩。男子幽如深井的眸子凝视了她片刻，终还是挥鞭而去。

"这一天过得，真是好生漫长啊！"春桃扶着白卿言的手臂，忍不住低叹，"大姑娘累了吧？"

她点了点头："回吧！先去看看祖母，再去看看纪庭瑜。"

国公府后院厨房，两个仆妇端着簸箩一路小跑进厨房檐下，拍了拍身上的雪籽，仰头看那一片雾色直叹气："今儿个这天气可真是怪了！这么大的雾，又下这么大的雪。"

另一个婆子左右看了看无人，这才附耳对同伴低声道："我听说，二爷那个不争气的庶子，刚和他亲娘雇了辆马车，拎了好几个大包袱从后门溜了！国公府也不知道哪路菩萨没有拜对，朔阳族里逼得世子夫人倾家荡产，那庶子要是跑了，国公府连个摔盆的人都没有。"

"看来府上的活计还是太轻省了。"大长公主身边掌管膳食的管事嬷嬷立在厨房门内，双手交叠在小腹前，不怒自威。

两个仆妇被吓了一跳，连忙福身行礼退至一旁，头也不敢抬。

那位穿着墨青色衣裳气派十足的嬷嬷瞪了两个仆妇一眼，踏出忙得火热朝天的厨房，身后跟着一排拎着黑漆描金食盒的丫头鱼贯而出，沿着明灯回廊朝大长公主内院的方向走去。

大长公主的长寿院正房里炉火烧得极旺，侍奉丫头正规规矩矩摆膳，管炭火的婆子用裹铜长夹添了几块银霜炭，将铜罩罩在火炉上。

蒋嬷嬷陪着白卿言、白锦绣立在廊下，听大长公主身边掌管膳食的管事嬷嬷同她们说完白卿玄和他亲娘溜了的事情，摆手示意管事嬷嬷下去。

管事嬷嬷颔首，恭敬行礼退下。

"这事我知道。"白卿言坦言道，"清明院里的嬷嬷早便同我说过那庶子要走，也是我没有让人拦着。"

"走就走吧！"白锦绣眉头紧皱，难得地面露厌恶，"那妇人那庶子，都不知我父亲是怎么……"是怎么瞎了眼看上那种作为的妇人。

子不言父之过，白锦绣心中全是恼火，终闭了闭眼什么都不曾再说。

白卿言垂眸，望着噼里啪啦落在廊檐下的雪籽，语气淡薄如风："祖母是什么意思？想……把人扣下来吗？"

"大长公主还不知道呢，大姐儿……国公府男子都没了，好歹那庶子是咱们国公府的一点血脉，孩子性情不好原是没有教好的缘故。大长公主前几日还同老奴说，等陛下处置信王和刘焕章还有忠勇侯秦德昭的圣旨下来，咱们国公府大丧一过，便自请去爵位，去母留子，由她亲自来管教这个庶子。"蒋嬷嬷见白卿言垂着眸子不吭声，上前一步握住白卿言的手，"大姐儿啊，大长公主老了……丧夫、丧子，失去孙子，心里苦不堪言！总要给她一点盼头，给她找点儿事做，这苦不堪言的日子大长公主才好熬一些！"

"嬷嬷说的我都知道。"白卿言温润的腔调掩住心中肃杀之意，"人的确是我有意纵他们离开的，是因我深知以那庶子趋利避害的本性，只要皇帝处罚信王的圣旨一下，他必定还会再回国公府。嬷嬷信我。"

"信！嬷嬷当然信大姐儿！是嬷嬷多心了……大姐儿别往心里搁。"蒋嬷嬷对她福身行礼。

"嬷嬷。"她叹了口气，扶住蒋嬷嬷，"嬷嬷这就是折煞阿宝了，嬷嬷跟了祖母一辈子，算得上阿宝和锦绣的半个长辈。祖母同蒋嬷嬷相处的时间，比我等孙女儿还要多。有您操心祖母，是我们的福气。"

蒋嬷嬷双眼泛红，用帕子掩着嘴眼泪吧嗒吧嗒往下掉："大姐儿、二姐儿你们不知道，自从咱们国公府出事，大长公主她心里苦如黄连，可她强撑着不能倒下，夹在皇室和国公府间左右为难，心成日都滚在那沸油里，无一日安生啊。"

蒋嬷嬷说的这些她心里十分清楚，正是因为清楚……所以才愿意为祖母竭力克制杀念，留那个庶子一命。

"去母留子这件事，我会替祖母做好，就别让祖母她老人家再费心了。"她说。

"嬷嬷，祖母难，长姐不难吗？"白锦绣紧紧攥着帕子，含泪替白卿言说话，"我父亲留下的那个孽障，留在白家就是个祸患！当日长街之上，那个孽障说的那些话不让人后怕吗？把他留下……不知道什么时候便会给家里招来塌天大祸！是不是到时候又得长姐跟在后面收拾残局？长姐身体本来就不好，为了这个家殚精竭虑，今儿个武德门前长姐生生挨了一棍，到现在都没能闲下片刻让洪大夫好好给把把脉，嬷嬷不心疼心疼长姐，却在这里求长姐想办法留下那个孽障？"

白锦绣喉头哽塞难当，眼泪跟断了线的珠子一样掉下："从小到大，长姐即便有伤，也从不喊疼从不喊难受，难不成嬷嬷就真觉得长姐金刚不坏，全然不知疼吗？"

灯下的蒋嬷嬷如梦初醒，惊慌失措地望着白卿言，上下打量着她，紧张兮兮的声音带了哭腔问："大姐儿，大姐儿你可还撑得住啊？是嬷嬷糊涂……是嬷嬷的错！嬷嬷这就让人去请洪大夫！"

"洪大夫此时正守着纪庭瑜，纪庭瑜失血过多，怕……"她抿着唇没说后话，想到纪庭瑜为了国公府，将好不容易止住血的胳膊又砍断，她眼眶发酸，"我不要紧。"

和纪庭瑜比起来，她挨了一棍算什么？

她攥了攥白锦绣的手，安抚白锦绣："行刑官手下留情，比起家法军棍可要轻不知道多少，否则我这身子骨还能站在这里？"

房内珠帘晃动，丫头婆子悉数从正房退了出来。

蒋嬷嬷擦干眼泪，替白卿言、白锦绣打了帘，进屋时就见董氏已经扶着大长公主在圆桌前坐下。

董氏是来同大长公主禀告变卖国公府产业的事情，事情的前因后果和处理方式。董氏说得很清楚，大长公主知道董氏和白卿言是为了国公府孤儿寡母日后回朔阳计，并无什么异议。反倒觉得董氏和白卿言十分有决断，倒是不担心以后他们回了朔阳被宗族欺负。

同董氏说完她心里舒畅了一截儿，正准备用膳，就听到门外蒋嬷嬷的话。大长公主和董氏立在屋内听了一会儿，才从珠帘后出来，大长公主闭着眼，手指拨了拨佛珠，鬓间银丝在烛光之下生辉，越发显得容颜憔悴。

"阿宝……"大长公主对她伸出缠着佛珠的手，双眸通红。

她刚挪步走至大长公主身边，就被大长公主搂在了怀里。大长公主闭上眼，泪如泉涌，她死死咬着牙，然后睁开眼大声道："让人拿了我的名帖，去请太医过来给阿宝瞧瞧。"

这便是听到刚才他们的话了，她望着大长公主："祖母，我不要紧，您不必担心。"

"你便听你祖母的！"董氏早就焦心不已，双眼红得不像样子，手中的帕子都快被她扯烂了，"自家人面前，你要什么强？"

今日她只知道大长公主带着孩子们去敲登闻鼓，瞧着几个孩子完好无损地回来，还以为一切顺利，谁承想女儿居然在武德门前挨了一棍，怎么也没有人回来禀一声？要早知道女儿挨了一棍，她如何能让女儿这般劳累！

"哪里就不要紧了！你这孩子从小大到便是这样，不论哪儿疼哪儿伤从不喊一个疼字！非得要把小毛病弄成大毛病，被发现了才勉强承认！"大长公主声音严厉，"你若是不想祖母担心，就让太医好好瞧瞧！"

请太医的事情定下，大长公主又狠下了心开口："那孽障要走，便让他走吧，我国公府没有这样骨头轻贱的子嗣。"

因白卿玄是白锦绣父亲的孽障，白锦绣心中愧疚："祖母……"

大长公主睁开通红的眼，硬撑着庄重威严的气度，坚定道："少了这个孽障，我国公府还可以指望老五媳妇儿肚子里的孩子，即便那孩子也是个女儿郎，难道我国公府女儿郎就撑不起白家门楣了吗？坐下用膳！蒋嬷嬷派人去前面灵堂把几个孩子都叫回来用膳。"

看了眼满桌子的素斋，大长公主语气不容置疑："虽说要守孝，可孩子们正在长身体，哪能跟我这老太婆一样不沾荤腥？"

"祖母，我们身上戴孝……"白锦绣红着眼说。

"不沾荤腥哪来的力气守灵？哪来的力气撑起我们国公府？孝义在心，不在这些虚头巴脑的东西上。都是做给活人看的，你们守来有个什么意思！阿宝身子弱，锦绣成了亲得调理好身子为将来打算,你们妹妹年纪又都还小,若真守上三年,身体还要不要了?你们健康、平安,这才是对你祖父、你们父亲尽的最大的孝!此事不容再议,旁人说嘴,便是我这个老太婆用孝道压着你们吃的!"

大长公主提起精神,对身旁婢女道:"让小厨房给孩子们用鸡汤下碗面,放些酸笋、松茸,卧两个蛋!年前小厨房备下的云腿蒸上两碟!明日开始厨房里肉汤不能断,就说是我说的!"

"乖孩子,大伯母知道你孝顺,可你祖母说得对!"董氏拍了拍白锦绣的手,"你祖父他们人都已经不在了,总不能连你们的身体也都因为一个孝字折进去!听你们祖母的话!"

劝了白锦绣,董氏又吩咐婢女:"给二姑爷也做一碗面,配上爽口的小菜端过去,这几天二姑爷扎扎实实在国公府帮忙,着实辛苦。"

灵堂里不能离人,白锦桐、白锦稚带着三个妹妹过来,母亲同婶婶们便都在灵堂里守灵。

用完膳,乳母带着五姑娘、六姑娘和七姑娘回去休息,大长公主亲自盯着太医给白卿言号了脉,听太医说白卿言并无内伤,大长公主这才放下心来。

白卿言同白锦绣、白锦桐和白锦稚四人刚从长寿院正房出来时,外面已是鹅毛大雪。婢女提灯撑伞,陪着她们慢步往外走。

"今日长姐让我同三姐那么闹了一通,虽说以后回朔阳这宗族便不敢找我们麻烦,可这四十五万两银子……给得实在憋屈!"白锦稚心里愤懑,"就宗族那吸血臭虫的做派,我宁愿用这四十五万两银子开个粥棚接济穷困人家,都比给了他们强。"

"国公府如今只剩女流之辈,就当花钱买平静吧!"白锦绣笑着抚了抚白锦稚的脑袋。

"不过,那萧先生倒是真高义!"白锦稚提起萧容衍,眼底带着几分敬佩,"真是一派光风霁月之姿,与我之前见过满身铜臭的商人完全不同呢!像个清贵世家的公子哥儿。"

萧容衍本就不是真正的商人,自然身上无铜臭。

刚出长寿院,就见小丫头撑伞扶着刘氏身边的管事嬷嬷罗嬷嬷匆匆而来,罗嬷嬷说刘氏遣她来唤白锦绣去一趟。

"长姐,三妹妹、四妹妹,我就先去母亲那里,随后便去灵堂……"

白卿言颔首。

白锦绣行礼后同罗嬷嬷匆匆离开,不住地问罗嬷嬷是不是母亲刘氏有什么不舒服。

寒风瑟瑟,白卿言侧身望着两个妹妹:"我去看看纪庭瑜,你们先去灵堂。"

"那我陪长姐去吧!小四,你先去灵堂,那里离不开人。"白锦桐把白锦稚支开,是不想让妹妹再看到纪庭瑜那血肉模糊的凄惨模样。

"好……"白锦稚点头。

白锦桐陪着白卿言到纪庭瑜那里时,纪庭瑜已经睡下,洪大夫说纪庭瑜刚才疼醒了吃了药又睡下了。

"能睡好啊!"坐在方桌前一直守着的洪大夫摸着山羊须道,"睡着了就不那么疼了。"

望着躺在床上面色惨白若纸的纪庭瑜,白卿言红着眼从内室出来,问卢平:"纪庭瑜的家人可都知道了?"

"今天纪庭瑜刚回来,郝管家便遣人去庄子上告知纪庭瑜的姐姐了。"卢平点头,替白卿言和白锦桐打帘出来。

"不派人去告知纪庭瑜父母妻儿一声吗?"白锦桐问。

卢平立在廊下徐徐开口:"漳州匪患的时候,纪庭瑜的父亲没了,母亲五年前也没了。腊月初纪庭瑜刚娶了媳妇,可媳妇儿年纪还小……郝管家派去的管事怕纪家无长辈,新媳妇经不住事。便又赶到纪庭瑜姐夫家里,同他姐姐说了。"

白卿言点了点头,沉默片刻,转身望着卢平道:"平叔,还有一件事,我需要你悄悄去办。"

"大姑娘吩咐!"卢平抱拳。

"我估摸着明儿个一大早,我那位族堂伯白岐云便会怀揣银票动身回朔阳。"她垂眸轻抚着手中手炉,慢条斯理说,"你挑十个忠诚可靠,武艺高强且口风紧的,悄悄跟着他,等快到朔阳边界,让他们扮作盗匪劫了白岐云。"

白锦桐一愣:"长姐!"

"是!"卢平应声。

"平叔劳烦您现在就去挑人,挑好了来逸风亭同我说一声。"

卢平抱拳后,匆匆离开。

"我还以为,长姐让我和小四做了那么一场戏,只是为了在天下人面前占个理字,要一个面子,便会将银子给宗族,小四为此心里还不高兴呢。"白锦桐眼里藏着笑,打劫这做派真真像极了小四。

光是想到白岐云被劫后哭天喊地的样子，白锦桐就觉得解气。

"里子要，面子要，实惠也得要，不然对不起你和小四辛苦一场。"她望着卢平匆匆而去的背影，对白锦桐道，"都说穷家富路，你能多四十五万两傍身，记得要多谢白岐云这位族堂伯啊……"

"长姐说得是。"

看着这满地落雪，她转过身来，郑重问白锦桐："你可是……打算出海？"

白锦桐自小年夜宫宴回来之后，日日都在思量这事。若没有皇帝殿前对长姐那一问，如果没有白家满门男儿尽折损南疆，她愿意按照祖母安排的路走下去，慢慢为白家积暗财。可那日她望着坐于齐王身后的大魏第一富商萧容衍，终于明白，财是能通天的。白锦桐不知长姐对白家未来如何谋划，可她能从长姐的只言片语中，察觉到长姐意欲威慑皇室的意图。

否则，长姐为何要在这大都搅起风波，以民情民愤逼迫皇帝，又为何每每只提国公府爱民忠民之心，只提国公府保国安民之大义？长姐从头到尾，也未提过要忠这林家皇权。所以，白锦桐猜，长姐绝不会将白家军权拱手相让。当白家手握军权，又富可敌国！那她白家在这大晋乃至天下，将会是怎样一番景象？白锦桐很想看到这一天。

那日清辉院中，长姐同她说，以她才智能做到何种地步，是她的造化也是白家的造化。所以，她必须不遗余力叩求那滔天富贵，为将来打下坚实的基础。有些话，白卿言从来没同白锦桐说透过，可白锦桐睿智机敏，心里太清楚白家未来的路该如何走。

"富贵险中求，这世上没有凭空而来的富贵。"白锦桐负手而立，眉目间带着几分飒爽英气，"出海风险极大，可利润实在太过诱人！不瞒长姐，祖母指派给我的管事，我已先后派出一大半去海口买船、雇人。等十五一过我便亲自带人搜罗货品，一来一往货船不空，只要老天爷眷顾，最多五年……锦桐不敢说天下，却有自信成为大晋第一富商。"

她望着自己这三妹妹，心中感怀良多。幸而她们生在了国公府白家，祖父、父亲从不因她们是女儿身而看轻，她们学的任何东西也不比男儿少，骨子里少了女子的柔弱和本该对这个世道的畏惧，反倒满身降伏天地的斗意。

"我父亲曾有一位幕僚姓柳，祖上是靠海吃饭的，有一套预测天气的祖传能耐，很是厉害，我请他出山助你。"白卿言拉着白锦桐的手从台阶上往外走。

一直候在院门口的春桃和白锦桐的贴身侍婢丹芝，见两位姑娘出来忙撑开了伞，疾步进来接两位姑娘。

白锦桐拿过丹芝手中的伞，撑在白卿言头上道："你们两个回去吧，我和长姐走走……"

"灯给我。"白卿言拿过春桃手中的灯。

姐妹两人沿着落了雪的青石板路，一边说着话，一边往逸风亭走。

"我听祖母说，给你安排了几个身世说辞让你自己挑，你可选好了？"白卿言问。

"选好了，我挑了崔凤年这个名字，觉着好听，且崔家本就是商贾出身，只是十几年前败落了，崔家还有一个双目皆盲神志不清的祖母在，别人也不至于怀疑我这身份是假的。"

白卿言点了点头："平叔挑的人，等事办完之后，我想着就让他们跟着你，听你差遣。"

"长姐，祖母已经给了我很多人了！"白锦桐说。

白卿言脚下步子一顿，转过头来定定看着白锦桐："那些人是祖母给的，必定得用，你可以好好用。可有些事情需要只听命于你一人的人来办，你手下不能没有自己的人！"

白锦桐抿住唇，猜测这是不是长姐含蓄地在叮嘱她防备祖母。

"别多想，我只是不想让祖母伤心。"她牵着白锦桐，继续往前走，"祖母到底年纪大了，她老人家更愿意看到国公府与皇室相敬相扶的太平场面，有些事你若做得超出祖母预料，祖母必不会不闻不问。你心中需牢记，祖母是我们的祖母，也是大晋的大长公主。"

"我知道了长姐，我必会让祖母看到她想看到的。"白锦桐说。

卢平手下知根知底可以交付后背的人，统共就那么几十个，他慎之又慎挑了嘴巴最严的十个，拿着名册来同白卿言禀报。

白卿言将名册递给白锦桐："以后这些人你用，你要去见见吗？"

"平叔挑的人我放心，就不去看了，总有要见的时候。"白锦桐说。

她点头，抬眼望着卢平，眸色幽深，语速极稳："既是盗匪，那就扮得像一些，别露出什么破绽，更不必刻意给白岐云一行留命。事毕后，不必折返复命，分散两路。一路直奔五道坡，以我父亲之名请柳家堡柳正余先生出山。一路乔装成普通商户管事家仆，在事发之前进朔阳，替少东家崔凤年购置朔阳白茶以备出海交易。以后他们便都跟着三姑娘听命行事。"

"是！"卢平颔首。

已是子时，长寿院门外，撑着伞的蒋嬷嬷听完外院婆子的回禀，打赏了一个荷包，拎着裙摆又匆匆进了上房。

头发花白的大长公主闭着眼，靠坐在床头吉祥如意双花团枕上，盖着条绛紫色富贵团花锦被，手中拨弄佛珠。帷帐还未曾放下，半个身子都隐在烛光照不到的阴影里。

"大长公主……"蒋嬷嬷走至大长公主身边，压低了声音道，"二爷的庶子已经安顿到庄子上了，该说的话也都传到了，如今年节之下他们母子俩已无处可去，既得了大长公主保他平安的许诺，又仗着自己是国公府唯一的血脉，自然是先去庄子上安顿，只待他们住进庄子，那妇人定是不能活着出来。"

大长公主叹了一口气："这事，别让阿宝知道了！"

听到这话蒋嬷嬷又红了眼："其实，大姐儿原也没有想要那个庶子的命。"

大长公主闭着的眼角沁出湿意："我不是防着阿宝要老二那庶子的命，我是不想让阿宝手上沾那腌臜妇人的脏血！阿宝那么小个孩子，为这个家做得太多了，损阴德的事就让我这个身子埋进土里的老太太来做吧！"

蒋嬷嬷应了一声跪在大长公主床边，轻轻握住大长公主的手："老奴就知道，大长公主还是最疼大姐儿的！"

第二日一早，果然如白卿言预料的那般，白岐云带着四十五万两银票和他来时的人马出城，面回朔阳的方向而去。临走前，白岐云交代两位庶族弟，今日再去国公府一天，明日必须出发回朔阳。

不到中午，皇帝四道旨意接连从皇城发出，内容让大都百姓不住跪地叩拜，高呼皇帝英明。

第一道旨意，皇帝命大理寺卿主捉拿忠勇侯秦德昭，严查南疆粮草一案。

第二道旨意，刘焕章通敌叛国，抄家灭族。

第三道旨意，信王杖一百，贬为庶民流放永州，永世不得回朝，信王子嗣贬为庶民圈禁于信王府内。

第四道旨意，追封镇国公为镇国王，追封镇国公世子为镇国公。

大长公主亲率白家诸人跪于门口接圣旨，两位还未离开的庶老爷惊得脸色发白，对望一眼，满心惶惶。皇帝追封镇国公为镇国王，这是说皇帝不但没有厌弃国公府的意思，且还要加恩！封王啊！异姓王！虽是追封也是高不可及的荣耀啊！

跪在灵前的白卿言给镇国公上了一炷香，郑重叩首，再抬头已是泪眼蒙眬，心头酸涩难当。

"祖父！父亲！叛贼刘焕章抄家灭族，信王被贬为庶民流放永州永世不得回朝！苍天终还我白家男儿清白，我白家男儿……个个都是顶天立地、无愧百姓的忠义君子！白家一门肉身虽死，精魂永生不灭！诸位叔叔、弟弟，可以安息了！"

她重重叩首。

白家诸姐妹含泪跪于白卿言身后，叩首。

国公府门外百姓听闻"安息"二字，捶胸痛哭，那藏在心中的巨大悲痛相互感染，哭声震天。

她总算没有让祖父背负着"刚愎用军"四字，屈辱下葬，留下一世骂名。可就算追封王爵又有何用？她白家满门的忠义儿郎，还能活过来吗？她再也不会将白家人的生死，将白家一门的荣辱，寄托在旁人手里。她要权要势！要白家不再成为砧板之鱼。

此次皇帝对信王的处罚，比之前在大殿内皇帝同她说的判得要重。她敢断定，皇帝已经拿定了主意让她去南疆，才做出这般示好，甚至是退让和妥协。只是不知道皇帝让哪位皇子跟她去，如果是齐王也就罢了，倘若是梁王……

白卿言望着灵堂摇曳的烛火，眼底杀气森然，军功她依旧可以奉送于梁王，不过梁王这条命就得留在南疆了。若梁王留于大都，白卿言走得怕就不能那么放心了。那便要好好想想办法，要么将梁王按死在大都，要么将梁王的命带去南疆。

"虽说，陛下追封了镇国王！但逝者已逝……一切丧仪还是从简吧！"大长公主手里捧着圣旨，望着满院子的棺材，闭上眼泪流满面，"让我国公府英雄早日入土为安！"

大长公主走至灵堂前望着镇国公府满堂的牌位，心中满是愧疚。倘若她能在丈夫出征时，动用皇室暗卫暗中保护，说不定能救下哪怕一个人！

"不渝，陛下没有忘记你的功劳！百姓也没有忘记你的恩情！你安心地走吧！我会替你守着白家！守着……守着……"话还没说完，面色蜡黄的大长公主似是支撑不住，向后踉跄一步。

"祖母！"

"母亲！"

"大长公主！"

"快！请太医！"

灵堂前因为大长公主的突然晕厥而乱成一团，国公府门前自发来吊唁的百姓的心又提了起来。国公府可不能再有人出事了啊！

灵堂只留下秦朗在看顾，秦朗心乱如麻，为他的父亲忠勇侯秦德昭担心，也为大长公主担心，脸色很不好看。

长寿院挤得里三层外三层。太医和洪大夫相继诊断说大长公主只是忧思过度，这几日又未曾休息好，一屋子的人这才放下心来。

"世子夫人不必忧心，我开服药，让大长公主静养就是了。"太医十分恭敬地对董氏道。

"多谢太医！"董氏红着眼颔首。

"既然母亲没事了，就让孩子们先去前面灵堂守着吧！现下只有二姑爷一个人在不合适……"三夫人李氏用帕子按了按眼角，同董氏商量。

"秦嬷嬷，你去和孩子们说一声母亲没事，让她们去前头吧，别在这里守着了！"董氏对秦嬷嬷道。

秦嬷嬷应声退出正房，匆匆来了长寿院偏房暖阁，将太医的话同几位姑娘说了。

白卿言颔首："那就好，劳烦秦嬷嬷转告母亲，前面灵堂有我们姐妹，让母亲和婶婶好好侍奉祖母就是了，祖母如今是我们国公府的主心骨，绝不能倒下。"

她扶着春桃的手立起身，望着冻得脸色发白还没缓过来的三个幼妹又道："小五、小六、小七，先在这里歇一个时辰。让人给她们热碗羊乳、端些点心来垫垫，正是长身体的时候不能饿着！"

正用帕子抹泪的秦嬷嬷连连点头："好，大姐儿放心。"

从长寿院出来，走在白卿言身侧的白锦绣便眉头紧皱说道："长姐，这旨意中对信王的处罚与长姐回来时所说的不同，我细细琢磨了旨意之后，总觉得皇帝有所图谋，可图的是什么我左思右想不得其解……"

"如今南疆大败，皇帝虽先一步派人去求和，稳住局势，可昨日宫门下钥前见了户部尚书，暗地里怕是已经准备要打硬仗。"

白锦绣睁大眼："难不成……"

她点头："那日大殿之上，我同皇帝说，愿意去南疆，军功让与皇帝的皇子……"

"长姐！"白锦绣的一颗心提了起来，用力握住白卿言的手。

"凭什么啊！"四姑娘白锦稚沉不住气，冲到白卿言面前喊了一声，"长姐凭什么要让军功与皇子！"

"你嚷什么嚷！"白锦桐一把扯住白锦稚，"小声点儿！"白锦桐心里清楚，长姐是定要去南疆的，不论以何种方式。

白卿言勾唇拍了拍白锦绣的手："我如今武功尽失，就算去也只是出谋划策而已，别怕！这次皇帝重罚信王，便是向白家示好。"

皇帝之所以派信王监军，不就是为了让他的皇子拿军功吗？她的退让正好退在了皇帝的痒处，皇帝不会不同意。

"可凭什么！"白锦稚死死咬住唇，红了眼，"长姐你身体本来就不好，挣下的军功凭什么要给那个狗皇帝的儿子！"

白卿言看着白锦稚恼怒的样子，心境还算平和。在皇帝面前，她将去南疆的借口说得冠冕堂皇——说是去守白家世代粉身糜骨守卫的山河，所以可以军功不要双手奉送。可实则，她去南疆是为了经营白家根基，是去告诉白家军，告诉大晋的将士，不论何时，白家都与他们同生死共患难。

"等事情尘埃落定，我从南疆回来之后，用军功向皇帝换一点好处，让你二姐成为这大都城内第一个超一品的诰命夫人！想必皇帝也不会不答应，算起来咱们也不亏！"

"长姐！"白锦绣一脸意外。

白锦稚紧皱的眉目也舒展开来，颇为惊讶。

二姐成为超一品诰命夫人，那秦朗……

白锦桐一向敏锐，她压低了声音问："长姐的意思，是要替二姐夫拿到忠勇侯的位置？"

"秦德昭敢在南疆粮草上动手脚，谁又能说不是和已经叛国的刘焕章勾结在了一起？毕竟刘焕章假借粮草被困凤城诓骗祖父，行军记录又有记载，称刘焕章对凤城粮草府谷官说的是粮草直入大营！说他们没有联系谁信啊？"

"对啊！"白锦稚双眸放亮，"刘焕章怎么知道粮草有问题的？那只能说明秦德昭早同刘焕章有勾结，早就知道内情了啊！"

白卿言笑着朝白锦稚望去："你看，小四都能想明白的道理！旁人就想不到吗？"

"可……这万一要是真的，会不会牵连二姐？"白锦稚又问。

"秦德昭虽然不是绝顶聪明，但也绝不是个蠢到无可救药的人，他不会让忠勇侯府陷入那等境地！"

"大姑娘，马车备好了。"佟嬷嬷手里拿着一件黑色的斗篷，上前福身道。

"长姐要出去？去哪儿？"白锦绣问。

她伸手从佟嬷嬷手中接过斗篷，道："去大理寺狱中，看一看那位忠勇侯秦德昭，你们好好守灵堂。"

见白卿言扶着佟嬷嬷的手要走，白锦稚不放心，追了两步："那我陪长姐去吧！"

瞅着白锦稚一脸紧张的模样，她心头发软："隔着牢门，他还能将我怎么着了不成？更何况我两位乳兄都跟着，他们两人可都是武功顶好的！"

"那……那我送长姐出门。"白锦稚挽住白卿言的手臂。

她没拦着白锦稚，任由白锦稚磨了一路，快走到角门门口时，她才道："祖父追封镇国王的圣旨刚下，想必一会儿大都城的亲贵都要上门吊唁，你我两人都不在太引人注目，你大伯母问起来你二姐三姐也不好遮掩。"

白锦稚张了张嘴，最终还是不情愿点头。

目送白卿言扶着佟嬷嬷的手上了马车，白锦稚抱拳对肖若江兄弟二人行礼："劳烦两位照顾好长姐。"

肖若江、肖若海抱拳，对白锦稚长揖到底："四姑娘放心。"

望着马车越走越远，白锦稚垂眸盘算，白家突逢大难，大伯母、长姐支撑白家如此艰难。如今长姐和皇帝达成协议要去南疆，她也应该同长姐一起去南疆，好歹能护长姐周全。

白锦稚下意识向腰后伸手，才想起自己的鞭子被长姐收缴了。她紧紧抿着唇，当初是怕在大都城伤了人命她才用鞭的，要是去南疆的话……还是红缨枪好用吧！

偌大的书房内，皇帝歪在金线绣金龙盘飞的流苏团枕上，屏退左右只留下了齐王一人。

皇帝手里端着杯热茶，垂眸用杯盖压了压浮起的茶叶，不紧不慢道："你这次谨慎一点儿，不要如信王一般自作聪明！但……到底白卿言只是一个女流之辈，她提的任何战法你都要同诸位将军商议，诸位将军都觉得可行你才能下令！"

齐王心跳速度极快，他知道父皇这是在为他铺路，自然喜不自胜："父皇放心，儿臣自知从无沙场征战的经验，一定多听取白大姑娘和诸位将军的意见，绝不贪功冒进！"

皇帝阴沉沉的视线抬起，看了眼面色郑重并未显出雀跃之意的长子，用杯盖压茶叶的动作一顿,道:"南疆战事一了,不论胜败,白卿言便不用跟着回来了……"

原本皇帝念在白卿言同白素秋有几分相似的分儿上,的确存了饶白卿言一命的意思。可昨夜他做了一个梦,梦见一头口吐人语的三眼白虎将他扑食后,睡卧于他的龙床之上。他被惊醒,想起那三眼白虎看他的眼神竟与白卿言如出一辙,再想到白卿言姓白,属虎,他整个人立时便惊出一身冷汗。

齐王微怔,抬头朝皇帝方向看去:"父皇?"

"朕说的,便是你想的那个意思。"皇帝将茶杯盖子盖上。

齐王十分有眼色地上前接过皇帝手中的茶杯,放在案几上,内心有几分不忍,低声说:"父皇,可若白大姑娘能胜,那便是大功一件,而且这白大姑娘不贪功,儿臣以为……不如留她一命。"

"你心存仁厚,这很好。"皇帝侧头凝视规规矩矩立在自己身旁的长子,语调低沉,"可这个白卿言不能留,她的心里和眼里……都少了对皇室的敬畏之意。她若败了,以死谢罪算朕宽厚。她若胜了,这样的人将来若生了反心,便是心腹大患!为长远计……自当未雨绸缪。"

齐王想到抱着行军记录竹简在国公爷灵前起誓的坚毅女子,他咬了咬牙跪于皇帝面前又道:"可父皇,白家世代忠骨,白大姑娘此次更是墨绖从戎,忠义之心天地可鉴!儿臣想为白大姑娘求个情!还请父皇饶她一命……"

皇帝看着叩首求情的齐王,恼火之余又有些许欣慰,欣慰这孩子不同于信王,他心中留有一点慈悲,能为白卿言求情,日后也必能容得下信王与梁王一脉。

"你给朕站起来!"皇帝声音严厉,"此事不必再议!"

"父皇!若白大姑娘真的胜了,那便是不可多得的良将,留下白大姑娘于我大晋有益无害!儿臣知父皇对白大姑娘的猜忌,儿臣有一策或可两全其美!"齐王抬头,郑重道,"不如,让白大姑娘嫁入我皇家,出嫁从夫,如此白大姑娘便是皇廷之人,又怎能生了反皇室之心?"

皇帝眉头一跳,细细思量了片刻,视线又落在长子齐王身上,他眯起眼问:"你可是见白卿言容色无双,所以……"

齐王脸色一白,心慌意乱连忙叩首道:"儿臣绝无此意!儿臣已有正妃与侧妃,难不成还让白大姑娘入府为妾吗?白大姑娘是父皇亲封的镇国王的嫡长孙女儿,只有正妃之位才能配得上啊!"

"正妃……"皇帝身子略略向后靠了靠,"那便是梁王了……"

"儿臣正是此意！"齐王抬头接话。

缄默片刻，皇帝才幽幽看向跪在地上不敢起来的齐王，道："如此，此次……朕让梁王同白大姑娘一同去南疆可好？"

皇帝漆黑的眸色阴沉不定，如被朦胧月光蒙上了一层清冽之色。

齐王几乎不敢犹豫，挺直了脊梁，一字一句道："既然此次儿臣虽为统帅，却不需行统帅之责，那么这个统帅换了谁都可以！只要是有利我大晋的，儿臣怎会不愿意！正好趁此机会，让梁王同白大姑娘培养培养感情！将来白大姑娘便是我大晋的一把利刃。"

皇帝眉目舒展，看了齐王良久，才开口："容朕想想，你先下去吧！"

"是！儿臣告退！"

齐王从大殿内退出去后，皇帝身边侍奉的高德茂悄悄进来给皇帝换了一盏茶，压低了声音道："陛下，宸妃娘娘派人给陛下送了亲手做的玉蔻糕，陛下要尝尝吗？"

"高德茂，你说大长公主那个嫡长孙女儿，朕……要是让她嫁给梁王当正妃怎么样？"皇帝目光飘忽，似在问高德茂，又似在问自己。

高德茂装傻笑了一声："哎哟，那陛下可真是给了白家天大的恩德啊！梁王殿下那可是陛下的皇子，谁能嫁给陛下的皇子那都是几世修来的福分！"

见皇帝眯了眯眼，高德茂突然话锋一转："只是陛下，这白大姑娘身有顽疾，听说子嗣缘分上有些福薄！让白大姑娘当梁王殿下的侧妃都是陛下您实打实地抬举白家，陛下是天子心存仁厚，念在白家男儿皆亡的分儿上给白大姑娘体面，让白大姑娘当梁王殿下的正妃。可老奴是个小人，心眼儿小，私心里啊……就觉得太过委屈陛下的龙子了。"

皇帝视线朝高德茂看去，忍不住低笑一声："你这拍马屁的功夫是越来越好了！"

"老奴这都是肺腑之言！"高德茂对着皇帝笑得跟一朵花儿似的。

大理寺牢狱之中，常年潮湿阴暗，处处泛着霉味。即便是白日里，不点灯也暗得不见天日。

忠勇侯秦德昭盘腿坐于灯火灰暗的牢房之内，还算镇定。从龙之功自古不容易拿，从他计划搭上梁王和信王这条船之前他就明白，信王赢他荣耀，若信王输，他也会满盘皆输。秦德昭做事一向先为自己留后路，这次之所以无所畏惧敢一搏，是忠勇侯府有保命的丹书铁券在。粮草从他手中转交出去运出大都城之前，至少明面儿上是上好的新粮，该灭口的他已经灭口，收尾干净。如今粮草有失，就算查下来他也只是一个失职之罪，祸不至牵连全族。

"白大姑娘，忠勇侯人在这里，但探视时间不宜过长，还请白大姑娘体谅一二。"狱卒哈着腰低声道。

白卿言乳兄肖若江上前，笑盈盈给狱卒递上银子："请兄弟们喝茶。"

"这可使不得！"狱卒连忙推辞，情真意切，"我等在这繁华帝都，皆受镇国公府儿郎守护，只恨不能报偿一二，如今怎可收大姑娘钱财？不可不可！"

秦德昭睁大带着血丝的眼仁，见那摇曳烛火之下，取下斗篷黑帽的竟是五官清艳的白卿言。他唇抿成一条直线。已经在这大理寺狱中待了一天一夜，秦德昭身上那藏青色的斜襟长衫虽然还算干净，可脸上到底显出疲惫之色。

望着狱卒已然离开的背影，秦德昭低笑一声："那狱卒……也是白大姑娘收买的人心啊！"

"这人心是白家用命收买回来的，忠勇侯若愿舍命，这人心亦可归于忠勇侯，只可惜……"白卿言抬手解开斗篷，取下递给佟嬷嬷，手握素银雕花手炉立在狱门之前，"忠勇侯家风一向惜命，怕舍不得啊。"

秦德昭脸色沉下来："白大姑娘屈尊来这牢狱之间，不会就是为了讽刺本侯几句吧？"

她深深看了秦德昭一眼，朝背后伸手……

肖若海将怀中名册拿出放入白卿言手中，佟嬷嬷搬了一条长凳，用帕子擦干净了扶着白卿言坐下。

肖若江打开随身携带的食盒，拿出笔墨锦帛，执笔跪坐于地。

几人行事有条不紊，可秦德昭却看不出个所以然来，难不成……这白大姑娘是要来审他？

"沈西耀，九品钱粮官，于宣嘉十五年腊月初一，死于醉酒失足落水，年四十六……"

白卿言念出这个名字时，秦德昭的手便下意识抓紧了衣裳，他死死盯住白卿言，竭力让自己保持冷静。

肖若江下笔写字的速度很快，几乎白卿言念完便已经在锦帛上书写完毕。

"李三海，胶州粮草府谷管，于宣嘉十五年腊月初六，夜宿花楼，饮酒过多而亡，年三十八。"

白卿言每念一个名字，秦德昭的心就乱一分。尤其是白卿言念的这些人，都是参与了分贪年前送往南疆粮草，且已经被他灭口的人。

这些人，白卿言都是怎么知道的？这本名册里，白卿言只挑着里面已经死了的念完，果然见狱中秦德昭脸色大变。

念完了那些死了的人，白卿言合了名册问肖若江："都记下了吗？"

"都记下了！"肖若江说完，将锦帛拿起来递给白卿言看。

白卿言看完又将锦帛递给肖若江，这才看向牢房里的秦德昭道："今日一早，陛下下旨，追封我祖父为镇国王，我父为镇国公。刘焕章抄家灭族，信王及其子嗣贬为庶民不说，信王本人也要被流放永州永世不得回朝了……"

秦德昭喉头翻滚，死死咬着后槽牙。

"你说……我要是把这份名单交上去，陛下又会如何处置你？"白卿言抖了抖手中的锦帛，眼底并无笑意，"梁王若知我今日来大理寺牢狱见过你后，便得到了这么一份名单，梁王又会不会急着杀人灭口啊？"

秦德昭睁大了眼，他死都想不到白卿言竟然知道背后还有梁王！

梁王是信王的人，如今信王被贬为庶民流放，梁王肯定要想尽办法自保……秦德昭想起自己下令杀了李三海沈西耀等人时的情景，如果他是梁王……也必定是要杀了知情最多的人自保。

"刘焕章远在南疆，是如何得知粮草有问题，以那不翼而飞的粮草做借口骗得南疆军内大乱？忠勇侯是否早已和刘焕章勾结？若如此……刘焕章是叛国，忠勇侯又该是什么罪过？若忠勇侯咬出梁王，梁王又该是怎么样的罪过？"

白卿言语调慢条斯理，却让恐惧如同涓涓细流一般，悄无声息游走至秦德昭四肢百骸。

"或许我白家儿郎的死，在陛下看来微不足道，甚至陛下盼着我白家儿郎死绝。可大晋数十万锐士因你等私欲葬身南疆，以致大晋一代强国只能卑躬屈膝向大凉、东燕求和，割地都是小事，大晋一旦认输，大梁、大戎便随时会扑上来，你说陛下心里恨不恨？"

皇帝不满白家，秦德昭心里清楚，正是因为清楚，他才敢在粮草上动手脚。可白卿言的话没错，皇帝想让白家死，可没想让这数十万将士陪着白家死！

秦德昭咬紧了牙，双眸通红看向白卿言："白大姑娘这话是什么意思，秦某不明白。"

"忠勇侯不明白不要紧，很快……梁王便会让你明白！"白卿言也不欲同秦德昭废话，站起身将锦帛交于肖若江，命他将锦帛收进食盒里，"忠勇侯好自为之吧！"

见白卿言要走，秦德昭手心发紧，喊道："白大姑娘！"

可白卿言脚下步子未停，秦德昭心一慌，再不见刚才从容自若的镇定模样。他跟跄起身冲到门口，可只能看到白卿言决绝离开的背影，那架势看起来是真的不想从他这里知道什么，或诈出什么来。

秦德昭一时慌乱失措，双手紧紧抓住栏木，喊道："白卿言！我是秦朗的父亲，白锦绣的公公！我若出事……你以为他们俩逃得开吗？"

这话果然让白卿言停下步子，她回头，灯火下忽明忽暗、幽沉深邃的眸子让人看不到底："所以啊，多亏忠勇侯夫人那么一闹，我白家才费了那么大劲让他们搬出忠勇侯府！秦朗有陛下和皇后娘娘的赞誉，再大义灭亲将这份名单交上去，有我祖母大长公主出面做保，秦朗也就是当之无愧的忠勇侯了。日后，我定会让我二妹好好谢谢忠勇侯夫人……"

秦德昭目眦欲裂："白卿言！你，你好狠毒的心肠！你竟然要秦朗子告父！这是大不孝！"

"狠毒？"白卿言眉目间染了一层深不见底的冷寒，"你等为一己私欲在帝都玩弄阴谋心计，致使我晋国多少儿郎命丧南疆？他们本是怀着一腔热血保家卫国的，却不是堂堂正正死在敌国兵刃之下，而是死于你们这些为王为侯者的私欲算计中，数十万儿郎……他们的孝谁来尽？难道指望侯爷你吗？"

稍稍平复了情绪，白卿言回过头凝视前方，道："比起狠毒……我难望侯爷项背。"

说完，白卿言带着佟嬷嬷和肖若海、肖若江两兄弟朝大狱之外走去。

秦德昭此时内心惶惶，急着想要见到梁王的人陈情，却又怕梁王的人来了便是灭口……他得在秦朗将那份名单递上去之前，见到梁王的人，如此……才能保他一命！可是，这位梁王……天下人皆知他是陛下最懦弱无能的一个皇子，但骨子里……却是一个心肠极为狠辣的人。当初，让秦德昭料理干净李三海等人，便是梁王的主意。梁王说，只有死人……才能彻彻底底保守秘密。

秦德昭手心立时起了一层黏腻细汗，脊背寒意丛生。丹书铁券可没法把他的命从梁王手中救出来。况且他要是死在这狱中，任谁也不会怀疑到那个懦弱无能的梁王身上。今日白卿言来看他，不问粮草去向，竟是为了……要他的命吗？

秦德昭闭上眼，拳头死死攥紧，该如何保命？如何……保命啊！

大理寺狱门口。

佟嬷嬷一手拎着食盒，一手扶着身着黑色斗篷的白卿言从大理寺牢狱出来。刚走了两步，佟嬷嬷脚下一绊，食盒跌在地上，里面的纸墨笔砚跌了出来。

肖若海惊呼一声，匆忙捡起险些被墨沾了的锦帛，见锦帛被墨水沾了一些，用衣袖没有拭掉，皱眉捧给白卿言看。

立于暗处的梁王下属高升，远远看过去，只见那锦帛上密密麻麻记了些字，他耳朵动了动，闭眼细听。

"这个沈西耀的名字被弄污了，要不大姑娘先回府，我重新誊抄一份让秦德昭重新画押？"肖若海说。

"罢了，弄污了一点而已，再进去被人发现了难免再生波澜，回吧！"说着，白卿言便走下高阶，上了马车。

高升将自己身影隐于转角，直至那简陋的马车走远，才提步匆匆跟上。

第七章 血债血偿

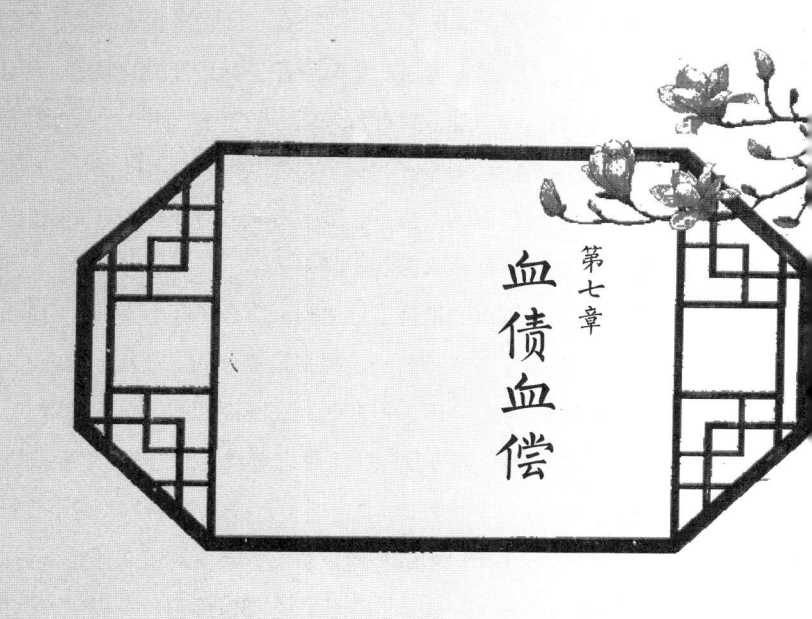

百姓听说大理寺围了忠勇侯府,将忠勇侯秦德昭抓入大狱,纷纷感慨幸亏当初白家二姑娘同秦朗从忠勇侯府搬了出来,此次才能免受牵连。

和大理寺狱使有亲戚关系的百姓打听到,障城太守称运往南疆前线的粮草被雨水冲泡开后竟发现全是荞麦皮。这折子一个月前就抵达大都城了,但被信王压住了,直到昨日傍晚才被送达圣前。皇帝发了好大的火,让人必须彻查粮草一事。

在镇国公府陪妻子为国公爷守孝的秦朗,眼看着跪在他脚下哭得不能自已的吴嬷嬷,负手而立,清隽的眉目间看不出情绪。

那日忠勇侯夫人蒋逢春被忠勇侯秦德昭送走,临走前蒋逢春死活哭求留下心腹吴嬷嬷,托吴嬷嬷照顾她的一儿两女。到底是多年夫妻,秦德昭看蒋逢春抱着儿子哭得不能自已,想着不过是一个照顾儿子女儿起居的嬷嬷,便也同意了。

忠勇侯府遭难,眼看着大理寺围府不让进出,吴嬷嬷脑子转得快,借了白府的威势说要给秦朗送刚做好的衣衫才得以出来。秦朗虽然自请去世子位搬出了忠勇侯府,但也是忠勇侯府的大公子。围了秦家的侍卫想到秦朗是白家的姑爷,又只是一个婆子送衣服而已,便命人跟着一路来了。

"大理寺围府谁都不让进出,小公子吓得直哭,两位姑娘也手足无措!求大公子看在这些年来夫人待公子还算妥帖的分儿上,救一救您的妹妹和弟弟吧!"镇国公府正门口的石狮子之下,吴嬷嬷跪在秦朗面前,头都碰青了。

"吴嬷嬷,如今我已经不是忠勇侯府的世子了,我只是一介白衣……有心也无力,嬷嬷与其在这里求我,不如求求母亲的母家蒋家,说不定还有余地。"秦朗徐徐说道。

"大公子可以救的!可以救的!陛下对白家还是很看重的,只要大公子请大长公主在陛下面前说一句话,那比什么都管用啊!"吴嬷嬷满目期待望着秦朗。

白锦绣听到这话心中怒火陡升,正欲起身,却被白锦桐按住了。

"三妹?"白锦绣侧头疑惑看着眼神深沉的白锦桐。

"秦家的事情,自有二姐夫解决,若他连一个老刁奴都处理不好,这般无理的要求都无法推拒,以后如何护二姐?又如何……坐稳忠勇侯的位置?"白锦桐道。

白锦绣想起白卿言走前的话心有不安,她到目前为止还从未想过秦朗还可以坐上忠勇侯之位。

白锦绣还未回神,便听得秦朗一声叹息:"吴嬷嬷,母亲当初纵容两位妹妹伤了锦绣,不认错不说,还拿大长公主最疼爱的嫡长孙女……子嗣艰难说事。如今大长公主丧夫,儿孙也无一保全,伤心欲绝地病倒,忠勇侯府出事……我怎还有脸求到大长公主跟前？"

秦朗话说得很客气，意思却很明了，不愿意求大长公主。

"我们忠勇侯府和镇国公府可是姻亲啊！好歹让大长公主先撑着……给侯府说了情啊！"吴嬷嬷泪流满面。

白锦稚太阳穴直跳，一直默念要忍要忍，可听到这句话着实是忍不住了，站起身立在门口吼道："让我祖母拖着病躯，忍着丧夫、失子、失孙之痛给你们侯府说情，你哪儿来的脸？"

"何为恬不知耻，今日白锦桐领教了！"一身孝衣的白锦桐负手立于高阶之上，将白锦稚拉至身后，缓缓走了下来，"当日忠勇侯府两位小姐欲要我二姐性命，忠勇侯夫人擅自打死我二姐身边陪嫁丫头，又用孝字强压我二姐不得诉苦申冤！我白家灵堂摆在这里，几日都不见忠勇侯来祭拜，也不知是心里愧疚怕我白家亡魂索命，还是人性凉薄！现在出了事……一个老刁奴也敢提什么姻亲关系？"

吴嬷嬷全身一哆嗦，见白锦桐一步一步走下镇国公府高高的台阶，跪着向后退行了一步。

白锦稚沉不住气，立在那高阶之上怒喊道："大理寺围了忠勇侯府，正是因为忠勇侯负责送至南疆前线的粮草有问题！白家二十多口棺材还摆在这里，我十七弟腹部被剖开里面尽是树根泥土！忠勇侯安排的粮草在障城就变成了荞麦皮！没送到前线就不知所终！你哪里来的狗脸，哪里来的底气在这里让我祖母撑病躯去给忠勇侯府求情？"

秦朗身侧拳头收紧，心中亦是愧疚难当，毕竟忠勇侯是他的父亲。

白卿言换了一身孝衣，刚到灵堂便听到吴嬷嬷这一番言论，眸中杀气凛然。

她从灵堂后走至人前，冷冷道："堂堂晋国大长公主，难道是你忠勇侯府的奴才吗？可以任由你们随意驱使？即便是病了也得爬起来给你们求了情再说……忠勇侯府好大的派头啊！"

吴嬷嬷一见白大姑娘心头就发怵，头碰得咚咚直响："老奴不敢啊！老奴万万没有这个意思啊！"

络绎不绝来镇国公府门前祭拜的百姓，听了忠勇侯府嬷嬷这不要脸的言辞，有人当即就啐了吴嬷嬷一脸。

"这老狗可真是脸大！"

"张口就要大长公主拖着病躯去给他家求情！人家白家灵堂摆在这里，忠勇侯直至被抓入狱都不见来上炷香，这会儿想起人家镇国公府了！"

"可不是，军粮全都是荞麦皮，没运到南疆就不见了，白家十岁的小将军肚肠里全是泥土树皮，他们忠勇侯府还敢让大长公主去陛下面前求情，好生不要脸！"

"要什么脸啊！怕忠勇侯府早就不知道脸字怎么写了！"有汉子双手抄进袖子里，"当初那忠勇侯夫人还在时，就敢动人家二姑娘嫁妆，主母都这般做派，想想那忠勇侯府蛇鼠一窝，能有个什么好东西！"

那汉子刚说完，就被自家婆姨拽了一把，示意他秦朗还在呢。汉子这才缩了缩脖子，跟着自家婆姨匆匆离开。

"秦朗，你与二妹妹随我来，我有话同你们说……"白卿言绷着脸道。

秦朗颔首，回头望着跪在地上哭声不断的吴嬷嬷道："回去吧，好生照顾弟弟妹妹！大长公主悲痛欲绝，我身为孙婿不能替大长公主分担已觉愧疚不已，怎能让大长公主还为忠勇侯府之事费神？"

吴嬷嬷还要说什么，秦朗却不能再容她败坏忠勇侯府名声，拂袖厉声道："弟弟妹妹如今只是不能自由出入忠勇侯府，不曾有性命之危，军粮一事圣上亦自有公断，事关国事，我等不应置喙，回去吧！"

说完，秦朗便抬脚迈上镇国公府高阶，不欲与吴嬷嬷再做纠缠，上前扶着白锦绣跟上白卿言的步子离去。

"大公子！大公子！求你救救二公子和两位姑娘啊！那可是大公子你的嫡亲弟妹啊！大公子你可不能这么狠心啊！"吴嬷嬷哭喊道。

白锦桐看着还在那里的侍卫道："你等还不将这忠勇侯府的婆子带回去，是准备事情闹大了，真的惊动我祖母，惊动陛下吗？"

负责看守忠勇侯府的侍卫一惊，也顾不得男女有别，抱拳同白锦桐致歉后便拖着哭喊不休的吴嬷嬷回了忠勇侯府。

隐在人群之中的高升看着秦朗同白卿言离开，立时想到大理寺狱门前看到的那份名单，头皮一紧忙赶回梁王府。

白卿言将白锦绣与秦朗带到院中假山凉亭之中，让佟嬷嬷将那份写于锦帛之上的名单递给秦朗。

秦朗粗略扫过一眼，看到这上面的人尽死，心中立时明白是怎么回事儿："这可是……年前经手南疆粮草的官员名单？"

"对，这么多经手南疆粮草的官员，竟然这么巧，都在两个月内死于意外。"白卿言手指有一下没一下敲着石桌。

肖若江抱拳对秦朗行礼后，道："二姑爷，这名单是半个时辰前，我们随大姑娘去大理寺狱中，从侯爷处得到的。"

秦朗心中翻起滔天巨浪，这就说明父亲早就知道粮草出事，甚至……很有可能真的是父亲动的手！

秦朗坐不住猛地站起身，来回踱了几步："大姑娘，你可……可有办法让我见父亲一面？"

肖若江垂着眸子："为忠勇侯安全计，二姑爷还是不要见为好！"

秦朗眼睛瞪大："这话的意思是父亲背后，还有人指使？是谁？齐王！不……齐王为人宽厚，就算是与信王夺嫡，也绝不会做出这种事情！是信王？"

白卿言垂着眼睑，看看吧……不会有人猜到，忠勇侯背后之人是那个懦弱的梁王。

"不论是谁，忠勇侯未曾明言，这都不是你该过问的。"她缓缓抬起视线看向面色惨白的秦朗，"你是个聪明人，从小便是忠勇侯世子，想必你应当知道世子之责当以满门荣耀为重，个人性命荣辱次之！忠勇侯把这份名单交给你，便是希望你能够挑起大梁，承担家族重担。"

无论如何忠勇侯始终是秦朗的父亲，坦然直言……她自问对秦朗没能信到这个份儿上，也不认为秦朗为了白家的公道能连他的亲生父亲也舍弃，哪怕这个父亲曾经纵容继母刁难于他，曾经……视他为无物。

"大姑娘。"秦朗喉头耸动，"父亲可还说什么了？"

"侯爷只说……有愧于白家，其他的什么都没有说。可我回来的路上细细琢磨，我今日去见侯爷之事怕是瞒不住，这名单上面的人应该都是侯爷派去的人灭口的，定然有迹可循。你若想守住忠勇侯府的荣耀，便需要细细想一想这些人死前的日子附近侯府有哪些人员调动，以侯府大公子的身份问清楚，尽快拿着这份名单去大理寺！"

秦朗面白若纸，拼尽全力冷静下来盘算。去大理寺揭发父亲吗？可是……父亲该怎么办？在军粮上动手脚，致使白家满门男儿因此丧命南疆不说，数十万将士也没了。而且，刘焕章是用粮草诓骗的信王和镇国公！粮草……

秦朗一口气没有上来，险些跌倒在地，若不是扶住了身后的石桌，怕是已经腿软撑不住了。刘焕章叛国，这可是灭族的罪啊！

"看你如此反应，应该是想明白了你父亲此案和刘焕章之间的联系！"白卿言眉目间裹霜夹雪，"这便是我今日去大理寺狱见你父亲的缘故，毕竟……我二妹妹嫁于你,若秦家真有事,我二妹妹也无法逃脱,所以即便是军粮出事,即便我再恨忠勇侯,也必须为了我妹妹走这一趟。我祖母有一句话说得很对,死了的人已经死了,活下来的人才重要。"

秦朗这才回神,惨白着脸对白卿言长揖到地:"多谢大姑娘!大姑娘救我秦家大恩,秦朗此生必报。"

他直起身,看了眼坐在垫着垫子的石凳上的白锦绣,狠下了心道:"不如,我先写一封和离书签了字,锦绣先拿着,如果秦家真的出了事,也好……"

"大郎你说的这是什么话!"白锦绣眼眶更红了,"夫妻本是同林鸟,大难来时各自飞吗?那前几日大都城纷纷扬扬都在传我白家要倒霉的时候,你怎么不给我一封和离书呢?"

看到秦朗对待白锦绣还算有情有义,白卿言也放心不少:"你和锦绣若还是夫妻,此事闹出来后,今上或许能看在祖母和白家众人牺牲的分儿上,对忠勇侯府留情,这……你可知道?"

"我知道!"秦朗点头,看向白锦绣,"锦绣,我欠你良多,只是不想连累你!"说着,秦朗便红了眼,"况且此次父亲做下的事情,让白家诸人……我实在愧对白家!"

"本是夫妻,说什么连累不连累?事是公公做下的又不是你做下的!我是同你成亲过日子,又不是同公公过日子!你能为了我搬出忠勇侯府,我难道要在你困顿时舍你而去?白家儿女忠义传家,危难时弃你而去,我做不到!于你……我们有夫妻之情,我更放不下!"白锦绣语气十分坚定。

"秦朗,如今该是你担起忠勇侯府担子的时候了!忠勇侯此次定免不了一死,可忠勇侯府的满门荣耀却有可能续存。"她握着手中暖炉,平静道,"若是你行动够快,或可在你父亲背后之人灭口之前惊动今上。只要今上关注此案且提审你父,也许能让你父亲多活几日亲自赎罪。"

秦朗紧紧咬着牙,点头道:"我知道了,多谢大姑娘提点!我这就回忠勇侯府。"

白卿言颔首。

待到秦朗走远,白锦绣这才转头望着白卿言:"长姐……那名单真是忠勇侯给的?"

她凝视着秦朗消失的方向,幽幽开口:"幸亏……忠勇侯同秦朗并不亲近,否则今日这番说辞,怕是骗不过秦朗。"

在秦朗心中,即便父亲更偏爱幼子,可形象还是高大伟岸的。如今白卿言编排出秦德昭迷途知返、要牺牲一己以保家族平安的说辞,让秦朗大义灭亲来维持门楣荣耀不绝，秦朗以己之心度秦德昭之腹，又怎么能不信？

果然是蒙骗秦朗的，白锦绣叹气。她不是了解忠勇侯，而是太了解长姐。粮草出问题，连累白家满门男儿尽损，长姐是无论如何都不会放过秦德昭的。再者，长姐说了要推秦朗上忠勇侯位，自然已心有成算。

"你是否觉得长姐如今行事，同秦德昭他们并无不同，连自己的妹夫都算计其中……"

白锦绣摇头："是这世道，人人都在算计，逼得长姐这样忠直磊落之人也不得不算计。"

白卿言侧头望着白锦绣，眉目间带着极为浅淡的笑意："祖母说葬礼从简，是该想想如何写祭文了。等事情都尘埃落定，一切都会好起来。"

今天从她出府去大理寺狱开始，高升就跟在她身后，此时怕已经回去禀报梁王了，梁王必会有所行动。她猜以梁王小心谨慎的个性，秦德昭怕是连今晚的月亮都见不到了。接下来，若是国公府当家主母董氏累倒，国公府上下松懈，梁王便会觉得机会到了……若如梦中一般，他还要污蔑祖父与敌国通信，定会动手安排。只是那个刘焕章不知是已经被梁王攥在手心里，还是在南疆哪个角落苟且，静待时机回大都攀诬祖父。

"乳兄……"白卿言唤了肖若江一声。

"大姑娘吩咐！"肖若江并未因白卿言一声乳兄托大，很是恭敬。

"乳兄轻功极好，替我去一趟大理寺卿府上，就说秦朗会替他解决南疆粮草案的麻烦，望他看在秦朗无辜又是白家女婿的分儿上，替秦朗在今上面前说说好话，白家感激他的恩德，他日必报！"

曾经祖父为御史大夫简从文翻案时，吕晋还只是七品大理寺丞。那一案吕晋崭露头角，后才步步高升，如今官至正三品大理寺卿。

白卿言想，大理寺卿吕晋怎么也会看在祖父的分儿上，看在白家满门男儿皆灭的分儿上，卖白家一个面子。

坐在火炉之前的梁王闭着眼，听高升禀报今日白卿言见过秦德昭的事。

梁王烤火的手攥成一个拳头，眉头紧紧皱着，忍不住剧烈咳嗽了几声，再睁眼时眸底杀气凛凛："这么说，秦德昭都告诉白卿言了？"

"大理寺狱之外，属下的确看到那老嬷嬷没拿稳的食盒掉在地上，里面是笔墨纸

第七章 血债血偿

· 297 ·

砚！听他们说起锦帛上的名字也对得上……"

高升话音刚落，就听管家老翁敲门："殿下，高侍卫的人在外面着急请见高侍卫。"

"殿下？"高升似在询问梁王是否先去见一下。

梁王拢了拢黑色大氅颔首："先去看看什么事。"

高升应下出去，不过片刻又回来。

他对梁王行了礼，接着道："殿下，派去看着国公府的人回来说，我走后不过一炷香的工夫，秦朗从国公府后角门离开，回了忠勇侯府！属下的人已去询问我们在忠勇侯府的暗桩，看看秦朗回忠勇侯府做了些什么。再有，国公府主母董氏在灵堂上体力不支晕倒，现下国公府人心惶惶！"

梁王突然抬眼看向高升："大长公主撑不住了，董氏……也倒下了？"

"属下倒认为不至于是倒下了，一般来说人就算是撑不住……也都是提着一口气等诸事皆了，一口气散了，这才会倒下。白家大事小事这位主母都处理得井井有条、稳而不乱，估计是太过劳累。"高升对董氏十分钦佩，话语间带了几分敬意。

也是，白家突逢大难，留下的全是女眷。虽说白卿言倒是刚强，可到底董氏才是国公府当家主母，从除夕夜消息传回，董氏悲愤交加，怕是一刻也无法安心休息，又得处理国公府诸事，还要应对白家宗族之人，力竭也正常。

可这当家主母一倒，国公府下人必然也会跟着乱，梁王脑中灵光一现："盯着国公府的人说，国公府人心惶惶？"

高升点了下头。

梁王紧紧攥着拳头，望着火盆出神，他没有忘记年前就是这位主母将国公府整治了一番，这才让国公府跟个铁桶似的什么消息都传不出来，也递不进去。此时这位主母倒下，国公府人心惶惶，他们必然可以趁乱联系上春妍。

梁王思及此心头发热，眼底灼灼："刘焕章人到哪儿了？"

"刘焕章人已经安顿在城外隐蔽山洞中。"高升道。

梁王细细思量之后，压低了声音开口："立刻派人去国公府和春妍取得联系，告诉春妍……本王对白大姑娘十分爱重，对她也有怜惜之意。可如今白大姑娘因为王府上那个叫红翘的丫头对本王心存芥蒂，所以需要她帮忙将几封本王写与白大姑娘的情信，想办法送到国公爷书房那里……

"届时，本王会想设法让人发现这几封情信，将事情闹大。本王会同世子夫人董氏说，国公爷早就发现本王爱慕白大姑娘，扣下了本王写与白大姑娘的这几封信，说等南疆归来便为本王与大姑娘做主成亲，让本王与大姑娘不可再私下通信，以免败坏了白大姑娘的名声。不承想国公爷在南疆出了事，既然这几封信面世，本王也愿意承担责任，迎娶白大姑娘为正妃！等白大姑娘过门，本王纳她为侍妾。"

高升望着自家主子，论起摆弄人心，他们家主子当属一流，几封信必须放置在国公爷书房的缘由安排得清清楚楚，若春妍对自家主子有心，必会遵从。

梁王起身，走至书架前拿出早就仿写好且封蜡的信递给高升："叮嘱春妍不要拆开这几封信，以国公爷的格调绝不会私拆晚辈信件，这件事需稳妥计，否则前功尽弃，白大姑娘怕是会越发厌弃本王！"

"是！"高升双手接过这几封信。

听到管家老翁敲门的声音，高升连忙将几封信装进胸前。

"什么事？"梁王皱眉，忍不住咳嗽了几声。

"殿下，高升侍卫的副手田维军回来了，请见高升侍卫。"管家老翁道。

高升抱拳对梁王说："田维军是去忠勇侯府联系暗桩的。"

"让人进来……"梁王裹着狐裘走至炉火前坐下。

很快，身上带着寒气的田维军疾步进门，单膝跪地抱拳道："王爷，高大人，小人去忠勇侯府买通大理寺的护卫，借口探看府中老舅娘是否安全见了暗桩一面，听说秦朗回府之后，招了忠勇侯身边得力的几个幕僚管事进书房密谈，不许任何人靠近。"

"看来，秦德昭是见信王被贬流放，以为无法再得从龙之功，打算全盘托出了。"梁王如猎鹰般的眸子盯着火盆，"秦德昭此人……留不得了。"

"王爷放心，属下亲自去办！"高升立刻揽下此事。

话音刚落，童吉便端着一碗冒着热气的苦药进来："殿下……该喝药了！"

"去吧！"梁王对高升说了一句，坐直身子准备喝药。

大理寺狱中，秦德昭闭眼不看放在牢房门口的水饭，只盘腿坐在稻草之上一动不动。他生性小心谨慎，生怕梁王在水和饭菜里下毒要他的命。

突然听到有脚步声停在他牢房门前，秦德昭手一紧，睁开眼朝门口望去，只见狱卒身后站着一个穿着斗篷的人。

秦德昭心头一紧，故作镇定站起身，理了理沾了杂草的斜襟直裰，问道："敢问先生何人？"

"大人您慢聊！"狱卒对那人恭敬行礼后转身离开。

那人取下斗篷帽子，秦德昭一看竟然是梁王身边的高升，感受到了来自高升眼底最冷淡的杀意，他不免心跳快了几拍。

秦德昭沉住气，负手而立，保持着气度道："高大人，劳烦您转告梁王殿下，白卿言已知在粮草上动手之人名单，怕是要借机生事发难，还请殿下早作准备。"

高升视线扫过门口原封不动的水和饭菜："侯爷可知，秦大公子和秦家忠仆已经带着您给的那份名单去大理寺门前击鼓了？动作如此之快……难道不是得了侯爷的指点？"

秦德昭脸色一白，已经猜到秦朗被白卿言给骗了。

"高大人莫要信口开河，那名单并非本侯给的白大姑娘。白大姑娘今日来，就坐在这里誊抄了一份名单，什么都没说、什么都没问便走了。白家怕是早已掌握了这份名单，以白大姑娘心智……殿下需小心啊！"秦德昭表忠心，"至于那逆子，本侯就是被提审，也定是一个字不会说！此事与本侯无关，本侯将军粮交出去的时候可是好好的！"

"这么说来，侯爷对殿下很是忠心了？"高升声音冰凉，并无任何起伏。

"不仅是对殿下忠心，也是为了保命！认下来……少不了一个死字！不认，苟延残喘也算是活着。"秦德昭定定望着高升，此时一味表忠心反倒显得虚伪，图保命才显真诚。

高升抽出腰间短刀，秦德昭被惊得向后退了两步，身体撞在墙壁上："高大人！"

"殿下曾对侯爷说过，这世上只有死人才能保守秘密！"

说完，高升几乎是一瞬便移至秦德昭面前，吹毛断发的锋利短刀没入秦德昭腹部。秦德昭张大了嘴却发不出一丝声音，眼前只剩下狱内墙壁之上摇曳的烛火。

高升搂着秦德昭的颈脖，动作极为缓慢地扶着秦德昭蹲跪下来，平静的眸子毫无情绪。直到秦德昭紧紧拽着他衣袖的手松开，高升才放开秦德昭，将腰间短刀镶嵌着宝石的刀鞘藏进秦德昭的鹿皮靴子中。刀是一把好刀，轻而易举穿透秦德昭的皮肉，刀柄堵住伤口，一丝血都没有流出来。

高升戴好斗篷转身离开，那狱卒前来锁门，竟像是什么都没有看到一般离开。

从年三十南疆的战况传回之后，大都城一件事接着一件事，丝毫不给人喘息的机会。

年前才自请去世子位的秦朗，在看守忠勇侯兵士的押送之下，携秦家忠仆正跪于大理寺门前，手捧一份锦帛名册，高呼大义灭亲为南疆粮草案呈上证据。

此案皇帝尤为关注，大理寺卿吕晋命人将秦朗及秦朗带来的秦家忠仆，请进大理寺，详细询问。

秦家忠仆在看到那份名单之后，已然信了秦德昭要牺牲自己，让秦朗这位大公子守忠勇侯府荣耀的说辞。如今他们已视秦朗为秦家新主，自然按照刚才秦朗同他们在书房内商议的那般统一言辞。

秦德昭的幕僚称，秦德昭是见别人押运粮草都有利可图，因此才生了贪墨之心。但因心底有愧，又是第一次做贪墨这样的事情，露出了许多马脚，被下面的人拿住了把柄。原本以为满足了一个大家便相安无事，不承想粮草只要到一处，一处便要抓着秦德昭的把柄克扣，越到后面的官员胆子越大，逐步将上好的军粮调换成了麦麸。最后这些人更是胆大包天，连那些麦麸都在运至凤城之前全部换成银两。眼见事情闹大，忠勇侯怕连累到自己，又起了杀心。

幕僚详细交代自己曾经为秦德昭出过什么主意，忠勇侯府的护卫又是如何将这些人灭口，一下子吐了个干干净净。

大理寺卿吕晋拿了忠勇侯府忠仆的供词，将人关押入狱，准备进宫面见圣上。

秦朗与忠勇侯府不和，这事早在秦朗搬出忠勇侯府时已经尽人皆知，更何况秦朗是皇帝和皇后都称赞过的世族子弟表率，又有白家请他保下秦朗，大理寺卿自是不能怠慢秦朗，便将秦朗安置在偏厅，让秦朗暂时先在大理寺候着。秦朗遵从，跪地称愧对皇恩，求大理寺卿转告圣上，愿将忠勇侯府家产悉数上缴国库，以此为父赎罪一二。

大理寺卿吕晋看着秦朗满面羞愧的模样，又想到镇国公府管事找到他说的那番话，点了点头："秦大公子放心！"

这个案子在大理寺卿看来将会是一个特别棘手的案子，没想到还没开始审呢，忠勇侯的儿子就把证据送到了案前来。大理寺卿也算对秦朗心存了几分感激，所以在回禀皇帝的时候，便不着痕迹地替秦朗美言了几句。

皇帝并未看大理寺卿交上来的证词，他闭眼听大理寺卿将事情的来龙去脉讲完，顿时怒火中烧。

"忠勇侯真是好大的胆子！"皇帝咬紧了牙，怒火中烧，大骂秦德昭的话正要出口，却像突然想通了什么关窍，猛地站起身来。

"刘焕章是用军粮诓骗了信王，可刘焕章人在前线……又是怎么知道这粮草到不了凤城的！"皇帝眉心紧皱。

大理寺卿恭敬行礼道："据忠勇侯家仆交代，这份名单上记录的，都是已经被做成意外身死的官员名单！还有一位未死……便是刘焕章的妻弟孙毅明，去年腊月初一秦德昭派出去的人没能将孙毅明杀死，反倒露了痕迹，死了两个护卫！巧的是这个案子京兆尹安靖国曾同臣提起过，说查遍了孙毅明结过仇的人，也没有查出来个所以然！现在看来京兆尹手中的案子，倒是可以结案了。"

刘焕章的妻弟？皇帝屈起指节，用力敲了敲桌子，隐隐透出杀气。

"微臣以为，忠勇侯秦德昭应如忠勇侯府幕僚所言，不过是为了点银子！秦德昭也是头一次做这种事情，他没想到会被下面的人拿住把柄，下面那些小人自觉上面有忠勇侯这样的大人物顶着，便肆无忌惮，越做越过分！秦德昭这才听从了他府上那位幕僚的主意，痛下杀手以撇清自己。"大理寺卿徐徐道来，"更何况……忠勇侯府和国公府乃是儿女亲家，为自己儿子着想，秦德昭也不会真的谋害自己亲家。"

皇帝觉得大理寺卿说得有理，凝视着殿内红漆圆柱，目光幽沉："你说的……有理！"

"刚才微臣来回禀陛下之前，秦大公子跪请微臣转告，想将忠勇侯府一应家产上缴国库，以此来替父亲赎罪！微臣倒是想起陛下赞许秦大公子为世族子弟表率的话来，秦大公子大义灭亲，舍孝尽忠，的确是正直忠义之人。若我大晋多些这样的儿郎，何愁不兴旺啊！"

"吕爱卿……这是在为秦朗说情？"皇帝听出大理寺卿吕晋话中意思，但不以为然，"这到底是为尽忠大义灭亲，还是为了自保，难说！"

"陛下，微臣相信陛下的眼光，秦朗是陛下赞许过的好儿郎！微臣亦在大理寺多年，什么样的人物都见过，却少见儿郎能有秦大公子那般清明的目光！微臣愿意相信秦朗的确是个难得的忠义儿郎，而非奸诈狡猾之徒！"大理寺卿吕晋这些话有几分肺腑之意，秦朗目光清明透亮，的确不像大都城内那些老油条一般的纨绔。

皇帝听了大理寺卿的话，想了想，侧头对高德茂吩咐："去让谢羽长把秦德昭给朕提来，朕亲自审问。"

"是！"高德茂匆匆告退出殿，命御林军统领谢羽长去提秦德昭。

不过多时，谢羽长竟一人回来，回禀皇帝秦德昭自尽于狱中。

大理寺卿吕晋睁大了眼，吓得立时跪地："陛下！都是微臣看管不力！请陛下恕罪！"

皇帝死死咬着牙，沉默片刻问："可曾留下遗书之类的东西？"

"什么都没有留下，臣去的时候人还是热的，应该刚死没有多久！"谢羽长道。

皇帝脊背靠于龙椅上闭上眼，心头烦躁不已。

忠勇侯秦德昭畏罪自尽于大理寺狱中的事情，又在大都城掀起一层风浪。

秦朗坐于大理寺内，听到父亲自尽的消息，险些摔了手中的茶杯。他以为他已经够快了，拿到名单便立即回侯府与父亲的幕僚商定说辞，他以匕首抵着脖子才得以带着父亲的幕僚、护卫来大理寺认罪，原本想着在天黑之前让此事传至天听，必能让父亲多活几日。

可，竟还是晚了。若父亲非被灭口，而是自尽，那父亲便是在决意保住秦家满门荣耀时，就已有了必死的决心。

不多时，大理寺卿吕晋回来，他看着面色苍白的秦朗，说了句节哀："陛下已经命人将刘焕章妻弟孙毅明捉拿归案，待审问孙毅明后，若能洗脱你父与刘焕章勾结的嫌疑，忠勇侯诸人才能自由出入，你且先回忠勇侯府，不要胡乱走动！"

秦朗恭敬对吕晋长揖到地："晚辈，可否带家父回府安葬？"

吕晋摇头："陛下要查你父死因，如今你父尸身还不能归家。"

秦朗身侧的手紧了紧，再次对吕晋行礼。

离开大理寺，秦朗让随从去给白锦绣报了个信，他得回忠勇侯府准备父亲丧仪，但一进忠勇侯府怕就难以出来，叮嘱白锦绣好好留在白家为国公爷守孝。

此时，镇国公府主子都聚在大长公主的长寿院内。

皇帝下旨册封镇国公为镇国王，按理说葬礼规格还得提高一个档次。可那日在皇宫，大长公主已同皇帝说过，葬礼简办。皇帝给了镇国公体面追封为王，何尝不是因为大长公主自请去爵位的许诺在前？故白家需更加谨慎谦卑，才能得以保全。

大长公主精神不大好，半倚着西番莲纹的姜黄色大团枕，强撑坐于软榻之上，拨弄着腕间缠的一串沉香木佛珠："就定在初十出殡吧！"

董氏点了点头，那满院子的棺材摆在那里，一看到便会想起丈夫、儿子尸骨无存，那痛时时割心，不如早日下葬，或许眼不见便不那么痛了。

大长公主话音刚落，蒋嬷嬷便匆匆进门，行礼之后道："大长公主，宫中传来消息，忠勇侯在狱中自尽了，如今二姑爷已经回忠勇侯府准备丧仪，刚才二姑爷派人来传信，说就让二姑娘留在白家莫要回忠勇侯府。"

刘氏沉不住气，惊得一下站起身来，绞紧了手中的帕子，心提到了嗓子眼儿："这……这会不会连累姑爷？"

白锦绣下意识看向坐于灯下半垂着眸子的白卿言。白卿言手里捧着半凉的茶杯，心里明白这是梁王动手灭口了。

"二婶儿别急，若是会连累秦朗，秦朗怕走不出大理寺。"她搁下手中杯子，"秦朗是陛下和皇后娘娘亲自赞誉过的世族子弟表率，陛下不会自扇嘴巴。更何况……此次是秦朗大义灭亲，尽忠舍孝，我估摸着……等事情了了，后面还有嘉奖。"

大长公主点了点头，对自己这个侄子大长公主也算是了解："阿宝说得不错，你且放宽心，不论如何还有我在，断不会让锦绣的姑爷出事。"

刘氏这才点头，含泪对大长公主道谢。

从大长公主院子里出来，白卿言挽着董氏的手臂陪董氏一边往院子外走，一边低声说事："母亲放心将府内一应调度交由我，我一定将白府看牢，必不会出乱子，母亲就好好准备初十的事情。"

董氏攥着白卿言的手轻轻揉搓："你做事谨慎，母亲很放心，就是怕你太累。"

同董氏分别后，她在去灵堂的路上问佟嬷嬷："派去看着春妍的人，可说那边儿有动静了吗？"

"还没有！"佟嬷嬷扶着她的手，低声说，"倒是昨日，春妍到老奴这里来哭哭啼啼，说知道错了，想回到姑娘身边伺候，还塞给了老奴一只金镯子，老奴收下了。"

朱漆雕花的长廊里，挂于檐下的白灯随风轻轻摆着。白卿言捂着手炉，神色平静温和。

春妍是因为什么被挪出清辉院的，国公府上下都清楚，自然不会给春妍什么好脸，要不是春妍有平日里白卿言赏她的那些物件儿和银子撑着，她怕是连一口热水都喝不上。眼看着傍身的东西快被那起子拜高踩低的下人明偷暗抢拿光了，她这才想起清辉院的好处来。

梦醒之后，她一直在想，梁王是如何将那几封仿了祖父笔迹的信放入祖父书房的。能出入祖父书房的人不多，除了祖母大长公主之外，便是她。她思来想去便想到了春妍身上。她对春妍信任有加，春妍与春桃是她跟前最得脸的大丫头。倘若春妍借口要替自己从祖父书房拿东西或将祖父书房里的书还回去，趁机将信藏于其中呢？

梦里，祖父书房搜出那几封信时，她已被董氏送出大都城，具体细节不甚清楚，全凭猜测。如今她已经做好了局请君入瓮，那便将春妍重新放回身边，派人仔细盯着她。

片刻后,她幽幽开口:"这几日倒是想起了那油茶面的滋味,可不论是大厨房、小厨房,还是春桃、春杏她们,都做不出那个味。"

佟嬷嬷早已活成人精,自是听明白了白卿言的话,只道:"往年冬日里,春妍那丫头喜欢做油茶面这个吃食,得了大姑娘不少赏!大姑娘想这个味儿了,老奴便去提点提点春妍,权当没有白收她送的金镯子!"

"嬷嬷去办吧!春桃陪我去灵堂就行了。"她说。

春妍听佟嬷嬷说,今日白卿言想吃油茶面,眼泪一下就涌出来了,给佟嬷嬷磕头:"多谢佟嬷嬷指点!多谢佟嬷嬷指点!"

"咱们为奴为婢的,能攒下些拿得出手的物件儿不容易,我总不能白收你的金镯子。"佟嬷嬷眉目间带着几分凌厉,"不过话我可说在前头,若是大姑娘真念旧情准你回清辉院,你皮给我紧着点儿!要是再犯……不等姑娘开口,我就先料理了你,到时候你可别说嬷嬷无情。"

"知道了!知道了!嬷嬷放心,奴婢定然不会再犯,只全心全意侍奉大姑娘!"春妍说着又从怀里摸出几颗白卿言赏的金花生递给佟嬷嬷,情真意切,"这是奴婢最后一点儿私房,还是去年大姑娘赏的!就算是春妍答谢嬷嬷了!"

佟嬷嬷收了金花生,低笑一声又道:"大姑娘在灵堂守灵,到了后半夜肯定又冷又饿!"

春妍双眸一亮,重重叩首:"多谢嬷嬷提点!"

子时刚过。

白卿言让身上还有伤的白锦稚带着三个妹妹回去休息,她与白锦绣、白锦桐在灵堂内守着。

佟嬷嬷拎着一个黑漆描金食盒进来,悄悄跪于白卿言身后:"大姑娘,您和二姑娘、三姑娘用点儿东西吧,否则撑不住的!"

"嗯!"她点了点头,"锦绣,锦桐……过来用点东西。"

姐妹三人坐在一旁,见佟嬷嬷打开食盒,白锦桐被香气吸引得凑了过去:"好香啊……"

"油茶面!"白锦桐颇为意外。

佟嬷嬷笑着应了一声,给三人一人盛了一碗,又从食盒里拿出几碟新做的爽口小菜。

白卿言端着小碗尝了一口,侧头问佟嬷嬷:"今日这油茶面是谁做的?味道倒是和春妍做的一般无二。"

佟嬷嬷规规矩矩跪坐在一旁，双手交叠放在小腹前，低声道："正是春妍那丫头做的！那丫头听说大姑娘让院子里做了油茶面，可总觉得不对味儿。想着大姑娘在灵堂守灵辛苦，便做了油茶面送过来。"

白锦桐低笑一声，嘴里吃着春妍做的油茶面，却一点儿都没有吃人嘴短的意思，冷笑道："我看是想求长姐放她回清辉院吧！我可是听说了，这丫头这段时间日子可不好过。"

白卿言抿唇不语，将一碗油茶面吃完，放下碗勺用帕子擦了擦嘴，这才道："春妍人呢？"

"还在外面候着。"佟嬷嬷说。

白锦桐冷笑："果然……"

"她想回清辉院，便让她回去吧，叮嘱她安分些，别在我眼前晃。"白卿言说完起身，继续去守灵，倒是看不出喜怒。

佟嬷嬷待到白锦绣和白锦桐用完，这才收拾了碗筷食盒沿长廊来了垂花门处，春妍扶着墙急不可耐向前走了两步："嬷嬷！大姑娘可说要见我了？"

佟嬷嬷端着架子，将食盒递给春妍，用帕子沾了沾嘴角，道："大姑娘念旧情，这是你的运道！收拾收拾回清辉院吧！安分些，别在大姑娘眼前晃悠，你若能安安分分待上一年半载，想必大姑娘还是会念你的好，重新提拔你到身边也说不定。"

"谢嬷嬷提点！谢嬷嬷提点！"春妍喜极而泣，用手捂着嘴直哭。

"好了！快去收拾东西吧，明天一早回清辉院。"

"好！"春妍千恩万谢之后，拎着食盒离开，只觉日子总算是苦尽甘来了。

佟嬷嬷看着春妍走路还有些不利索的背影，眸底一片冷清之色，甩了帕子转身朝灵堂走去，给白卿言复命。

"老奴专门叮嘱她明日一早回清辉院，按照那蹄子不肯吃亏的个性，既得了大姑娘恩准，明日……定要大张旗鼓回清辉院，好好出一口气。"佟嬷嬷低声道。

佟嬷嬷说话时，白卿言没有避着白锦绣和白锦桐。

白锦桐听着睁大了眼："长姐？你让春妍回清辉院不是念旧情？难不成……有什么谋划？"

她恭恭敬敬将香续上，磕了头跪于一侧，才道："嬷嬷让人盯住了春妍，春桃你这几日同春妍多亲近亲近，你如今是我面前最要紧的大丫头，你同她亲近一分……她便能宣扬成五分。"

"大姑娘放心，奴婢晓得。"春桃点头。

"我估摸着，初十出殡那日，春妍怕是要给咱们带来一场大热闹，且看着吧！"白卿言对两个妹妹道。

不论是梁王或是春妍，若想生事，自然是趁着国公府最忙乱的时候生事。初十出殡的消息放出去，梁王要么会提前寻上春妍，让她趁初十国公府诸人紧着出殡事宜时乱中作怪！要么就是在初十寻上春妍，让她想办法当日便将信放入祖父书房。不论如何，初十出殡这日，这两人必有所行动。

灵堂上黑漆金字的牌位，在烛火摇曳之中格外醒目。她看向祖父和父亲的牌位，只求若祖父和父亲真的在天有灵，保佑初十那日让她一举将梁王那个小人按死，如此……她才能放心去南疆。

初九，天还未亮。

大长公主便将几个儿媳妇儿都请了过去，说白卿玄的事情。

高台上的灯芯被挑得极高，在琉璃罩内轻轻摇曳，将这一室映得极为亮堂，也将大长公主憔悴的神色照得一清二楚。

大长公主一夜未眠，左思右想此事还是要下个决心。毕竟明日出殡，总需要一个摔孝盆的人。

"我知道你们都不喜欢这个庶子，我也不喜欢。可他的确是老二的血脉，白家仅剩的男丁。"大长公主徐徐说道，"此次将这庶子接回来，他那娘就不留了，让他留在我身边，我亲自教导。老二媳妇儿若愿意，便将他记在你的名下，若不愿意……将来你们一个在朔阳，一个在我身边，眼不见心不烦。"

几个儿媳妇儿望着大长公主，都不吭声，听大长公主徐徐说着。

"出殡之后，我便会进宫请去白家爵位，必不会让爵位落在这个庶子头上，也能将退的姿态做足。若将来天佑我白家，让老五媳妇儿生个男子，他长大后再入仕途，我白家今日之退所积攒的声名，必会成为他一大助力！"

"母亲已经考虑清楚，那便接回来吧！"董氏开口道。

董氏做了大长公主这么多年的儿媳妇儿，太了解大长公主，大长公主将话说成这样分明就已经下定了决心，再劝怕也无用。再说，那日女儿白卿言也说了，白家落难那庶子逃走，等皇帝处罚信王的圣旨下来，那庶子定还是要回来的，她心里早有准备。

"那便这样吧！我让蒋嬷嬷备车去接人，明日之后你们和孩子们就能好好歇一歇了。"大长公主冰凉的手指攥紧了手中的佛珠，眉目一如既往的慈善，"这些日子，辛苦你们了！"

白锦稚带着三个幼妹将换了白卿言同白锦绣、白锦桐，让她们去小憩一会儿。

回了清辉院，她洗了把脸没有急着去休息，询问了纪庭瑜今天的情况，知道纪庭瑜已经醒来只是失血过多太过虚弱，到底是松了一口气。

"大姑娘守了一夜，快些歇一会儿吧！"春桃看着眼底血丝密布的大姑娘心疼不已。

她摇了摇头，立在书桌后，想为祖父父亲他们写祭文，可提笔蘸墨，却迟迟没有落笔。她腹有百章之言想说与祖父他们听，却都不能宣之于口，只能在心里说说罢了。

一个时辰后，春桃伺候白卿言洗净手上的墨汁睡下，才轻手轻脚从房内出来。

回了清辉院的春妍和佟嬷嬷打过招呼，见到春桃出来对春桃露出笑容凑上前："春桃，我又回来同你做伴了！"

"嘘……"春桃做了一个悄声的姿势，想起大姑娘交代她亲近春妍，这才扶着春妍走至一旁，压低声音道，"大姑娘守了一夜刚歇下，你小声些。既然回来了，以后可别再做伤了大姑娘的事情，否则我第一个不饶你！"

春妍挽住春桃的手臂，道："我还记得大姑娘说你为我求情的事情，几次想向你道谢，可你一直在忙。"

春桃心里腻味极了，硬生生忍着："明日府里还有得忙，你身子不利落就在屋里别出来，省得碍事，也别在大姑娘眼前晃悠！"

这话要是往常，春妍定是要给春桃甩脸子的，可今日却是笑脸应声："我知道了！佟嬷嬷让我和银霜那个小傻子住一起，可我总念着我们以往的情分想和你住一起，等府里大事过了你能不能同春杏说说，让她和我换一下啊！"

春桃在心里冷笑，她那里可是一等大丫头的住处，这春妍莫不是当她是个傻子，嘴里说念着往日情分想同她一起住，心里是惦念着那份大丫头的荣耀吧。

"再说吧！"春桃拨开春妍挽着她的手，"我还要给大姑娘办事，你先去安置。"

说完，春桃便朝清辉院外走去。

春妍也不计较，她想到刚才那起子作践过她的小人听说她得了大姑娘的恩准回清辉院时那目瞪口呆的表情，就觉得痛快。春桃是个榆木疙瘩，哪有她机灵？等大姑娘心里的气顺了，她春妍还是大姑娘身边的一等大丫头。

春妍回到清辉院，佟嬷嬷念在春妍身上有伤没有安排什么活计，只让她指点指点银霜规矩，银霜倒是乖乖听话给春妍行了礼。

可春妍看到银霜那个小傻子就心烦，人懒懒地趴在床上一会儿指派银霜给她倒水，一会儿让银霜给她剥瓜子，一会儿又要银霜给她捏腿。银霜傻乎乎的，春妍让干什么干什么，春妍这才看银霜顺眼了许多。

晌午佟嬷嬷过来问银霜规矩学得怎么样，银霜耿直道："学了给她倒水，还学了给她剥瓜子……"

银霜想了想又补充道："还有给她捏腿！"

春妍一张脸涨红，见佟嬷嬷脸色沉了下来，心虚呵斥道："你胡扯什么呢？不过让你倒了一次水，你就在佟嬷嬷面前编排起我了！佟嬷嬷，这规矩我可是不敢教了！"

银霜虽然脑子不大灵光，可也是个有脾气的姑娘，瞪大了眼三步并作两步一把就将有伤在身的春妍推倒在地："倒了八次水！不是一次！"银霜可都记着呢，这春妍第一次嫌她倒的水凉，第二次嫌热……一直到第八次春妍才说过关。

春妍瞪着银霜，红着眼看向佟嬷嬷："嬷嬷你看她！"

佟嬷嬷差点儿绷不住笑，还以为银霜这丫头推倒了春妍要说什么呢，结果就是纠正了一下是倒了八次水不是一次。

可该训还是得训，佟嬷嬷板着脸训银霜："说话就说话，动什么手！姑娘面前难不成你也要这般不成体统？行了，也别在这里学规矩了，听春桃说你有一把子好力气，正好来给我搭把手，走吧！"

春妍眼睁睁看着佟嬷嬷带走了银霜，可嬷嬷也没有给她指派活计，她心里更慌了，刚回清辉院却被晾在这里算是怎么回事儿？春妍倒是想追出去，可刚被银霜推了那么一下撞到伤口，这会儿疼得她腰都直不起。

"春妍姑娘，门口有人找，说你今儿个早上回来的时候把东西落下了，特地给你送过来。"同睡大通铺的丫头回来，笑着同春妍说了一声。

见春妍绷着张脸一声不吭地扶腰往外走，连一句谢也没说，那丫头立时耷拉下脸，气呼呼拿过了放着绣绷的簸箩朝春妍离开的方向啐了一口："呸，还当自己是大姑娘跟前的大丫头呢！"

春妍一出来，见门口立着个面生的婆子，眼神戒备："我什么东西落下了？"

"春妍姑娘！"那婆子笑盈盈对春妍行了个礼，"我是受人之托，梁王府上的侍卫来找您，说有要事同您说。"

春妍一怔，挨过板子还没好全的地方又开始作痛，可心却是更痛。她咬了咬下唇，眼眶子一下就红了，这些日子梁王殿下联系不上她一定很着急吧！可是，她才刚被接回清辉院，要是此时去见梁王殿下的人被发现了，佟嬷嬷肯定要打死她。

"我……我养伤这些日子，耽误了清辉院好多活计，着实走不开，有什么话劳烦您传达一下，我就不出去了！"春妍忙从袖子里掏出几块银子塞进那婆子手里。

那婆子掂量了一下分量，笑盈盈道："那成，老奴就替姑娘跑一趟。"

在门外等候的高升没等来春妍，听那婆子说："春妍姑娘养伤的这些日子，清辉院落下好多活计都等着春妍姑娘回来安排，春妍姑娘实在是脱不开身。有什么话您尽可告诉老婆子，老婆子虽不识字，可替您和春妍姑娘传话是肯定没问题的！"

高升听完，抿着唇一语不发地转身回了梁王府，将此事告知梁王："属下怕国公府内有暗卫高手，恐打草惊蛇坏了殿下的事情，便没有擅自闯进去。"

虽说此次高升并没有见到春妍，可去了一趟国公府倒也不是一无所获，至少知道白卿言念旧情已经让春妍回了清辉院，如此……春妍行动起来便更为方便。

高升见梁王绷着苍白无血色的脸，低声道："殿下，此事已不容再耽误了，刘焕章听说刘府诸人被下狱的事情在城外待不住，已经乔装回城！要是万一刘焕章被抓住……这几封信还没有放入国公府，那就功亏一篑了。"

梁王穿着一件绛紫色的斜襟直裰，坐于书桌之后，将一幅写坏的字揉了丢在一旁，恼火刘焕章不知轻重，一时气急咳嗽了两声，牵扯得胸前伤口发疼。

"殿下！"高升面色一紧，"我去让人唤大夫过来！"

梁王抬手阻止高升，单手覆在心口处，稍作平复后，一双阴沉沉的眸子望着高升，哑着嗓子道："看守刘焕章的人不论是谁，让他自去领罚……"

"是！"高升抱拳称是。

梁王双手撑在书桌上，怒火无法平复又砸了桌上的白玉镇纸。

春妍不见高升大约也是因为以前没有和高升来往过，那便只能叫童吉去了，童吉是自己身边的贴身小厮，春妍必然会见。想到这里，梁王面色阴沉高声对门外喊道："叫童吉过来！"

不过多时，忙着亲自给梁王煎药的童吉就跑了进来："殿下，您喊我！"

"把信给童吉！"梁王说。

高升闻言，将怀中的几封信递给童吉。

童吉懵懵懂懂接过几封蜡封好的信，看向梁王。

"一会儿……"梁王话一出口又抿住了唇，今日高升已经去找过春妍了，若此时又派童吉去找春妍太引人注目，他改口道，"明日国公府出殡，你带着这几封信去找春妍。"

梁王将之前想好的说辞说与童吉听，童吉听完死死攥着手中的信，替自己主子不值当。

"明日国公府出殡，应该又忙又乱，你告诉春妍绝不可错过这次时机，否则至少半年内寻不到这么好的机会，让她务必将信放入国公爷书房！"梁王见童吉眉头紧皱，厉声问，"我说话你听到了没有！"

"殿下！那个白大姑娘上次说您是小人，说就算是嫁猫嫁狗冥婚也不嫁给殿下，殿下又何苦非要这个白大姑娘不可？这白大姑娘除了一副皮相好看之外有什么好的！子嗣缘那么浅薄，您何苦来的？您是咱们大晋尊贵的皇子，要什么样的姑娘没有啊！"童吉低声劝自家主子。

"你这是想来做我的主了？"梁王因为刘焕章私自回大都的事情，心底怒火中烧，语气难免凌厉。

"主子！"童吉立时跪下，"童吉不敢！童吉是真的替主子委屈！我们殿下这样贵重的人物，她白家大姑娘在殿下面前有什么可傲的！就怕主子这样低声下气把这白大姑娘娶回来，她将来越发嚣张欺凌到主子头上！"

梁王狠下心肠，对自小陪着他不离不弃的童吉道："你若真对我忠心，便好好去办这件事！事情办砸了……你就收拾东西走吧！我梁王府也不留你了！"

童吉脸色一白，紧紧抿着唇，眼泪就在眼眶里打转，还强忍着不敢哭出来，委屈得不行。

"出去吧！"梁王看着童吉那样子，声音软了下来。

童吉慌忙用袖子抹了把眼泪，给梁王叩首后，哽咽道："既然主子喜欢这白大姑娘，小的就一定让春妍姑娘把这事儿给主子办成了！主子……小的自小就在主子身边，主子千万别赶我走！童吉以后一定乖乖听话，不给殿下添乱！"

梁王心有不忍，哑着嗓子说："事情办好了，便不赶你走了！"

"多谢殿下！"童吉小心翼翼将信揣进怀里，恭敬退了出去。

童吉虽说百般无用，可梁王还是将童吉留在身边，只因童年情分！他不遗余力将白家拉下神坛，只为了偿还当年佟贵妃同二皇子的恩情，这便是高升愿意追随梁王的

第七章 血债血偿

·311·

原因。

高升看了眼梁王，垂下眸子恭敬说："刘焕章不能带进王府，还是属下亲自去盯着刘焕章，免得他又有什么异动。"

"去吧……"梁王疲惫地捂着胸口，在椅子上坐下，脸色比刚才还要难看。

白卿言睡了不过一个多时辰便起身。

春桃用铜钩挽起帐子，看向坐在床边穿鞋的白卿言，担忧道："大姑娘每日就睡这一个多时辰，怕是熬不住啊！"

候在廊庑之下捧着温水铜盆、帕子、痰盂、漱口香汤的丫鬟们鱼贯而入，伺候白卿言起身洗漱。

春杏带着一排拎着食盒的丫头进屋摆膳，等白卿言换好衣裳从屏风后出来时，又带着一众丫头规规矩矩退了出去。

春桃替白卿言盛了一碗鸡汤小米粥，放在白卿言面前，低声道："今日大姑娘刚歇下没多久，便有人来寻春妍，不过春妍没去见。门口婆子说那梁王府的侍卫出手很是阔绰，就是生得一副冷面模样，有些吓人。"

原本就是在意料之中的事情，白卿言并不意外。

她低头喝了一口清淡的小米粥，叮嘱："不要惊动了春妍，暗中把人看住了，她那边有任何动静，随时来禀！"

"奴婢知道！"春桃郑重点头。

立在门外伺候的春杏见白锦绣过来，忙迎了两步行礼："二姑娘。"

"长姐可是起了？"

"正是呢，大姑娘正在用膳，我这就去通禀……"

春杏还没有来得及打帘，就见春桃已经挑帘出来："大姑娘让我来迎一迎二姑娘！春杏……让人给二姑娘添副碗筷。"

春杏应了一声。

白锦绣将手中暖炉递给青书，嘱咐青书就在外面候着，自己进了屋。

春桃为白锦绣盛了一碗小米粥，便退出上房，让姐妹俩安静用膳。

她见白锦绣愁眉不展，捏着筷子迟迟没有下箸，问："担心秦朗？"

"长姐，大理寺卿吕晋与我们白家并无交情，如今我白家更是男儿无存，吕晋此人风评虽好，可人心隔肚皮……会帮秦朗吗？"白锦绣眉头紧皱，侧身看向白卿言。

"往日里，我们身处后宅不知前朝事，你会担忧实属正常。"她搁下筷子，用帕子擦了擦唇，柔声细语同白锦绣慢慢分析，"这几年朝臣在储位之争上多偏向皇后嫡出的信王，信王可谓炙手可热，甚至可以说若无南疆之事，按照之前形势……将来问鼎大位的多半是信王！朝中那些会审时度势的大臣纷纷追随，可这位大理寺卿吕晋却始终中立不参与其中，且几次信王之人犯在他手里，他都铁面无私、毫不容情，原因无非有四。

"一，此人心中尚存气节。二，此人或许心中另有明主。三，此人深谙纯臣方为官场立身之道。四，此人无进取上进之心。"

白锦绣放下手中筷子，点了点头，道："可若无进取上进之心，何以短短数年便晋升大理寺卿？"

她颔首："先说其一，若这吕晋是心有气节，他便是看在白家忠义男儿为护国护民马革裹尸的分儿上，也会护上一护白家的女婿！若是其二，在吕晋心中……名正言顺、炙手可热的嫡子信王不是明主，那要么吕晋利欲之心极大，要的是从龙之功！这样的利欲小人，看在祖母大长公主的分儿上，也会愿意卖国公府一个人情！要么他轻蔑信王的品格，这样的人心中必有气节。

"若他深谙纯臣之道，便不能参与党争，不能参与到夺嫡中去。如今信王虽然被贬为庶民，可信王府上幕僚谁愿意同信王这条大船一起沉了？那些幕僚定是想尽了办法在粮草之事上推敲做文章，企图为信王翻身，你说吕晋会甘愿成为信王手中的刀刃吗？"

白锦绣认真听完白卿言为她掰开揉碎的分析，一脸恍然，心中大骇："长姐，竟将人心算得如此细致。"

廊庑里挂着的素白灯笼与素缟翻飞，屋内罩着雕花铜罩的火盆中炭火忽明忽暗烧得极旺，可却安静得针落可闻。

她紧紧握住白锦绣的手，低声叮咛："这披了一层繁华外衣的大都城，其实与南疆战场并无不同！那里是真刀真枪，血战肉搏，刀枪箭雨中，仅有一腔孤勇者死，有勇有谋者胜！大都城内是阴谋诡计，尔虞我诈，被这繁华迷眼、醉生梦死者亡，能算无遗漏、善断人心者胜。锦绣……你留于大都，必定比我和三妹都难！"

自得知祖父、父亲、叔伯和众兄弟身死南疆之后，白锦绣头一次清清楚楚地感知到，从今往后无人再护着她们，娇惯她们了。以前有亲长兄弟在，何须长姐如此精于心计？长姐字字句句没有说她错，可她已深知自己错在哪里……那日长姐教训小四，已经说了白家如夜半临渊，她却没有将此话深刻至骨髓。不是长姐算得太过细致，而是她想得太过肤浅。今时今日，何止是没有余地容得小四率性而为，也没有余地容得她如以前那般疏懒，遇事不肯极尽费神地反复思量，得过且过。

如今长姐还在大都，往后可就只剩她一人了。

白锦绣口中如同咬了酸杏一般，她起身对白卿言行礼："今日是锦绣……想得浅了！日后定不再犯，长姐放心！"

"好了，用膳吧！"她伸手拉着白锦绣坐下。

白锦桐这几日安排谋算日后行商该如何行事，实在疲乏，睡了两个时辰才醒。得知长姐和二姐早就去了灵堂，她忙慌慌起身垫了两口点心，就穿上孝衣出门。

白锦桐疾步沿着白绢素布装点的长廊往灵堂小跑，远远瞧见祖母身边的蒋嬷嬷身后跟着一个外院婆子，两人脸色凝重，步履匆忙，往长寿院方向走去。

她心中存了几分疑惑，一到灵堂便将此事说与白卿言她们听。

"祖母那里别不是出什么事了吧？"白锦稚睁着一双圆圆的眼睛，颇为担忧。

"今儿个早上我听我母亲说，祖母说明日出殡不能没有人摔孝盆，要把那个庶子接回来，约莫是那个庶子的事情吧！"白锦绣道。

不容姐妹几人多说，又有人上门吊唁，白卿言一行人跟着叩首还礼。明日国公爷出殡的消息传出去，登门来祭奠的人越发多，她们更是脱不开身。

长寿院内。

大长公主坐靠在西番莲纹软枕上，听完跪于地上的仆妇颤抖着说完庄子上的事情，她缠着佛珠的手一把扣住身旁黑漆桌角，睁大了眼，不可置信地提高了音量："你说……那个孽障做了什么？"

仆妇被大长公主通身气度吓了一跳，忙重重叩首，哆哆嗦嗦道："公子他……他今日一早，非要纪家新妇伺候他早膳，后来……后来不知怎的，纪家新妇竟一头碰死在房中。公子被伤了脸，气急之下将那纪家新妇砍成几段，命……命人丢出去喂狗，可那新妇是良民之身……"

"孽障！"大长公主一巴掌拍在黑漆小桌上。

非要人家新妇伺候，逼得新妇一头碰死，还能是为了什么？

大长公主气得手都在抖，忍着心头汹涌怒火问："那个孽障叫那新妇去侍奉的事情，知道的人多吗？"

那仆妇点了点头："老奴已经打听过了，公子要纪家新妇去侍奉的事庄子上的人都知道了。初七那日嬷嬷遣人将公子送到庄子上，公子在马车上瞧见了纪家新妇生得漂亮，当时就说要人来伺候。那新妇不愿意，公子还发了好大的脾气。庄子上的人怕公子发怒连累他们，好多人都去劝解纪家新妇了。今儿个一早庄头家的婆子带着庄子上几个与纪家新妇交好的妇人，又去劝了两句……说公子要走了，让纪家新妇去侍奉用个早膳，对她家男人在国公府的前程也好，纪家新妇才去了！没想到竟……竟然死在了那里！"

蒋嬷嬷上前轻抚着大长公主的脊背，道："庄头已将知道这新妇之死的人全部捆了扣住，遣了前去接人的两个婆子回来禀报此事，等待大长公主决断。"

"这个畜牲怎么能如此恶毒！"大长公主气得胸口剧烈起伏，怒火之下心更是凉了一截，老二这庶子竟被教导成了这副狠毒做派。若不是看这庶子说不定便是国公府最后一个男丁，她当真不愿留下此等比畜牲还不如的孽障。

蒋嬷嬷示意跪在地上的婆子出去，盯着那婆子叩首出去后，蒋嬷嬷才皱着眉头说："大长公主，还有更棘手的！死的那个新妇……是纪庭瑜年前刚娶的媳妇儿！"

大长公主急火攻心，一把扯住蒋嬷嬷的手腕，竭力压低了颤抖的声音："纪庭瑜！那个前几日冒死为国公府送回行军记录竹简的纪庭瑜？"

"正是这个纪庭瑜！都是老奴不好……竟然把人安排到了这个庄子上！这要是让大姐儿知道了，可怎么是好啊？"蒋嬷嬷握住大长公主的手，见大长公主脸上血色一瞬褪尽，攥着佛珠的手直颤，忙轻抚着大长公主的手背，"大长公主，您先别急……"

死了一个良民不要紧，是新妇也不要紧，可偏偏是纪庭瑜的新妇！妻室被辱而死，只要是个血性汉子怕都不会就此忍下。这纪庭瑜为白家能舍生忘死，心中还没有几分血性吗？此事要是让大孙女阿宝知道了，怕是要翻天覆地，那庶子还能有命活？

大长公主缓缓松开蒋嬷嬷的手，绷直挺立的脊背缓缓佝偻，闭眼靠在软榻之上，指尖冰凉。她虽然对老五媳妇儿肚子里的孩子存了厚望，可大长公主私下问过太医院院判黄太医，黄太医说话保守，只说大多数可能是女胎。真如此，这庶子可是白威霆最后一点儿血脉了。她这辈子都愧对白家，愧对白威霆，是真的想替他守住那一点点血脉，否则白卿言这一代之后，白威霆不就断了香火了？

此事刚发生，趁着还没有闹开，若想瞒死，便得尽快决断。庄子上的人都知道这畜牲要纪家新妇去伺候的事情，就算将知道纪家新妇已死的人都灭了口，可若今儿个接回这畜牲，纪家新妇就突然消失得干干净净，难保纪庭瑜回去旁人不会乱嚼舌根。到时候纪庭瑜若是要来国公府要人，必然会惊动她的大孙女儿，以阿宝的能耐这事儿定然瞒不住。可皇城脚下，总不能将庄子上数百人尽数灭口，那纪庭瑜回去后难不成就不生疑了？

想到纪庭瑜，大长公主攥着佛珠的手骤然收紧。杀百人隐藏此事，不如杀一人釜底抽薪。只要纪庭瑜一死，没有来国公府要人，就让庄子上的人以为纪家新妇跟随纪庭瑜来了国公府伺候纪庭瑜了吧！只要能瞒得住阿宝，其他人大长公主都能以强权压住。纪庭瑜受了那么重的伤，救不过来也不足为奇。杀人，大长公主自幼在宫廷长大不是没有做过。可杀了对白家有恩之人，这般狼心狗肺恩将仇报，她良心如何能安？

大长公主眼角沁出湿意，可那孽障到底是她的孙子！她的孙子死得够多了！真的不能再死了！她必须给白威霆留一脉，哪怕死后阎王要她上刀山下油锅向纪庭瑜这样的忠勇之士谢罪，她也认了！孙子和恩人之间，她只能选孙子，愧对恩人了。

大长公主心中有了决断，语气深沉得如同沁了幽井冰水："庄子上知道新妇已死的人，都不用留了。将那个孽障接回来，对外就说纪家新妇跟随那孽障回国公府照料纪庭瑜了，你安排个同纪家新妇年纪相仿的女子进府，让她装得像些。纪庭瑜伤重……今日傍晚起便昏迷不醒，明日国公爷下葬后，忠勇之士纪庭瑜撑不住去追随国公爷，纪家新妇伤痛欲绝殉情。就如此了结这件事吧！"

大长公主三言两语之间，便定了纪庭瑜的生死。蒋嬷嬷明白大长公主以雷霆之速处理这件事，为的是在大姐儿还揪心白家丧事腾不出精力和人手时，将此事果迅速做死。

蒋嬷嬷打小跟着大长公主，知道大长公主一旦有了决断，谁也劝不动，可还是忍不住道："大长公主，如此做法将来要是被大姐儿知道了，大姐儿怕是要……要和您离心啊！"

"那就别让阿宝知道！"大长公主睁开发红的眼，攥着佛珠的手一个劲儿地颤抖，"永远别让阿宝知道！"

否则，她该如何面对孙女？她是在深宫之中长大的女人，不敢说手上从未沾过无辜之人的鲜血。可她内心最龌龊阴暗的一面，却不愿意让最疼爱的孙女看见。

明知孙女已对她处处忍让，明知孙女惦念着与她的骨血亲情才容了那庶子一命！孙女为了白家世代守护的这片土地……为了她才愿意臣服不反，明知她若杀了纪庭瑜……必会将孙女儿逼至她的对立面。

可是以阿宝的秉性，若知白卿玄那个孽障逼死了纪庭瑜的发妻，断断不会容下那孽障活命！那么多的明知……她还是不得不这么做。因为她贪心，存了那么一丝侥幸，希望既能保住那个庶子，又能保住她同阿宝的祖孙情。

大长公主神情悲痛，终还是落下了泪。

大都城的天彻底黑下来时，白卿玄回国公府了，只有一个人。大长公主将白卿玄的生母留在了庄子上。大长公主并未亲自见白卿玄，只让蒋嬷嬷传话给白卿玄，让他自去灵堂守灵，见到长姐白卿言务必恭敬顺从：若违逆长姐，白家大事过后定要重罚。

白卿玄面上恭恭敬敬称是，跟着蒋嬷嬷一起去了灵堂。

一见白卿言，白卿玄便长揖行礼，低着头不愿让人看到脸上被女人指甲抓挠出来的伤："长姐安好，二姐安好。"

白锦稚一看到跟在蒋嬷嬷身后的白卿玄，火气立时冲上头顶，冷笑一声："不是跑了吗？怎么陛下追封祖父的旨意下来，又觍着脸回来了？"

白卿玄眉头跳了跳，垂眸掩住眼底的狠色，跪于灵堂前不吭声。

"大姐儿、二姐儿、三姐儿、四姐儿，大长公主让玄哥儿今夜过来守灵，你们快回去休息吧！"

"如此甚好！"白卿言也没有客气，扶着春桃的手站起身，视线扫过白卿玄脸上的血痕，对妹妹们道，"我们回吧，明日出殡还有得忙。"

回到清辉院，春杏忙让丫鬟捧了温水过来，伺候白卿言洗漱，又安排丫头摆上几样清淡的小食，让白卿言好歹吃点儿东西再睡。

"下午纪庭瑜可曾醒来过？"她用热帕子擦了脸，转头问春桃。

正在整理床铺的春桃咬了下唇，克制着鼻酸将被子抖得更大力了些，故意笑着岔开话题："我听说今日纪庭瑜的媳妇儿来了，说要亲自伺候纪庭瑜，我偷偷去瞅了一眼，是个顶漂亮的娘子呢！"

佟嬷嬷交代了，纪庭瑜突然陷入昏迷的事情暂时不能让大姑娘知道。纪庭瑜是白家功臣，洪大夫必定会尽心救治，没得让大姑娘跟着一起白操心，这些日子大姑娘每日就睡那么一两个时辰已经够累了。

纪庭瑜年前娶了新妇的事情，前几天她听卢平说过。

她将帕子递给丫鬟，转过头来叮嘱春桃："纪庭瑜家中无长辈，想必新妇一人在家心里也不安，让他们夫妻团聚也好，吩咐下面的人礼待纪庭瑜妻子。"

"大姑娘放心，夫人得知纪庭瑜妻子过来了，便让秦嬷嬷亲自去提点过，下面的人对纪庭瑜的媳妇儿很是恭敬。"春桃已将帐子放了下来，"大姑娘快用点东西就歇着吧！我点了些助眠的香，明日还有得忙呢！"

从年三十消息传回来，一件事接着一件事，她的确很是疲乏，可心里却放不下锦桐说今日蒋嬷嬷带人匆匆去祖母长寿院的事。

"春杏，你叫佟嬷嬷进来，我有话要问她。"

"是！"春杏福身退出去。

她坐于方桌之前，端起春杏放在黑漆小桌上的温水喝了两口，刚用了两块点心，佟嬷嬷便来了。

"大姑娘。"佟嬷嬷行礼。

"事情查问清楚了吗？"她端起羊乳喝了一口。

如今府内一应调度董氏都已全权交于白卿言，佟嬷嬷是白卿言身边最得脸的嬷嬷，查问起这些事情来十分顺利。

"查清楚了，今日蒋嬷嬷带进府的那个婆子是外院的，姓祁。今日蒋嬷嬷遣了几个婆子去庄子上接二爷的庶子，那个祁婆子就是其中一个！不过不知道为什么，后来是那祁婆子一个人回来要见蒋嬷嬷，再后来蒋嬷嬷就把人带到了长寿院。从长寿院出来那婆子又去了庄子上，随后才同二爷的庶子一起回来的！后来老奴再去找这个婆子，就找不到了！一起去庄子上接人的婆子、马夫竟都不在！"蒋嬷嬷说完又补充了一句，"对了，纪庭瑜的媳妇儿也同这个祁婆子还有二爷的庶子一道回来的，听说纪家就在这个庄子上。"

那婆子去接那个庶子却又一个人回来，匆匆见了祖母，第二趟才将这庶子接回来，这事本来就透着古怪。如今去接人的婆子、马夫都不见了，这里面要是没文章她不信。不是她草木皆兵，而是如今白家决不能行差踏错。二叔那个庶子本就不是一个老实的，无论他又闯了什么祸或做了什么孽，她都必须全部知晓才能有对策，这样白家不至于突然被人拿住把柄，被打一个措手不及。如今去庄子上接人的下人都不见，明显是庄子上有事发生，有人想将此事瞒住。越是如此，她便越是不能装作不知，睁一只眼闭一只眼。

她抬眼看向佟嬷嬷："此事，嬷嬷还未惊动蒋嬷嬷吧？"

"若刚才大姑娘没有唤春杏来叫老奴，老奴就准备去长寿院问问蒋嬷嬷了，毕竟大姐儿关心祖母是再正常不过的事情。"佟嬷嬷低声道。

"嬷嬷去吧！一会儿不论蒋嬷嬷说了什么，嬷嬷都记清楚了，一个字都不差地告诉我！"

"是！"

见佟嬷嬷出门,她也放下筷子起身,强撑起精神:"春桃,拿大氅,我去见一见纪庭瑜的妻子。"

既然纪家正巧在那庶子待的那个庄子上,纪庭瑜的媳妇儿肯定知道庄子上发生了什么事。之所以让佟嬷嬷记清楚蒋嬷嬷说的每一个字,不过是想知道这纪庭瑜的媳妇儿到底是站在哪一头的。倘若蒋嬷嬷和纪庭瑜媳妇儿每句话都说得相差无几,那便是提前对好了说辞,背诵牢记在心底用来对付她的,那么……庄子上的事她便得派人细查。

"大姑娘!"春桃眼睛发红。

她回头见春桃抱着她的狐裘大氅咬着下唇立在那里不动,伸手拿过大氅,低声问:"怎么了?"

"大姑娘!"春桃突然跪在地上,眼泪吧嗒吧嗒往下掉,哭出声来,"其实纪庭瑜不好了!今儿个下午纪庭瑜媳妇儿来之前,纪庭瑜突然怎么叫都叫不醒!佟嬷嬷已经派人去请洪大夫了!佟嬷嬷心疼大姑娘这些日子辛苦,不想让姑娘白白担心,叮嘱我不让说……"

她只觉全身的血液直冲上头顶,脊背僵直了那么一瞬,出门迎风疾步出了清辉院门。

"大姑娘!"春桃一路小跑跟在白卿言身后,扶住白卿言,哭着认错,"都是奴婢不好,奴婢错了!奴婢不该瞒着大姑娘,大姑娘您慢些!"

她人到纪庭瑜这里时,并不见洪大夫,只有一个陌生的郎中正坐在方桌前的油灯下打盹。

看到面色惨白的纪庭瑜闭眼躺在那里,她怒火直冲天灵盖,头皮都是麻的:"人呢?洪大夫人呢!守在这里伺候纪庭瑜的人呢!"

郎中被吓了一跳,突然惊醒,险些摔倒在地,看到眼前身着孝衣、面色阴沉的女子,知道这是主家,连忙行礼。

一个年轻妇人手中端着刚熬好的药匆匆从门口进来,睁着圆圆的眼睛,不知所措地看向白卿言。

她转身,看到一个妇人打扮的年轻姑娘手中捧着汤药,惶恐不安地看向自己,声音压不住:"你是纪庭瑜的媳妇儿?"

"回答大姑娘,民妇是纪柳氏!"那年轻妇人忙福身行礼,低垂着眼睑不敢直视白卿言。

"洪大夫人呢？！"她压着怒火问。

"听说被请走了……"年轻妇人说。

她凌厉的眸子凝视垂眸不敢抬头的纪柳氏，眼神冷如寒冰："春桃你速去我母亲那里，命人速拿我母亲的帖子去请黄太医！"

"是！"春桃忙跑出院子。

"纪庭瑜怎么样了？"她压着心头翻涌的情绪，问大夫。

"这……这……这汉子失血过多，救治不及时……"

这野郎中的话和洪大夫的话全然不同，她没有这个心思继续听下去，掀了帘子出来高呼一声："来人！"

守在外院的伺候婆子忙小跑进来："大姑娘！"

卢平本在巡夜，不承想遇到疯跑前往董氏那里的春桃，知道纪庭瑜这里的情况忙赶了过来，谁承想还没进院门就听到白卿言怒火冲天的声音，他进了院子，行礼："大姑娘！"

"洪大夫被谁请走了？！"她问那婆子。

白卿言周身杀气毕露，吓得那婆子忙跪倒在地："回大姑娘的话，是永定侯府的小公子腿摔折了到现在还没醒。永定侯夫人听说洪大夫是太医院院判黄太医的师兄，就求到大……大长公主处。原本是说请洪大夫去看上一看就回来了，不知道为何这么久了，还没回来！我们府上派人去请了，可是……可是他们说永定侯府小公子身份贵重，必须等他们小公子醒了才放洪大夫！"

一听这话，她攥紧了拳头，永定侯府真是好大的胆子！

她声音止不住拔高："卢平你带两队护卫速去永定侯府给我把洪大夫接回来，若黄太医在那里一并给我带过来！若永定侯府敢拦，就告诉他们，纪庭瑜是为我白家、为我祖父、为数万白家军舍命护竹简回来还他们清白的忠勇之士，是我白家的恩人！谁敢和纪庭瑜抢大夫就是和我白家过不去，我白卿言将倾毕生之力将其全族斩尽！别说一个小公子，就是鸡犬也别想留！若永定侯府还拦，不论拔剑杀人还是血染永定侯府，半个时辰之内必须给我把人带回来！一切罪责我白卿言一人承担！"

"卢平领命！大姑娘放心，半个时辰之内人带不回来……卢平提头来见！"卢平对白卿言行礼了一礼，转身吩咐跟在他身后的护卫，"留在这里听大姑娘吩咐！"

"是！"护卫声音极高。刚才白卿言的话他们都听到了，白家的大姑娘为了舍命护竹简回来的纪庭瑜不惜同永定侯府翻脸，如此强硬地让人将大夫抢回来，放眼大都城能有几家？这让他们这些为白家护卫的男儿心中如何能无动于衷？

屋内年轻妇人瑟缩在角落，端着汤药的手不住在抖。那郎中不安地看了眼床上毫无血色的男人，双腿发软……

她死死攥着拳头，镇定下来，吩咐："给我端把椅子过来！将屋内纪柳氏同那个大夫给我请出来！"

纪柳氏同郎中被请出来时，白卿言正坐在廊庑下，院内两排带刀护卫分列两侧，看起来气势格外吓人。

郎中立时腿就软了，直接跪在地上叩首哭喊道："不关我的事！大姑娘，真的不关我的事！我只是突然被请了过来，我说了我医术不行，是你们府上嬷嬷说我只是过来走个过场，反正都是要死的！"

反正都是要死？她一把扣住椅子扶手，脊背阵阵发凉，这是有人想要了纪庭瑜的命！因为纪庭瑜送回了行军记录竹简？还是因为……旁的？

她指甲几乎要嵌进木椅扶手里，怒色骇人，声音高昂："去查，今天是哪个嬷嬷把这个郎中给带进来的！查到了直接把人给我捆了带过来！若敢不从，打死了直接拖过来让这郎中指认！"

"是！"一个护卫应声疾步出门。

她视线不由自主落在角落已经缩成一团的纪柳氏身上："纪柳氏……"

纪柳氏忙上前跪在白卿言面前："大姑娘，我，我什么都不知道啊！"

"你我素未谋面，倒是清楚我是白家大姑娘……"白卿言平静冷漠的声线如裹着一层寒霜，"我问你，今日派人去庄子上接白家那个庶子回来，可曾发生什么事了？"

那纪柳氏低着头，慌得眼睛乱转，声音压得极低道："回答姑娘，不曾发生过什么事……"

看在纪庭瑜的分儿上，她对纪柳氏的态度已经竭力克制："你好好想想，我身边的嬷嬷已经去问了，一会儿嬷嬷回禀的要是和你说的不一样，你可知道会有什么后果？"

"大姑娘，我就是一个普通妇道人家，府上的嬷嬷说让我跟来伺候我男人，我就来了！我真的什么也不知道啊！"

她望着纪柳氏的眼神越来越冷，缓缓靠在椅背上："去个人在清辉院门口候着，见到佟嬷嬷让她过来！再让我的大丫头春杏给我拿个手炉，今夜……还长着呢！"

纪柳氏打了一个寒战，艰难吞咽了一口唾液。

很快佟嬷嬷随春杏一起过来，春杏行了礼便忙上前将手炉递给白卿言。

"你进去守着纪庭瑜，把炉火烧旺些。"她拿过手炉吩咐春杏。

"是！"春杏连忙挑帘进屋。

"嬷嬷可在蒋嬷嬷那里问出结果了？"她望着佟嬷嬷。

"问出来了！"佟嬷嬷快步走至白卿言身边，"蒋嬷嬷说，是大长公主要将那庶子的母亲留在庄子上，可那庶子不愿意，闹着不想上马车回来。"

她看向纪柳氏："纪柳氏，此事你可知道？"

纪柳氏将身体匍匐得更低："民妇不知！"

白卿言听到如此回答，抿唇不再问……

廊庑之下，素白色的灯笼摇晃，满院子的人，却安静得只能听到风声。

突然大开的院门之外，有灯火极速朝这个方向而来，她下意识立起身，看到卢平背着洪大夫、后面的侍卫背着黄太医跑来。

看到人的那一瞬，白卿言提到嗓子眼儿的心终于稍稍有所回落，下意识迎到了门口："洪大夫！快看看纪庭瑜！"

洪大夫从气喘吁吁的卢平背上下来，见面色苍白的白卿言也在，拱了拱手就随白卿言一起往里走："大姑娘，纪庭瑜怎么样了？！怎么会突然又昏迷！我走的时候不还好好的？"

随后被年轻护卫背过来的黄太医也下了地，他这一路被颠了一个七荤八素，官帽都歪了，可也顾不上仪容，扶正官帽，拿过护卫手中的药箱就跟着往里走。

一见太医都来了，那郎中吓得抖成一团，脸色白得连一点颜色都没有了。

洪大夫一进门，顾不上坐下就捞起纪庭瑜的胳膊诊脉，手一搭上脉，洪大夫的脸都白了："怎么会中毒了？"

"什么？中毒！中了什么毒？"随后进门的黄太医忙放下药箱凑上前，翻看了纪庭瑜的眼仁，又掰开纪庭瑜的口，看了舌苔，凑近嗅了嗅纪庭瑜口中的气味。

"一日眠！"

"一日眠！"

洪大夫同黄太医异口同声。

一日眠，此毒毒如其名，中毒一日便会毒发身亡。这毒也算是温和，让人中毒之后昏睡，在睡梦中死去。

"应该用量不多，中毒也不深！发现得也早，否则唇色该变了！你来写药方，我来施针！"洪大夫对黄太医道。

白卿言只觉脑子里嗡嗡直响，纪庭瑜竟然在白家、在她的眼皮子底下出事！

她咬紧牙关，恭敬福身对洪大夫和黄太医行礼："这里就拜托两位了！春杏你们在这里听洪大夫和黄太医吩咐，平叔跟我出去审一审那郎中！"

说完，白卿言带着一身骇人的肃杀之气，紧紧握住佟嬷嬷的手踏了出来。

前去查是哪个嬷嬷带这郎中回来的侍卫一进门，抱拳对白卿言道："大姑娘，说带这个郎中进府的是祁嬷嬷，祁嬷嬷家中有事不在府中，是否要上门拿人？"

佟嬷嬷听到祁嬷嬷的名字，忙对白卿言道："祁嬷嬷便是今日去庄子上接二爷庶子的嬷嬷，就是她先回来见过大长公主，后来又将纪家媳妇儿带了进来。今天老奴去问的时候，外院也是说祁嬷嬷家中有事。"

祁嬷嬷，那庶子，长寿院，大长公主……这一条线串起来，还不明了吗？祁嬷嬷和纪庭瑜能有什么深仇大恨必须要纪庭瑜死的？可是祖母呢？她又为什么非要对白家有恩的纪庭瑜死？

想到此事是大长公主所为，她本就不平静的心又被浇了一勺热油，手都在抖。

她阴沉如冰的眸子看向跪在院中直打哆嗦的郎中："一日眠，是你带进来的？"

郎中吓得直叩首："大姑娘饶命啊！不关我的事啊！我来的时候人就已经这样了！大姑娘明鉴啊！我……我只是来做个样子！你们府上的嬷嬷知道啊！"

她强压下怒火，看向全身打颤的纪柳氏，咬牙切齿道："给我把这个郎中的手指关节，一节一节砸碎！若他还不说实话，就把他全身每一个关节都敲碎！就在这个院子里……砸！"

卢平走过去一脚将那郎中踹趴在地上，狠狠踩住郎中脊背："动手！"

"大姑娘饶命！大姑娘饶命啊！"郎中惊恐嘶喊，可脊背被卢平死死踩着根本动弹不得。

两个护卫疾步而去，按住那郎中的两只手，一个护卫手执石块，扬起落下干脆利落……

骨骼碎裂的声音，伴随着那郎中痛不欲生的凄厉喊声，响彻国公府上空。

纪柳氏被吓得魂不附体，缩在那里哭都不敢哭出声，身体之下已经是一片淡黄色的水渍。

郎中疼得一边哭一边喊："大姑娘饶命！我都说！毒不是我下的！我来的时候那

人已经昏迷了！我以为就守着等人死了就行，我真的不知道是中毒啊！我对天发誓啊！若有假话，无后而终啊！我说的都是实话啊！"

突然，那郎中看向纪柳氏，如同看到了希望一般喊道，"这个妇人！就是这个妇人！那个嬷嬷送我来这里要走的时候，我听到那个嬷嬷对这妇人说，等这男人一死什么的……我没听太清楚！毒肯定是这个妇人下的！真的和我无关啊！"

白卿言冰凉的视线朝纪柳氏看去："纪柳氏……"

听到白卿言唤她，纪柳氏一个寒战："大姑娘明鉴！我没有下毒！我……我可以一死以证清白！"说着，纪柳氏拔下头上的簪子就要自尽。

佟嬷嬷大惊："快拦住她！"

护卫眼疾手快一脚踹飞了纪柳氏手中的簪子，将纪柳氏制住。

白卿言脸色越发寒凉："看起来，你不怕死……怕的是生不如死！"

她已逐渐冷静下来，既然知道这纪柳氏对纪庭瑜无情，她也就不用看在纪庭瑜的分儿上留情了。

纪柳氏整个人抖如筛糠，看着被踢远的簪子，眼泪断了线似的往下掉。

她在椅子上坐下："纪庭瑜是你的丈夫，为什么要害他？你若不说，我有的是手段让你说，指甲盖和脚趾甲盖里钉铁钉，十指连心，多少硬汉都扛不过，你要试试吗？"

纪柳氏身子一下就软了，从头凉到脚，血液如同凝固了一般。

她喉头发紧，哭着爬至白卿言脚下："大姑娘饶命！大姑娘饶命！我，我也是被逼的！我根本就不是纪柳氏！我叫玉莲，是庄头王万更的庶女，我爹用我娘的命要挟我，让我假冒纪柳氏，等到纪庭瑜一死就自尽假装殉情，我要是不这么做，我娘就要死！大姑娘，我不想死，可我不能眼睁睁看着我娘死！"

玉莲颤抖着从怀里掏出一个白瓷瓶："这就是那个嬷嬷给我的！她说若大姑娘明日出殡之前来了，就让我找机会给纪庭瑜服下！大姑娘，我什么都说了！我真的也是逼不得已！我不求大姑娘饶命，只求大姑娘给我一个痛快！求大姑娘给我一个痛快吧！"

她拿过泛着清冽光泽的白瓷瓶，用力攥紧，问："纪柳氏呢？"

"纪柳氏已经死了……"玉莲哭着一股脑交代了，"国公府的公子看上了纪柳氏，想要逼迫纪柳氏屈从，谁知那纪柳氏顽抗挣扎不过，竟一头碰死在了屋里。公子……公子就把人砍成几截，命人将纪柳氏的尸体丢出去喂狗。我和我娘看到了这事，我爹说我要是装作纪柳氏把这件事遮掩过去了，我娘就能活，否则我们都是一个死字！"

她那一瞬，冷得浑身麻木，体内因怒火沸腾如岩浆的热血刹那间凉得透彻，比这隆冬时节穿堂而过能凝水成冰的寒风还凉。所以，祖母要替那庶子遮掩，这才是纪庭瑜必死的理由。所以，在祖母的心里，一个心肠狠辣连畜牲都不如的庶子，要比为白家舍生忘死的忠义之士重要！祖母这样的作为，与皇室对白家所为，有何区别？

春桃刚走到门前，便听到玉莲那些话，脚下步子一顿，抬眼看着立在廊灯之下脸上血色尽褪的白卿言，旁人不知道大姑娘和大长公主的祖母情，可她清楚。

白卿言整个人阴沉得如同被蒙上了一层寒霜，眼底汹涌着浓烈的杀意："将这玉莲和这个郎中捆了，就扣在这个院子里，没有我的命令，任何人不能从这个院子里带走任何人！你们给我把这里守住了！"

说完，她抽出近前护卫腰间的长刀，朝院外走去。

"护住这个院子！"卢平叮嘱一句匆匆跟上白卿言，追在白卿言身后劝道，"大姑娘，明日镇国王、镇国公他们要出殡，眼下国公府不能乱，只要纪庭瑜没事，不如明日再说！"

只见周身带着浓烈戾气杀意滔天的白卿言未答话，手握长刀，紧抿着唇一语不发疾步前往灵堂方向。

国公府虽然大，可刚才白卿言又是让卢平带护卫队去抢人，又是在院内打杀，早就惊动了阖府上下。来来往往的仆妇、下人被周身散发杀气的大姑娘惊到，纷纷让道，脊背紧贴着墙壁，驻足望向白卿言。

白锦桐闻讯第一个赶过来，人还没赶到，隔着长廊就见白卿言提着刀往灵堂方向走。

"长姐！"白锦桐一跃翻出长廊，朝白卿言追去，"长姐你提刀是要去杀那个庶子？出了什么事？"

见白卿言握刀的手用力到骨节泛白，脚下步子生风，白锦桐从未见过长姐如此失态过，就连竹简送回来时长姐都没有这样克制不住。

白锦桐一把扣住了白卿言握刀的手，郑重道："长姐！不论长姐要杀谁……锦桐执刀，绝不失手！"白锦桐语气坚定。

她看着妹妹果断坚决的目光，眼眶发烫。她喉头一哽，用力握住白锦桐的手，咬紧牙道："你别怕……长姐心中有数！"

白卿言怒火攻心、提刀而来弄得府上尽人皆知，就是要让她的祖母大长公主知道，她已知晓此事！若祖母还想动纪庭瑜，除非先杀了她。祖母不费吹灰之力在纪庭瑜与那庶子之间选了庶子，那今天她便亲自要了那个庶子的命，她倒要看看祖母是不是要为了那个庶子动用暗卫来对付她！

现在她去灵堂无非是两种情况……

一种情况是那庶子在灵堂，那也许此事并非祖母所为，也许是那庶子的亲生母亲或者是玉莲的庄头父亲，害怕纪家新妇已死的事情被纪庭瑜得知，所以买通了国公府去接那庶子的仆人做下此事。那她便一刀结果了那个畜牲，再结果了那个庶子的母亲和那个庄头。

第二种情况是那庶子不在灵堂，那便是在她让人查是谁带那个郎中入府之时让祖母知道了，提前将那庶子挪走。那这一连串的事情串起来就十分明朗，是祖母要纪庭瑜的命。

她心中澎湃着滔天盛怒，也有让人骨缝发寒的悲凉，更有对祖母最深最让人难过的失望，可她绝不能失去理智方寸大乱。大梦醒来她每一步都走得极为小心，大局未定，还不到她能方寸大乱的时候！

白卿言拍了拍白锦桐的手，紧攥长刀疾步去了前厅，踏入灵堂。

庶子果真不在。

可她没有料到，等候她的是双眸含泪的大长公主和蒋嬷嬷。

她的心向下沉了又沉。

"大姐儿……"蒋嬷嬷唤了一声便哭出声来。

在没有看到大长公主那一刻，即便那个庶子已经不在灵堂，她心中还可以存一丝幻想……或许要纪庭瑜性命之事并非祖母所为，祖母只是在为那个庶子母子俩所为遮掩！

她握着刀的手直抖，寒意从心底阵阵漫出来，连她自己都没有发现她的眼眶已然通红。她提刀大张旗鼓而来，是为了让大长公主看到她要杀那庶子的决心，要护着纪庭瑜的决心。大长公主在灵堂等她，又何尝不是为了让她看到她要护着那个庶子的决心？

"祖母！"

"大长公主！"

白锦桐与卢平对大长公主行礼。

大长公主望着白卿言手中那把明晃晃的刀，面色如常，温和从容，还是那副慈悲的模样，开口："你们都从灵堂出去吧，离远些……我与阿宝有话要说！"

"是！"

白锦桐与蒋嬷嬷、卢平一离开，大长公主抽出三根香，握着香的手直颤，怎么都没有办法对准火苗，她稍作平复之后又重新抬头，眯着蒙眬泪眼终于将三根香点燃："阿宝，祖母让你失望了……"

"失望二字……祖母用得实在轻了！"她紧紧攥着手中长刀，静静望着她那位祖母，失望到极致整个人诡异地冷静了下来，只是整个人都像被浸在了带冰的冷水中，冷到全身都麻木了，"若无纪庭瑜舍命护竹简，祖父刚愎用军的污名便会被扣在头上死不瞑目，白家一门忠烈魂魄难安！他是对白家有恩的忠义之士！而祖母你为替一个畜牲都不如的庶子遮掩他逼杀纪庭瑜妻室，又挥剑辱尸这样人神共愤的事，竟然要纪庭瑜的命！世上哪有如此恩将仇报、狼心狗肺、是非不分之人？"

大长公主身子僵了僵，慢吞吞将香插入香炉之中。

"祖母这一辈子，一直都在亏欠别人！为了皇室，亏欠你祖父，亏欠我的儿子，亏欠我那些孙子。为了白家香火，亏欠对白家有恩的纪庭瑜……"大长公主喉咙哽塞，"拆东墙补西墙！祖母也是狼狈得很……"

大长公主转过身来，鬓边银发在烛火下格外清晰，她丝毫不掩饰自己的疲老之态，语音沙哑："阿宝，祖母原本不想让你看到祖母最不堪的一面，也不想让你看到祖母双手沾血的样子！可对祖母来说……白家的血脉要比一个忠仆来得尊贵，祖母只能舍弃忠仆选这个庶子。"

尊贵？听到这两个字，她生生压在心底的怒火直冲太阳穴。

她抬头，望着大长公主的眸中肃杀冷冽："白家人的尊贵从来不在血统，而在世家气节，在世代薪火相传生为民死殉国的赤胆之心，在骨子里舍身护民的忠勇！那庶子他有什么资格被称作白家人？纪庭瑜那是为我白家求公道连命都不要的忠义之士！那才是真的尊贵！那个庶子为白家做过什么？就因他体内流着白家的血，就因他姓白，他的命就比其他人的高贵？"

"那……你想要什么？"大长公主渐渐挺直了脊梁，大长公主的威仪悄无声息压向白卿言，"如今纪庭瑜新妇已经死了，你难道还真要为了一个普通百姓，要置白家最后的血脉于死地吗？"

她丝毫不怵大长公主，紧紧攥着拳头上前一步，被摇曳烛火映亮的双眸灼灼："白家最后的血脉？五婶肚子里的不是白家血脉吗？我不是白家血脉吗？白锦绣、白锦桐、白锦稚、白锦昭、白锦华、白锦瑟，她们哪一个不是白家的血脉？"

大长公主提高了音量："可你们都是女子，将来嫁入别家，怎么继承家业？怎么给你祖父留根！"

"怕白姓血脉会断，招婿上门不成吗？"她厉声问，"难道你的孙女们……她们体内流着的白家血液，都比那个庶子少吗？"

曾经大长公主无数次教导……告诉她这世道对女子苛刻，女子生来艰难，可国公府从不以男女论英雄。但其实在大长公主心中，孙子和孙女还是有所区别的吧！

被逼至哑口无言的大长公主定定望着白卿言，恼羞成怒："阿宝，你到底要干什么？"

她摔了手中长刀，高亢的话语掷地有声："我要一个公道！为白家忠仆纪庭瑜要一个公道！为纪柳氏要一个公道！"

灵堂内，良久的沉默后，大长公主幽幽叹了一口气道："阿宝，这个世道并不存在什么天公地道！你们都是大晋国大长公主的孙子孙女，是镇国公府的血脉，这就注定了你们与普通老百姓不同！你们从小锦衣玉食，有的百姓却食不果腹，你们屋内随随便便一个摆件儿要的银子，或许就是普通六口之家十几年的嚼用，要说公道，这公道吗？人生来就有贵贱高低之分，那庶子即便是大奸大恶之徒，可他是你二叔的种，他就是比别人贵重！"

"是！祖母说得不错！我们是自小锦衣玉食，是比普通百姓过得好！可白家子嗣年满十岁便须随长辈前往沙场征战，沙场驰马举剑与敌军血战厮杀，普通百姓谁家十岁孩童上战场？我们是享了人间富贵！难道我们没有用这一己肉身还吗？"她抬手指着灵堂之上的牌位，"难道弟弟们不是用命……偿了百姓奉养之恩？"

大长公主看着因为愤怒和恨意全身颤抖的孙女，紧紧抿着唇。

"祖母要杀纪庭瑜，与皇帝要杀我祖父……杀我父亲杀我叔叔兄弟又有何区别？"她眸中含泪，提起白家已死的英灵，心口绞痛，几乎嚼穿牙龈，字句带血，道，"难道这个世间越是忠勇、心存大义之士便越是不能存活？祖父死于磊落正直、不愿折节趋炎附势！白家男儿死于心存万民、宁战死亦不愿弃民逃生苟活！纪庭瑜便要死于对白家恩深义重！是不是在这个世上，心存良善、心存大义、心存底线之人，便注定不得好死？"

白卿言的话如剜心锥骨，语声铿锵有力，一字一句质问得大长公主心慌意乱，手指发麻。

大长公主藏在袖中的手一个劲儿地抖，提起丈夫和儿子、孙子，她心如刀绞。

是啊……阿宝说的每一个字都没有错!

白威霆死于磊落正直不肯屈膝折节,不肯与那趋炎附势之流同流合污。

白家男儿死于不愿意弃百姓不顾,他们个个都是为了护身后数万生民而死!

纪庭瑜……正是因为他对白家恩深义重,大长公主才不得不杀他!如果他只是一个普通忠仆,大长公主便可以权势强压,以名利诱惑,他何须死啊!

白卿言双眸猩红,在这灵堂之前,恨意汹涌滔天。她这位祖母,骨子里和皇室那些人有什么分别?是了,她是大长公主……即便是嫁入白家同祖父生儿育女,她始终还是当朝大长公主!

大长公主长长叹了一口气,无力问道:"你当真要杀白卿玄?"

"血债血偿,杀人偿命!天经地义……"白卿言话音利落。

大长公主仰着头,老泪纵横:"可那是你的弟弟啊!他姓白啊!"

"纪庭瑜是为白家舍命的忠仆,他的妻子被这畜牲折辱而死!论法、论理、论情他都该死!"她眸子深幽得看不见底,"品格低贱连禽兽都不如的东西,祖母千万别侮辱'白'这个姓氏,让祖父蒙羞,死不瞑目了!"

闻讯而来的董氏、二夫人刘氏、三夫人李氏,还有白锦绣、白锦桐、白锦稚都在外面焦急候着。

五夫人齐氏被丫头扶着,一过来便问:"怎么回事儿?我听下面的人说……阿宝提刀要杀人?是不是要杀那个庶子?"

白锦桐一直候在这里,事情的前因后果卢平和蒋嬷嬷已经全部都告诉她了。她已知晓那个庶子,意图奸污纪庭瑜的新婚妻子,纪庭瑜的妻子一头撞死在了门柱上,而白卿玄那个该千刀万剐的畜牲,竟然折辱尸身让人死无全尸!难怪今天他来灵堂时脸上有抓痕!

白锦桐气得全身都在颤抖!纪庭瑜回来那日,白锦桐一直跟着长姐,她知道纪庭瑜为了白家做到了何种地步。纪庭瑜可是连命都不要了,为白家拼一个公道!可祖母竟然为了替那逼死了纪庭瑜新妇的庶子遮掩,要杀纪庭瑜!

她转过头已然泪流满面,她心中尚且如此悲愤难过,长姐一向与祖母情深……还不知心里难受成什么样子!

灵堂里沉默了很久之后,大长公主终于还是退了一步:"阿宝,你若是愿意相信祖母,这件事交给祖母处置,等白家大事过后,祖母会还纪庭瑜一个公道!可否?"

抛开让人迷眼的祖孙情,让她相信一个要毒杀纪庭瑜的人能还纪庭瑜公道?她不信！她死死咬着牙，整个人阴郁得如同蒙上了一层冷雾："祖母若是愿意信我，便不会将那个庶子藏在庄子上，让他害了纪庭瑜的新婚妻子。"

大长公主闭了闭眼，这话就是不肯信她了……

"祖母要么现在便将那个庶子交出来，我拎着他去纪庭瑜床前一刀宰了他！要么……祖母就好好把他藏起来，否则我一旦找到，定会让他生不如死，后悔来这世上一遭！我是祖母一手带大，祖母当了解我言出必行！"

她凝视老态毕现的大长公主，眼里燃烧着怒火灼灼，悲痛与激愤填胸。

"又或者，祖母为了那个庶子，连我都可以舍！现在便可让暗卫杀了我！"她双眼红得吓人，但全都是坚定和不服输，"我今日便当着白家英灵的面发誓，我与那庶子……这世上只能二存其一！他不亡，我不得好死！"

"阿宝！"大长公主目眦欲裂。

门外董氏听到女儿的誓言吓得险些冲进来，却又硬生生忍住，泪如雨下。

白卿言看着面前这位曾经宠过她、爱过她、她高热不退便愿意折寿十年换她平安的祖母，心口的血像被这冬日严寒冻住了。

她跪地，对大长公主重重一叩首："祖父曾说，当断不断必受其乱，今日……多谢祖母，让我能彻底了断！"

大长公主如被长剑贯穿心口，身形摇晃险些站不住："阿宝，你这是要断了和祖母的祖孙情分？"

她死死咬着牙一语不发，叩了三个响头，起身往灵堂外走。

"阿宝！阿宝……"

大长公主急切唤着白卿言，可她头也未回。

从灵堂出来，看到母亲和婶婶还有妹妹们都在，冷风一激，热泪竟然怎么都忍不住。

终于，还是和祖母走到了这一步！

"阿宝……"董氏走上台阶，轻轻攥住女儿冰凉入骨的手。

"阿娘，我没事。"她嗓音哽塞沙哑，"我想去……看看纪庭瑜。"

董氏点了点头："去吧！这里有母亲在！"

不愿再让母亲、婶婶和妹妹们看到自己懦弱狼狈的模样，她垂着眸子行礼，抬脚朝后院走去。

佟嬷嬷、春桃与卢平行礼后连忙跟上白卿言。

"长姐！"白锦稚喊了一声要追，却被白锦桐拉住。

"长姐是不愿让我们看到她软弱的样子,你先等等!"白锦桐说。

"可……可长姐哭了!"

白锦绣回头看了眼烛火通明的灵堂,垂下眸子:"是啊……长姐哭了,长姐的心里是真正的苦如黄连,如钝刀割肉般让人寝食难安。"

蒋嬷嬷望着白卿言离开的方向,早已经泪流满面,不知如何是好。她劝过大长公主,杀纪庭瑜之事若是被大姐儿知道,祖孙俩必然要生嫌隙,可蒋嬷嬷怎么也没有料到大姐儿竟然如此决绝,要断了和大长公主的情分!

蒋嬷嬷顾不得许多,忙冲进灵堂里,生怕大长公主出了什么意外。

"那庶子不能留!"五夫人齐氏突然开口,"我去同母亲说!"说着,五夫人扶着后腰进了灵堂。

"锦绣、锦桐、锦稚,辛苦你们三个过一会儿去看看你们长姐,别让她……太难过了!告诉你长姐,你们祖母这里我们来劝!"董氏轻声叮咛。

"是!"白锦绣福身行礼,带走了两个妹妹。

"大长公主!"蒋嬷嬷惊慌失措的声音传了出来。

董氏和二夫人刘氏、三夫人李氏三人皆是一惊,提着裙摆也匆忙进了灵堂。

董氏见大长公主昏厥在灵堂里,喊道:"快!拿我名帖去请太医!秦嬷嬷叫人过来抬母亲回长寿院!"

灵堂里霎时乱成一团,可董氏为白卿言名声计,却不能让大长公主与白卿言灵堂对质后晕厥的消息传出去!她一把拽住要匆匆出去叫人的秦嬷嬷道:"大长公主是与我们忆起公公,伤心不能自已晕倒的!记住了?"

秦嬷嬷连连点头。

后院。

白卿言进了院中,那血流不止的郎中虚弱瘫倒在地,冒充纪柳氏的玉莲跪在那里一个劲儿地哭。

见到白卿言回来目不斜视往屋内走,玉莲连忙膝行上前喊道:"大姑娘!求你给我一个痛快!让我死吧!"

她脚下步子一顿,拳头紧攥着,转过头对卢平道:"平叔,你命人带这个玉莲回庄子上,将庄头王万更一家全部看管起来,厚葬纪庭瑜的妻室纪柳氏!再让秦嬷嬷派一个得力的管事过去,细查这几年王万更都做过什么,证据搜集完后,以国公府之名交与官府处置！"

"是！"卢平抱拳应声。

"大姑娘！大姑娘求你就在这里杀了我吧，不然我娘就活不成了！求你了大姑娘！"玉莲满目惊恐。

她侧头看向玉莲，声音平淡如水："你娘，怕早已经先你一步下黄泉了！"

杀人灭口！祖母怎么会留下玉莲母亲这个知情人？他们给玉莲安排了一条死路，玉莲的母亲同样也是死路一条。这世上最真的情，是甘愿用自己的性命换亲人苟且偷生，可不应把亲人生死交与别人之手，更不该还要用别人的命去换！

玉莲睁大了眼："不会的！不会的！我爹答应了我的！"

"那你就自己回去看看！带走吧……"说完，她抬脚踏入内室。

此时，药已经给纪庭瑜灌下，也扎了针，白卿言进门时纪庭瑜正趴在床前往外大口大口呕着黑血。

"好好好！吐出来就好！吐出来就好！"洪大夫也不嫌弃，一边给纪庭瑜顺背一边欣慰道。

白卿言提到嗓子眼儿的一颗心终于回落。

黄太医让春杏将纪庭瑜吐出的黑血端走，给纪庭瑜号了脉："幸亏中毒不深，还好。要是这一夜都没有人发现，那就真是华佗在世也救不回来了！"

"多谢黄太医，多谢洪大夫！"她郑重行礼。

"大姑娘这是哪里话，我们乃是医者，医者治病救人乃是天职！"黄太医拱了拱手，坐于桌前，"我来开些清毒温补的方子！"

那夜，白卿言坐于纪庭瑜房内，静静望着面无血色的纪庭瑜，不知等纪庭瑜醒来，该如何对纪庭瑜说那庶子害了他新婚妻子的事。

太医为大长公主施了针，大长公主转醒服了药后再也无法入眠。

她倚着彩色丝线绣制的海棠花靠枕，让蒋嬷嬷从暗格中拿出调动暗卫的半块黑玉龙纹玉佩，细细摩挲着玉佩。

蒋嬷嬷生怕大长公主要动用暗卫按住白卿言，那样大长公主和白卿言的祖孙情谊必然会被消磨得一干二净，她含泪跪在大长公主床前："殿下！老奴知道殿下心里苦，您是想给白家留根，可大姐儿说得对啊！咱们国公府女儿家个个都是顶天立地的，哪一个留在家中招婿都比那个庶子强啊！大姐儿是您一手教养疼着宠着长大的！

难道……您真的要为那个庶子断了您和大姐儿的祖孙情吗？好在现在纪庭瑜无事，还有挽回的余地……殿下千万不可再护着那个庶子了啊！殿下想想刚才大姐儿灵堂上发的誓！难道殿下真的要大姐儿死吗？"

再次听到蒋嬷嬷称呼她为殿下，大长公主用力握紧手中的玉佩，想起孙女儿阿宝跪地三叩首与她断绝情谊的模样，心头如撕裂一般疼痛难忍，闭上眼满脸泪痕。

这个世界上，本就没有什么两全之事……她太贪心，想要保住那个庶子，还想要她和阿宝的祖孙情谊，因此弄得阿宝与她反目，发誓要杀了那个庶子。

"我与那庶子……这世上只能二存其一！他不亡，我不得好死！"

想起阿宝灵堂之上发的誓，大长公主手一抖，遍体生寒。不，她做不到为了那个庶子，让阿宝死……阿宝是她的心头肉！是她揣在怀里捂大疼大的！

她不能！二选其一，她只会选阿宝……

不论是出于为白家，还是为了自己的私心！那样一个禽兽不如的龌龊东西，哪里能和她的阿宝比？阿宝以她自己的命做筹码时，她便已经输了！

想起今日灵堂里孙女儿的那一番话，大长公主终于意识到自己老了。

哪怕祖父、父亲、叔伯和兄弟们尽数丧生，白家突逢泼天大难，她的孙女儿依旧还能守住本心，保持心中那份疏朗正直，保留良善底线！白家立世之根本的气节与硬骨她更是兼具一身。

大长公主心痛之余又很欣慰，欣慰她虽满手血腥，可还好阿宝不是如此，阿宝才是真真正正的白家人！

"你起来吧！"大长公主睁开眼，神色疲惫，"你把这半块玉佩交给阿宝，以后这支已经训练好的暗卫我交与她了！"

蒋嬷嬷终于喜极而泣："哎！老奴一定好好和大姐儿说！"

"你告诉阿宝，那庶子……等明日出殡之后，她想怎么处置便怎么处置！我……不再拦了！"大长公主长叹一声，心酸至极，声音低哑，"让她别记恨我这个祖母！我老了，很多事情上，容易被血缘和愧疚蒙蔽双眼。"

丑时，佟嬷嬷迈着小碎步进屋，对白卿言行礼后道："大姑娘，大长公主身边的蒋嬷嬷来了，说要见大姑娘。"

她凝视着床上已然呼吸均匀的纪庭瑜，放下手中火热的手炉，对还守在这里的洪大夫道："有劳洪大夫守着纪庭瑜，我去去就来！"

"大姑娘回去歇一个时辰吧！出殡之事……还有得要忙，纪庭瑜情况已经安稳，老朽必不会让他有事！"

她颔首福身，拿了手炉披好大氅从炉火旺盛的房中出来。

冷风迎面扑来，见蒋嬷嬷立在门口，她握紧手中的手炉，抬脚出来。

"大姐儿……"蒋嬷嬷迎上前行礼之后，眼泪就簌簌往下掉。

"嬷嬷有话快说，我乏得很了。"她有气无力的话音里透着几分冷意，全然没有平日里对蒋嬷嬷的亲近。

蒋嬷嬷走至白卿言跟前，双手捧着半块黑玉龙佩递给白卿言："大姐儿应该知道大长公主手中有一支皇家暗卫！这是号令暗卫的黑玉龙佩，暗卫只听从半块龙佩所持者的号令！明日出殡之后魏忠便会来拜见大姐儿，以后只听从大姐儿号令，大长公主让老奴将此玉转交给大姐儿，还说……明日出殡之后，大姐儿如何处置那庶子，她不再过问！"

见白卿言不接玉佩，蒋嬷嬷碎步走至白卿言身边抬手扶住她的手："我陪大姐儿一边回清辉院一边说！"

"我去灵堂。"白卿言说。

祖父、父亲、众位叔伯和弟弟那里不能没有人守着。

蒋嬷嬷点了点头，扶着白卿言往灵堂方向走："大姐儿……大长公主说她老糊涂了，被血缘和愧疚蒙蔽双眼，让大姐儿别记恨她！大姐儿……老奴跟了大长公主一辈子，只听大长公主认过两次错，都是对大姐儿认的！大姐儿让大长公主在您和那庶子之间做选择，可大姐儿是天上的云，是大长公主的心头肉，那庶子贱如泥尘，何德何能与大姐儿相提并论？"

深夜寒风最是冻人，却不比心凉来得更刺骨。再热的话，都暖不回人已经凉透的心。

"这一次，大长公主更是将手中暗卫队交了出来。大姐儿，大长公主这就是给大姐儿看她的诚意，大长公主不日就要去皇家庵堂清修，大姐儿要回朔阳，说句不好听的，以后祖孙俩再见或许就是阴阳相隔！大长公主老了，活不了几年，就请大姐儿多多谅解一二！白家男儿都已经不在了，剩下的人不可再离心了！"蒋嬷嬷语重心长。

"嬷嬷这话，可曾劝过大长公主了？"

白卿言声音凉得让蒋嬷嬷手指发颤，大长公主……而不是祖母，大姐儿真的是要斩断和大长公主的情谊？

"大姐儿！"蒋嬷嬷咬了咬牙，用力握紧白卿言的手，"毒杀纪庭瑜这主意是嬷嬷给大长公主出的！大姐儿要是不解气，奴婢……这就回去自尽偿还！还求大姐儿不要再恨你祖母了，好不好？"

她脚下步子一顿，看着蒋嬷嬷陡然就想到了那个为了救母来毒杀纪庭瑜的玉莲。

她从蒋嬷嬷手中抽回自己的手，定定望着蒋嬷嬷："嬷嬷，这世上最蠢的事，便是以自己的性命为代价，将自己心中分量贵重之人的性命或是未来交于他人之手！嬷嬷还是活着好好伺候祖母吧！暗卫队我收下了，只是我与祖母之间除了这个称谓，情分是定然回不到过去了。"

白家诸人还需要祖母大长公主的庇护，只要大长公主不再护着那庶子，她便也不用做得太过决绝。毕竟……曾经的祖孙情，不曾作假。只是如今也的确再回不去曾经的祖孙情深了。

她拿过蒋嬷嬷手中半块玉佩，转身朝灵堂方向走去。

蒋嬷嬷泪眼蒙眬立于灯下，看着白卿言同佟嬷嬷和春桃渐行渐远叹了一口气，最终祖孙俩还是起了隔阂，怕是这辈子都无法再消除了。

白卿言走至灵堂前还未进去，便停下步子，她转头对佟嬷嬷道："嬷嬷替我同平叔说一声，挑十几个武艺高强的护卫守在灵堂外。只要那个庶子一进灵堂，不论是谁带着，立时给我拿下按死，不得有误！"

"是！"佟嬷嬷颔首称是。

她抬脚进了灵堂，只见原本都回去休息的白锦绣、白锦桐、白锦稚都在。

"长姐……"白锦绣站起身。

那一瞬，她眸子便红了："你们怎么在这里？"

"总不能让祖父、父亲和叔伯兄弟这里无人守着。"白锦桐道。

"长姐！"白锦稚走到白卿言身边，郑重道，"明日……我必定会一刀结果了那个庶子！长姐放心！"

她勾唇轻轻抚了抚白锦稚的发顶："我们姐妹就在这里陪陪祖父他们。"

第八章 永生不死

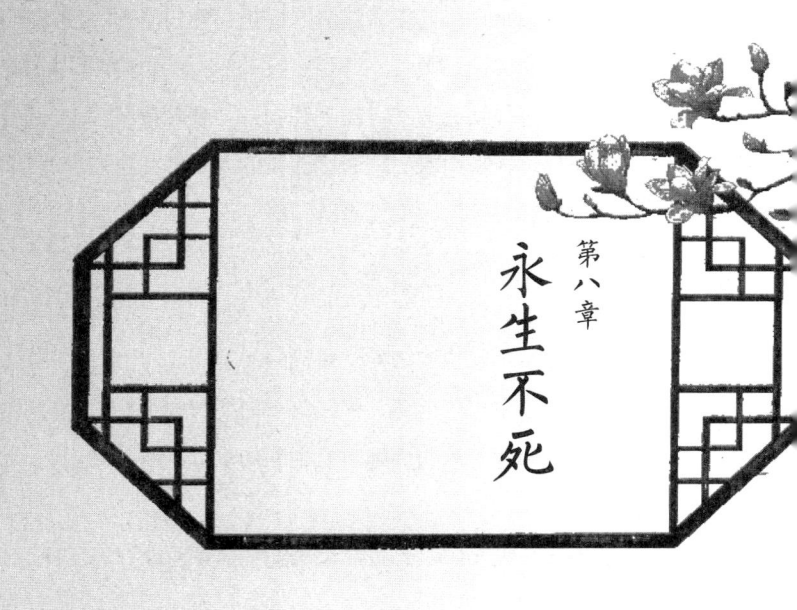

初十，半夜突降大雪，将整个大都城笼罩在朦胧之中。

寅时一刻天还未亮，镇国公府已是炊烟袅袅，仆妇和丫鬟婆子们从角门进进出出。各院粗使的丫头或拎着描梅花热水铜壶或拎着黑漆描金的食盒，在厨房鱼贯而入鱼贯而出，沿着素绢白灯笼装点的曲径回廊轻手轻脚地各归各院，井然有序。

今日，皇帝下旨追封的镇国王、镇国公同白府诸位爷和公子出殡，需在太阳升起之前，将人下葬。

寅时末，白府阖府上下聚集于前厅。

秦嬷嬷扶着双眼红肿的董氏进灵堂时，几位夫人和孩子们都已经到了。

"五弟妹，今日下雪路滑不好走，你身子重，便不要去了。"董氏望着腹部高耸的五夫人齐氏道。

齐氏轻轻扶着腹部，哽咽开口："我和孩子……得送白家英雄最后一程！"

随后，一身白衣、挂着虎头杖的大长公主也扶着蒋嬷嬷的手而来。

"母亲……"

"祖母……"

众人福身行礼。

"母亲，您也要去？"董氏问。

大长公主点了点头，视线落于白卿言身上，却见白卿言低垂着头并不看她，也不似平日里那般上前扶住她，心中悲伤难以抑制，她道："送我白家男儿最后一程，我撑得住！"

董氏长叹一口气，打起精神道："郝管家，开门吧！"

"开门……"

郝管家一声吼，伴随着木门吱呀声，挂着白灯素缟、气势恢弘的镇国公府六扇朱漆大门齐齐打开。

可董氏不曾想到，镇国公府门外竟然聚集了那么多提灯而来的百姓，还有勋贵人家年轻或年迈的官爵之士！他们静静立于雪中，就在这镇国公府黑漆金字的门前。没有人告知他们镇国公府出殡的时辰，他们早早便来这里候着，想要送一送这一门忠烈之士。

董氏看到弟弟董清岳一身戎装，同几位朝内武将立于最前方，头戴孝布，手提明灯，姿态挺拔英朗。这让董氏想到除夕那夜，百姓陪同白家在这里等候消息，想到初五那日，全城百姓提灯冒雪，同白家在南门迎白家英雄回家。董氏心中情绪翻涌，泪如泉涌。

昨夜董清岳一夜未睡，穿梭于朝中诸位武将之家，动之以情、晓之以理，请诸位将军同他前来亲扛棺木，送镇国王白威霆一程。

见府门打开，手执明灯的董清岳放下羊皮灯笼，单膝跪地行军礼："末将董清岳，恭送镇国王、镇国公与诸位少年将军！白家军之魂，永生不死！"

立在董清岳身侧的武将石攀山红着眼抱拳跪地："末将石攀山，恭送镇国王、镇国公与诸位少年将军！白家军之魂，永生不死！"

"末将江如海，恭送镇国王、镇国公与诸位少年将军！白家军之魂，永生不死！"

"末将甄则平，恭送镇国王、镇国公与诸位少年将军！白家军之魂，永生不死！"

"末将张端睿，恭送镇国王、镇国公与诸位少年将军！白家军之魂，永生不死！"

快马而来的戎装武将一跃下马，跪于后方，高呼道："末将刘宏，恭送镇国王、镇国公与诸位少年将军！白家军之魂，永生不死！"

二夫人刘氏看着门外立于鹅毛大雪之中、一个个跪下恭送白家英灵的武将，终于绷不住哭出声来，整个人都软靠在白锦绣的怀里，捶胸痛哭，为死去的丈夫，为已逝的儿子！

三夫人李氏更是哭得不能自已。

反倒是白家十七公子回来那日悲痛欲绝、欲撞棺而死的四夫人王氏，她静静立于一角，双手交叠放在小腹之前，双眼早已失去了神采，如同木偶般不知悲喜。

五夫人齐氏转过身去，死死咬着唇，尝到了血腥味也不敢松口，生怕克制不住哀号出声。

立在门口的百姓，皆跪地哭喊，哀号声震天，高呼镇国王、镇国公，高呼白家满门本是大好年华却为护民而亡的少年将军们。

郝管家用袖子抹去眼泪，克制着哭腔，高唱："跪……"

长街百姓早已经跪哭得泣不成声，白家诸人亦缓缓跪下。

"拜——"

白卿言含泪叩首，一拜，她向白家英灵立誓，定会舍命护白家遗孀一世周全。

"再拜——"

她含泪二叩首，二拜，她向天地立誓，定要让亏欠白家者血债血偿，此仇不报誓不为人！

"三拜——"

她以头叩地，三拜，她向祖父立誓，此生她将承袭祖父志向，尽她所能护百姓周全，还天下太平。

"诵祭文，明诸公生平……"

萧容衍一身狐裘立于众人之后，静默凝视，仿佛是鹅毛大雪不能近身的方外之人。大晋的皇帝不明白，这百年将门镇国公府，功高盖主不假，可这国公府实乃是大晋脊梁！白家一倒，便是除大晋国之鞋履，卸大晋国之甲胄。乱世之中，列国争雄，各自为政。萧容衍敢断言，白家诸将一亡，这雄霸一方的晋国必定无缘问鼎天下江山。

遥遥而望，他见白卿言起身，下意识向前挪了一步。

只听女子的声音清亮铿锵，平静如水，不若她几次人前开口那般振聋发聩，绵绵孺慕之情藏于其中，让人触动情肠。

大长公主望着门外哭声撼动天地的百姓们，看着那戎装而来恭送镇国公府英烈的武将们，忽而就想起父皇过世之时。那时的百姓也哭，百官也哭，却哭得不如这般情真意切。

她紧紧攥着佛珠的手紧了又松开，心中早已不知是何滋味，白家比皇室更得人心啊！明明是极为简单的葬礼，明明没有通知任何人下葬时辰，可朝中武将、都城清贵，还有最普通的百姓，他们却都来了，声势虽不如当年她的父皇出殡时那么浩大，却比那更为催泪，更为让人触动情肠。

她忽而就想起几个时辰前，在这灵堂之内，她的孙女儿说，白家的尊贵不在血统，在气节，在薪火相传的生为民死殉国的赤胆之心，在舍身护民的忠勇！所以，百姓是真的记得白家，念着白家……

白家的立世之本，在"为民、忠义"这四个字。大长公主闭上眼，想起丈夫白威霆的字——不渝。孙女念祭文的声音在她耳边响起：

"吾问祖父，何以不渝为字？祖父答曰，愿还百姓以太平，建清平于人间，矢志不渝，至死方休。"

泪水，顺着大长公主的眼角滑落。

"吾父，生为世子，每每战事传来，身先士卒！吾母常忧，夜不能眠，循循劝之。吾父道，国若有战，民若有难，白家儿女责无旁贷，皆须身先士卒，舍身护民，此乃白家气节风骨，与白家军黑幡白蟒旗一般，绝不可倒，方能鼓舞士气，灭犯我晋民之贼寇。

"吾生而嫡长，十七子皆为吾弟，诸子生不同时，有长幼之分，志若一辙，无出长短。若问其生平所求，必答曰，海晏河清，天下太平！

"白家诸子皆承家族风骨，忠烈、磊落、耿直、顶天立地，仰不愧天，俯不怍人，以肉身报大晋百姓之奉养，以性命护边疆生民。"

门外白氏众人、清贵与武将们，双目含泪，有失声痛哭者，有衣袖拭泪者，亦有挺立腰身泪眼蒙眬者。

白家忠义，自在人心。苍天厚土，人神共鉴。

白卿言嘶哑着嗓音读完祭文，含泪跪于火盆之前，将祭文投入火中。

大长公主侧头低声吩咐："蒋嬷嬷，把人带上来！"总得有人摔孝盆，摔了孝盆之后，大长公主便将庶子交于白卿言，是杀是剐都随她了。

蒋嬷嬷颔首称是，对灵堂外喊了一声："把人带进来！"

很快，两个膀大腰圆的护卫跟随着那庶子进来。

谁知白卿玄刚一进这灵堂正厅，还没来得及走到大长公主跟前行礼，突然一队不知道从哪儿窜出来的护卫直接将白卿玄擒住，按跪在灵堂之中。

突如其来的剑拔弩张，吓得蒋嬷嬷立刻将大长公主护于身后，各位夫人身边的忠仆亦是做出护主的姿态。就连跪于门外的董清岳等武将都惊得站起身，一把按住腰间佩剑，蓄势待发，欲拔剑而入。

大长公主扣住蒋嬷嬷护着她高高抬起的手臂，抬眼朝面色冷清、毫无意外之色的白卿言看去，心中顿时了然，知这是白卿言的安排。

"你们是谁？你们想干什么！我可是白家唯一的孙子！未来的镇国王！你们敢和我动手是不想活了吗？放开我，否则等我继承王爵定要你们死无葬身之地！"

听到那庶子狂妄的嘶喊，大长公主浑身颤抖，闭上了眼，扣着蒋嬷嬷的手缓缓松开。当着这么多百姓的面就敢如此张狂！这狂妄竖子，着实该死！

白卿言眸底杀意滔天，紧紧咬着后槽牙，冷眼看向白卿玄，就像看浸满毒汁的腐臭烂肉，厌恶和怒火交织，眸色深沉："镇国王？王字，三横一竖，上顶天，有厚德流光之品格，下立地，能建抚民定邦之功业。凭你也配称镇国王？！"

白卿玄被人按跪在灵堂之中，十分不服气，几次欲挣扎起身，又都被按跪了回去，紧咬着牙愤愤不平，又带了几分得意："呵……如今我是国公府唯一的男人！你愿意也好，不愿意也罢！我都是镇国王！等我承袭王爵，我要你……"跪地叩首求饶这后话，白卿玄吞了回去。他倚仗的无非就是如今白家只剩他一个男丁，所以才敢如此张狂！可昨日大长公主让人接他回国公府时，让那位蒋嬷嬷明确传达要他尊敬这位嫡长姐的意思。他如今先忍下一时，将来定要给他这位不能生育的嫡长姐，安排一个极好极好的归宿，才算不枉费他今日所受之辱！

"你想要长姐怎么样？"白锦稚咬着牙上前，恼怒道。那庶子要敢说出什么不敬的话来，立时让他毙命！

白卿言的视线掠过大长公主，最终落在白卿玄身上，冷声道："有什么样的才德，才能当什么样的位置。你无才无德不知礼义廉耻，心狠手辣畜牲不如，何谈镇国？不能护百姓周全，也就罢了！哪怕你是个堂堂正正的小人我国公府也认！可你手段残忍毒辣，意图奸污舍命替我白家忠烈洗刷冤屈、护送竹简的恩人纪庭瑜之妻。纪柳氏宁死不从撞柱而亡，你却动手毁尸，命人将其尸身拖出去喂狗！你这样的畜牲配得上白姓，也敢自称镇国王！"

门外的百姓无人不知纪庭瑜此人，那日纪庭瑜断了一臂，一身鲜血从快马上跌落下来，九死一生替白家送回了行军记录的竹简，这才让镇国公洗脱了刚愎用军之名，才让信王之流伏法！

百姓大惊，那庶子到底是个什么妖魔鬼怪？白家突逢大丧，他身为唯一的男丁，不在灵前尽孝，竟然还要强逼妇人行那苟且之事，逼得人自尽不说还要毁尸把人拖出去喂狗！事情败露竟还妄图承袭镇国王之位！他都不怕报应？不怕那纪柳氏化作厉鬼找他索命吗？白家男儿个个忠义，怎么就出了这么个不仁不义不忠不孝的畜牲？

白卿玄看了眼门外已然义愤填膺的百姓，心中一慌，朝大长公主望去，想让大长公主救他。他可是白家最后一个男丁了，白卿言大庭广众之下说出此事让他无法做人，就是让白家无法做人。祖母怎么能忍？

白锦桐上前一步，挡住白卿玄朝祖母求救的视线，冷冷看着那庶子。

白卿玄心中惶惶不安，却色厉内荏仰着脖子道："我知道你们因为我是庶出就瞧不上我！可我如今是镇国王白威霆唯一剩下的血脉，唯一的孙子！你们怎么敢如此对我？你们就不怕祖父死不瞑目，就不怕白家绝后吗？"

白锦桐冷声道："真要你继承王爵，祖父才是要死不瞑目！我白家子孙哪一个不是上过战场保家卫国之后，才坦然受百姓奉养！祖父带走白家满门男儿血战疆场，难道就是为了给你这个畜牲不如的蛇蝎让路，让你躺在祖先的功劳簿上享福吗？"

大长公主心中悲痛，紧紧攥着手中虎头杖，眼见这庶子如此张狂，心生悔意。阿宝说得对啊，这样的畜牲，留下他就是白家的祸患！

白锦绣悲恸难耐，上前手指黑漆金字的牌位："他们才是我白家的好儿郎！他们生于镇国公府，启蒙之时便知身为国公府子嗣、身为白家儿女的责任担当！祖宗功劳就算比天厚，他们也没有一个依靠祖荫留在这繁华大都享福！他们都选择奔赴九死一生的战场舍身护民！那才是铁骨热血的白家儿郎！"

说罢，白锦绣朝着大长公主的方向跪下叩首："祖母！白家即便自请去爵位，也决计不能让这样的衣冠禽兽、鼠胆败类承爵，辱这镇国二字！今日我白家英灵葬礼之后，求祖母入宫自请去爵位，莫要让此等不仁不义畜牲不如的宵小之徒，抹黑我白家门楣！"

大长公主缓缓颔首。

白卿玄不可置信地睁大了眼："你们不能这么做！你们是疯了吗？自请去爵位？难不成白家百年的荣耀你们都不要了吗？"

"白家百年荣耀是因世代为民舍命！你不配！"白卿言掷地有声，"平叔！将这庶子捆下去，等白家忠烈下葬后处置！"

白大姑娘一句百年荣耀是因世代为民舍命，让百姓哭声更盛……

大长公主徐徐说道："你祖父他们出殡不能没有人摔孝盆。让这畜牲摔了孝盆，大事过后，祖母将他交与阿宝处置，可好？"

"这等不仁不义不忠不孝的狗东西！有什么资格替我祖父摔孝盆！难道我白家的晚辈都死绝了吗？"白锦稚怒发冲冠，上前一脚踹在白卿玄的心窝处，将他踹倒在地，"让奸污逼死我白家恩人发妻之人摔孝盆，我怕祖父、大伯死不瞑目！"

明明都要出殡了，白家突然又出一乱事。

"白家英灵的孝盆由我来摔！自古不让女子摔孝盆，不就是因为怕女子将来嫁入别家吗？我白卿言今日在祖父、父亲灵前立誓，生为白家子孙，死为白家亡魂，此生不嫁！祖母，如此……我有没有资格摔这个孝盆？"白卿言灼灼目光望向大长公主。

"我同长姐一起摔！白锦桐立志成为可以撑起白家的女儿郎，此生绝不嫁与他家！"白锦桐亦道。

大长公主看着白卿言和白锦桐，白锦稚亦是跃跃欲试要上前起誓，颔首道："你们姐妹一起摔吧！"

白锦绣已经是外嫁之身，立在一旁不曾上前，白卿言、白锦桐与白锦稚握着孝盆。门外随董清岳而来的戎装将军们从侧门而入,顶替了白家护卫立于各个棺木之侧。其余武将立于国公府门前两侧，在纷纷扬扬的大雪中，静静等候摔了孝盆起棺。

"孝盆摔得越碎越好，我们姐妹勠力同心，让祖父、父亲和众叔叔兄弟们走好！"

她看着两个妹妹道。

"一、二、三",高呼之后,姐妹三人一起摔碎孝盆。

董清岳咬牙,高呼:"起棺!"

"起棺——"

"起棺——"

武将们浑厚如钟的声音一声接着一声,洪亮如雷,棺木一口接着一口离地而起,又一口接着一口从国公府门而出。

大长公主手握虎头杖,立于正门之前,看着那一个个戎装而来的战将肩扛国公府英灵的棺木。看那手握长剑身着铠甲的武将陆续而来,自发护卫于丈夫白威霆与白家诸子的棺木两侧。长街上全都是提灯戴孝的百姓,棺木所到之处百姓皆跪,高呼"恭送镇国王、镇国公与诸位少年将军",真情实感,哭得悲伤不已。刘氏哭得站不住,被罗嬷嬷和白锦绣搀扶着立于大长公主身后。李氏搂着白锦稚绝望失声,泪如雨下。

大长公主至今为止从未见过这样的葬礼。漫天的大雪,漫天的纸钱,白茫茫一片让人看不清前路,哭声却能为人引路……她不知道此时,在深宫之中的皇帝,是否听到了这大都城百姓撼动人心的哭声;若是听到了,不知道他作何感想。他会不会后悔,后悔因为他的疑心葬送了这白家一门的忠烈。

"大长公主!"郝管家上前轻唤了一声。

大长公主视线落于整装待发的白家护卫身上,深吸一口这隆冬寒气,开口:"走吧!"

白卿言侧头交代佟嬷嬷:"府上之事交于秦嬷嬷和佟嬷嬷了!"秦嬷嬷与佟嬷嬷红着眼行礼称是。

白卿言跟在母亲董氏身侧,走下镇国公府高阶之时,目光不经意撞上萧容衍幽邃不见底的视线。隔着鹅毛大雪,她轻轻颔首同萧容衍致意,谢他能来送白家英烈。萧容衍亦是颔首回礼。

大长公主先行,领着白家遗孀,冒雪跟于棺木之后,浩浩荡荡地朝着墓地徒步走去,她始终没有等来阿宝与她同行。

萧容衍只带一护卫两匹马,牵着缰绳缓步跟在送葬队伍身后。他见跪于长街两侧的百姓纷纷起身尾随于白家护卫队之后、手提明灯相互携手搀扶,亦步亦趋的情景,心中陡然感慨万千。他此生从未见过这样的葬礼,不是君王,胜似君王。

送葬队伍从大都城南门出。

南门守正立于高墙之上，望着茫茫大雪黑夜无际之中，一整条长街上全都是提灯立于两侧的百姓，灯笼暖澄澄的光团将那二十多口棺材映亮，在这黑夜之中格外醒目。

被百姓震天的哭声感染，南门守正胸腔情绪奔腾，热泪翻涌。他手握腰间佩剑带着守城兵士走下城墙，让人将正在营房里轮班休息的兵士也唤了出来。

见排成一排的棺木缓缓而来，立在城门外的南门守正同几百守城兵士，行军礼单膝跪地，以拳击胸。

"恭送镇国王、镇国公与诸位将军！"

几百兵士动作如出一辙，洪亮之声异口同音，竟有战场杀伐的如虹气势。

那一路走得极长，天即将放亮时终于抵达。

下葬，埋土，叩拜……

白卿言立于墓碑之前，含泪望着那一口口棺材消失在视线中，心中悲痛不已。

从此世间再无一身浩然正气的镇国公，再无才学武艺惊艳大都的白家十七儿郎。

快马而来的家仆为了不引人注目，老远便下马，匆匆行至白卿言身后，压低了声音道："大姑娘，梁王身边那个小厮来了，花了重金请看门婆子传话要春妍出府一见！那婆子正在府上候着，佟嬷嬷命小的快马而来询问大姑娘如何处置。"

果然来了……她就知道梁王按捺不住，定要在今日白家出殡之时趁乱生事。

她双手交叠放于小腹之前，挺直脊背凝视着祖父、父亲与白家诸人的墓碑，缓缓开口道："梁王身边的人见不到春妍是不会走的，让佟嬷嬷不用着急，等送葬回城的白府诸人和都城百姓进了长街，再让守门婆子去通知春妍，童吉在门外等着见她！若两人只是有所言语，让人留心他们说了什么；若是两人交换什么物件，务必在众目睽睽之下将两人捆了，送至大长公主与诸人面前。"

"是！"家仆应声之后对着墓碑三叩首，这才起身匆匆离开。

还有五天，白锦桐就要离家，她心中不安："长姐，五天后我就要离家了，我心中不安，我怕家中再生事我不在……"

"别怕，家中有我母亲，不会有事的！"白卿言说。

只要今日能将梁王之事处理妥当，白家便再也没有什么天大的事情了。

白锦桐抬眼，看向眼中含泪、如定海神针般立在人群最前方的董氏。刘氏、李氏、齐氏已经哭得不能自已，王氏失魂落魄，双目呆滞，仿若无所悲喜，董氏依旧挺直脊梁，冷静而稳重。想起这些日子以来，大伯母一力撑起白家，遇塌天祸事，白家乱成一锅粥，大伯母却能有条不紊地应对，将一应事宜安排得井井有条，她还有什么不放心的?

董清岳带戎装武将亲自掩埋了白家诸位忠骨,他将铁锹插入脚下冻土之中,望着镇国王白威霆的墓碑,眼含热泪开口:"佩护我之甲胄,与子同敌同仇……"

白家军军歌!

"佩护我之甲胄,与子同敌同仇",两句一出,白卿言嘴里如同咬了一口酸杏,酸涩悲痛冲冠,眼前一片模糊。

"握杀敌之长刀,与子共生共死……"

更多武将跟着董清岳将悲痛化作震撼人心的歌声和吼唱声。

她抬眼朝舅舅望去,在眼中积聚盘桓的眼泪霎时如决堤般狂涌而出。

"卫河山,守生民,无畏真锐士。不战死,不卸甲,家国好儿郎……"

原本都还能挺住的白锦绣和白锦桐终于忍不住放声大哭。这首自她们出生起便听便学的歌,一唱起,仿佛便将她们拉回那壮怀激烈的战场,拉回披战甲挎长刀立誓死战不休的出征前夜。

大长公主手已经抖得握不住拐杖,热泪奔涌……不战死,不卸甲!白家男儿,都做到了!连小十七那样的小儿郎,都做到了!放眼天下,有谁家能做到白家这般忠勇为国、大爱为民?

此时此刻,大长公主心中已然悔恨不已。曾经兄长问她,诸子中谁可立为储君,她荐了今上,是觉今上仁厚心胸宽广。可她不曾料到,今上坐上九鼎高位之后,竟变成这般猜忌不休之人。

白家的马车早早就到了,家仆扶着哭得无法站立的主子上了马车,百姓跟在缓缓慢行的马车之后,哭声要比来时更小一些。

大长公主倚着马车内的团枕,眼泪就没有断过。亦是泪流满面的蒋嬷嬷替大长公主倒了一杯热茶,劝道:"大长公主莫要再哭了,仔细坏了眼睛。"

大长公主闭着眼摇了摇头,喉咙胀痛,哪里还喝得下茶水?

白卿言、白锦绣、白锦桐和白锦稚四个姐妹同乘一车。

白锦稚没有随军出征同将士们唱这首军歌的经历,听到这首歌虽悲痛,却不如白卿言、白锦绣和白锦桐这般撕心裂肺,歌声一起便是要人命的刻骨铭心。

看着三位姐姐双眸通红闭眼不言的模样,白锦稚心中难言:"长姐……"

白卿言缓缓睁开眼,对白锦稚道:"一会儿回城,秦嬷嬷和佟嬷嬷会擒了同梁王身边小厮私下见面的春妍。若这两人是在交接信件之类的东西,小四,等他们交代清楚，你便撕开信件当众诵读。"

"春妍那个贱婢还敢和梁王府的人来往！"白锦稚怒不可遏，一拳砸在身旁软枕上，"要我说长姐你当初就不该留她，就应该直接一顿乱棍打死了事！"

"长姐说留着春妍有用，可是等着今天？"白锦绣望着白卿言问。

她点了点头："若今天真有什么信件，你们听了，便知道在背后要覆灭我白家之人是谁了！"

"长姐是说……梁王？"白锦桐睁大了眼。

白锦稚亦是不能相信："可梁王只是一个懦弱无能的皇子而已！是诸皇子中最晚册封为王的不说，要不是前年宫宴上大凉使臣叫错了称谓，怕是陛下都想不起来给他封王！"

"这便是梁王值得你学的地方！"她定定望着四妹妹白锦稚，"梁王能以懦弱胆小和无能怕事的模样将自己伪装得无懈可击。有了懦弱无能这层外衣，很多事都怀疑不到他的头上，他便可在暗地里为所欲为。小四……你可明白？"

白锦绣看着长姐眸中凌厉的冷冽杀意，面色逐渐泛白，她以为梁王对长姐情根深种，甚至不介意长姐子嗣缘薄，一心求娶长姐："长姐……可是有什么误会？"

"是不是误会，一会儿看了就知道。"

守在国公府后角门的童吉双手抄在袖口里，冷得一会儿跺脚，一会儿往双手上哈气，揉搓已经快要冻僵的耳朵。

"童大爷……要不然，您上马车等着吧？"梁王府马夫低声劝童吉。

童吉摇了摇头，梁王殿下吩咐他要将此事妥帖办好，否则就要赶他走，他心急如焚。这件事没有办好，怎么在马车里坐得住？想到这里，童吉眼眶都红了，他背过身去擦了把眼泪："我就在这里等！"

不过一会儿，角门突然打开了，出来的还是刚才传话的那个婆子，童吉心往下沉了沉："春妍姑娘呢？没法出来？"

"您放心，春妍姑娘随后就来，我这不是怕您等急了，先来和您说一声，您不知道，我是多难才避开所有人的视线把话传给春妍姑娘。"那婆子抄着手，笑眯眯说。

童吉心中鄙夷，不就是要银子么？童吉又从心口摸出几块碎银子递给那婆子，脸上掩饰不了心中鄙夷，连客气话都说不出来，被冻得通红的脸绷得紧紧的。

只见婆子欢天喜地收了银子，道谢后又缩进角门将门关上。

童吉本来都要追上前啐那婆子一口，可是一想到怀里揣着的那几封信，想到梁王叮嘱了务必交到春妍手中，硬是忍了下来。

那婆子又捞了一笔银子，满面喜气地回到火盆烧得极旺的门房里数银子。秦嬷嬷和佟嬷嬷说了，这些银子她尽可以留着，府上还要给她记一功，这样的好事她自然欢喜。

数完银子，那婆子小心翼翼将银两贴身藏好，端过一碟花生坐于火炉旁边煨红薯吃。

很快，有人便来叫那婆子可以去通知春妍了。那婆子脚下利落，很快就去了清辉院。这几日佟嬷嬷没有给春妍派活计，大姑娘和春桃又一直在灵堂，春妍连一个在大姑娘面前露脸的机会都没有，心里焦急不安。只好一头扎进厨房，准备做几样大姑娘平日里喜欢吃的点心，让大姑娘惦记起她的好，重新安排她去身边伺候。

清辉院洒扫的丫头一溜烟从院外小跑进小厨房，拍了拍肩膀上的落雪，回头冲着春妍道："春妍，外面有一个婆子唤你。"

春妍皱着眉正要说没空，可不知为何突然想到了梁王，她放下手中扇火的蒲扇，理了理发丝从厨房里出来朝门口走去。果然，一出来便看到了昨日替梁王向她传讯的那个守门婆子。

见春妍出来，那婆子匆匆走到了无人处。春妍会意跟上，心里惴惴不安，手里使劲儿绞着帕子。

"可是……梁王殿下有什么话？"春妍耳朵发红，心里真真儿思念那金尊玉贵、英武非凡的男子。

"是呢是呢！春妍姑娘，老奴这可是冒着风险来给您传信的！您将来要是攀了高枝，可要记得老奴的好啊！"那婆子笑眯眯道。

春妍连忙从手腕脱下一个镯子塞到那婆子手心里："知道嬷嬷冒了风险，春妍感激不尽！嬷嬷还是快些说吧，别一会儿让旁人看到了！"

婆子掂了掂手中镯子分量，悄悄藏进袖子里，才道："门外梁王殿下身边的童大爷来了，说要见您，刚才一直有人我脱不开身，好不容易抽了空才能过来，童大爷都等了好一会儿，我来前替姑娘去看过了，童大爷还在！好像有极重要的事情和姑娘说！姑娘快去吧！"

说完，那婆子左右看了看又匆匆离开。

春妍心里一团乱麻，低头拍了拍自己裙上并未沾染的面粉，理了理发丝，这才匆匆朝着门口的方向疾步走去。

见春妍离开，银霜从树上一跃而下，悄悄跟在春妍的身后。

佟嬷嬷交代了银霜，一旦春妍离了清辉院就立刻跟去，记住春妍和谁说过什么话，只要能一字不落就有糖吃！

春妍一路小跑，快到角门门口时停下，平静了呼吸，理好头发衣裳，这才从角门出来。

看到有马车，春妍一下慌了："殿下也来了吗？"

"你怎么才出来！"童吉见春妍出来，忍不住出声抱怨。

"对不住！那看门婆子得避开人，我就出来得晚了些！"春妍一双眼睛止不住往马车上瞟。

往日里梁王来都是乘坐仆从所用的马车掩人耳目，春妍便以为梁王在。

"殿下没来！你不用扯长脖子看了！"童吉心里窝火说话也不客气，"殿下有事交代……"

说着，童吉将怀里揣着的几封信拿了出来，将梁王叮咛的话一字不漏说与春妍听。当童吉说梁王对她也有意，春妍越听心跳越快，脸红不已。

"事成之后，白大姑娘嫁入王府，殿下便会向白大姑娘讨了你，纳你为妾！所以此事不容有失……这信你也不可拆开看，否则就露馅了！毕竟以国公爷的品格断断不会拆开晚辈的信件私下窥看。"童吉叮嘱，"殿下千叮咛万嘱咐，你可千万要记住！"

春妍手有些抖，殿下说要纳她为妾，她心动不已。可要将这信件放入国公爷书房的确是有难度，但……若是能成为殿下的女人，这险她怎么也得冒。而且，她们家大姑娘这样子嗣艰难的女人能嫁什么好人家？梁王殿下那可是皇子，倾心于她，还有什么姻缘能比跟了殿下更好？她这么做……也是为了大姑娘！

想到这里，春妍不再迟疑，从童吉手中接过信件："你转告梁王，奴婢一定会想办法将信件放入国公爷的书房！"

"殿下说，今日国公府出殡，是最好的时机，错过今日就不知道要等到何年！到时候……若中途大姑娘的婚事有变，那可就无望了！你千万切记。"童吉怕春妍前怕狼后怕虎，特意又说了一遍。

若大姑娘婚事有变，那她可就再也见不到梁王殿下了，春妍脸色发白，一下便知晓了此事的紧迫性。

她手里紧紧攥着几封信，点头："你让殿下放心，今日我定将此事办妥，办妥后我会想办法找人传信给殿下！"

白家去送葬的队伍回来正路过深巷前头的路口，童吉回头看了眼，忙道："也别找人传信了！我就在这里候着……送葬队伍已经回来了，再耽搁就没有机会了，你快去放好了立刻来同我说一声！"

童吉话音刚落，角门突然大开，十几个护卫同粗使婆子一下子涌出来将手握信件的春妍，连同童吉和梁王府的马夫一起拿下！

"你们干什么？放开我！我可是梁王贴身小厮！你们敢对我不敬！"童吉高声呼喊道。

虽说国公府后角门人迹罕至，可此时白家去送葬的队伍已经回来，正从这条深巷前面的巷口路过，童吉这一声高呼倒是引得不少人驻足朝深巷里看来。

佟嬷嬷双手交叠放在小腹前，本就肃穆的脸阴沉沉的，她望着春妍开口道："春妍，你好大的胆子，上一次为什么挨的板子都忘了吗？真是好了伤疤忘了疼啊！还敢私下同梁王府小厮来往不说，竟然还意图假借国公爷之名，用这几封信，强逼大姑娘不得不嫁于梁王，你真是好大的胆子，好大的能耐！"

被粗使婆子按住跪在地上的春妍吓得全身发抖："嬷嬷！嬷嬷我没有！我没有！"

"人证物证俱在你还敢否认！当我老眼昏花了吗？"佟嬷嬷气得声音高高吊起，"早知上一次就该活活打死你！"

"嬷嬷饶命！我这是为了大姑娘啊，嬷嬷……"春妍哭求。

佟嬷嬷冷哼一声："兹事体大！事涉皇子与我们家大姑娘，咱们还是去大长公主面前好好断一断！"

佟嬷嬷凌厉的视线如刀扫过春妍，又落在童吉身上："押着他们！就从这巷子绕出去，去正门……把他们交与大长公主处置！"

佟嬷嬷说完，前面带路，白家护卫押着春妍、童吉和梁王府马夫，牵着梁王府的马车一路朝正门走去。

"你们放开我！我是梁王府的奴才，轮不到你们国公府抓我！放开我！"被押着前行的童吉一边走一边高喊。

春妍双腿发软，想到二姑娘身边明玉的结局吓得只顾哭喊认错："佟嬷嬷，奴婢错了！你饶了我吧！我再也不敢了！求您放了我，别带我去大长公主面前，大长公主知道了奴婢就没有命了啊！佟嬷嬷我是你自小看大的……求嬷嬷放奴婢一条生路啊！"

佟嬷嬷却仿佛铁石心肠一般，带着护卫和粗使婆子一路走出巷口，在众人瞩目之下直直朝着镇国公府正门走去。

大长公主刚被蒋嬷嬷扶着下了马车，就见佟嬷嬷突然疾步上前，直愣愣跪在大长公主面前，高声哭喊："大长公主要替大姑娘做主啊！"

大长公主一愣，转头看向已经下了马车的白卿言，只见白卿言也一脸茫然，步履匆匆朝着佟嬷嬷的方向走来："佟嬷嬷，出了何事？"

百姓送白家遗孀回来还未离去，见白家刚刚将英烈下葬，又起波澜，都驻足探头想知道个所以然。

"大姑娘！大姑娘救我！"春妍看到白卿言激烈挣扎着要冲出来，又被粗使婆子按住，眼看着白卿言头也不回地往前走，她心生绝望，呼喊扶着白卿言的春桃，"春桃……你救我！你救救我啊！我曾经救你一命……求你也救救我！"

春桃听到春妍的呼喊声，眼中含着热泪，冷下心肠头也不回。大姑娘这一路走得有多难，春桃不是不知道，春妍作为自小陪着姑娘长大的丫头不知道帮衬，反倒每每给大姑娘添乱，意图败坏大姑娘名节强逼大姑娘嫁于梁王，简直罪不可恕。

佟嬷嬷朝着白卿言的方向重重叩了个头，又对大长公主叩了个头，这才道："这春妍上一次背着大姑娘私下同梁王身边的小厮来往，请大姑娘私下里见梁王，夫人因此整治了内院，发卖了五家子奴仆。大姑娘念在春妍从小伺候的分儿上网开一面，留了春妍一命！谁想到这个贱蹄子不知道感恩，竟然又私下里见梁王殿下的贴身小厮！巧不巧被银霜这个小丫头发现了来禀了我！"

大长公主对这件事早就有所耳闻，心里还觉着阿宝对下人太过心软，但到底是阿宝清辉院中的奴婢，她也不好置喙，现在看来奴就是奴，决不能因心软纵容！

"老奴带着护卫和粗使婆子到了角门口，就听见梁王殿下这贴身小厮对春妍说，让春妍趁着国公府出殡大乱，将梁王殿下写给大姑娘的几封情信放入国公爷的书房中，还细心叮嘱春妍不可将信拆开，以国公爷的品格不会私拆晚辈信件，到时候梁王会设法让人发现这几封情信将事情闹大！"

大长公主被惊得睁大了眼，这是要坏阿宝名节！

佟嬷嬷话音又快又稳："梁王的小厮说，梁王会对夫人谎称，国公爷早就发现他爱慕大姑娘，扣下了他写给大姑娘的信，说等南疆战事一平回来后便为梁王与大姑娘做主成亲！还说到时候这几封信面世大姑娘名节坏了，他会站出来承担责任迎娶大姑娘，等大姑娘过门便纳这个贱蹄子为侍妾！这贱蹄子真就答应了！还收下了信，那信还在那贱蹄子手中握着，老奴还没来得及拿过来！"

白锦稚虽然刚才在马车之上已经被白卿言叮嘱过了，可乍一听了梁王这阴险的打算还是耐不住走过去一脚将春妍踹翻在地，又一脚踹翻了童吉。

"好大的狗胆！竟然敢设计我长姐！"白锦稚低着头四处找称手的家伙，打算先打这童吉一顿再说。

原来如此，原来梁王是这样说动了春妍，许以侍妾之位，所以梦中春妍才帮梁王行此事，让国公府满门忠烈背负着叛国之罪死不瞑目。

白卿言视线扫过被春妍紧紧捏在手心里的信，又看向一直咬牙忍痛没有吭声的童吉，故意开口激童吉："先是让春妍传话，称想借阅我祖父亲自批阅过的兵书，以此邀我相见！男女有别我不见，顾及彼此颜面，我只让春妍将高祖皇帝批注过的兵书赠予梁王，望梁王知晓我不欲与他来往的意思，不再纠缠！可惜……梁王并未领会我意！

"不过几日，梁王又来请见，我母亲因此发落了白家十数家仆！结果一计不成，梁王再生一计，竟安排梁王府婢女来我府门前诬我与他有往来！今日更是趁我白家出殡处心积虑出此下作手段，全然无廉耻之心，想假借我已逝祖父之名，行骗婚之实！是也不是？"

听到白大姑娘出言侮辱梁王，童吉再也忍不下去，忍着心口疼痛，梗着脖子喊道："你不过是一个无法生育的老女人，我们殿下倾心于你，是你几辈子修来的福分！这满大都城，除了我们殿下，还有谁能费尽心机只为娶你！我们殿下对你这般情深，你竟这般不识好歹！"

她冷笑，童吉承认了就好。

她声音温凉不惊透着极寒："那日在我白府前，说得还不够清楚吗？即便梁王是皇子，可我白卿言就是瞧不上他那般小人行径，嫁猪嫁狗也绝不嫁他！梁王不但不反躬自省，反变本加厉，手段越发龌龊，还有没有一点廉耻之心？简直是衣冠禽兽！"

童吉听闻白卿言骂梁王，怒火中烧，目眦欲裂，声嘶力竭吼道："你竟然称我们殿下衣冠禽兽！我看你才是猪狗不如狼心狗肺！你根本就配不上我们殿下！"

"我打死你这个满口喷……"

白锦稚正要上前怒骂，便被白锦绣死死拽住，白锦绣声音清亮徐徐："既然你觉我长姐配不上梁王，我长姐也瞧不上你们梁王！你又何苦替梁王跑这一趟，居心叵测做这等毁人名节之事？你做了，这便为不义！你身为梁王仆从，不知规劝你主子磊落行事，反助纣为虐，此为不忠！你这等不忠不义之徒，有什么资格辱骂我长姐？"

"大长公主！大姑娘！"春妍哭喊出声，"殿下对大姑娘一片真心！求大长公主和大姑娘明鉴！奴婢这都是为了大姑娘的以后着想！大姑娘子嗣艰难，这大都城清贵人家谁愿意娶这样的正妻？只有殿下，他不论是国公府显赫，还是国公府男丁皆亡荣耀不再，殿下从未变过对大姑娘的一片痴心！大姑娘细想，大都城除了殿下谁还能对大姑娘如此费尽心机啊！"

如此深情，如此费尽心机，只为了求娶心上人，正如春妍所言，哪怕国公府荣耀不再，梁王依旧对白大姑娘初心不改，这……应当算得上是深情了吧？

百姓中有心软者，已然动容。

"好一个梁王！好一个费尽心机！我竟不知世上还有把龌龊行径当做深情来看的！"董清岳眉目间尽是怒气。

"听你这意思，只要是愿意为了长姐用手段的，长姐都得谢他深情，不论他做出何等事情，哪怕是毁我长姐名节，假借祖父的名义强娶，我长姐都得感恩戴德地顺从了？这是谁家的道理？"白锦桐怒气填胸，尾音不住往上扬。

"请媒人上门这等光明正道你梁王不走，偏要三番两次行这小人行径，还敢说什么以正妃之位求娶我儿！简直荒天下之大谬！"董氏再也忍不住愤怒道，"我白家难道是拦过你梁王的媒人不成？污人名节犹如害人性命，这样的痴心……我儿可真是万万担待不起！"

白锦稚想起马车上白卿言的交代，甩开白锦绣的手上前从春妍手中一把夺过那几封还没有拆封的信："我倒要看看，这信中梁王是如何对我长姐表白心迹的，还不让人拆开看！"

说着，白锦稚已经撕开了其中一封，念道："镇国公大人，惠书敬悉，晋国南疆排兵布阵……"

"这不是写给长姐的情信啊！"白锦稚霎时想到长姐马车上所言，睁着圆圆的眼睛抬头看向大长公主同白卿言，"梁王……这是要栽赃祖父通敌叛国，才让春妍把书信放入祖父书房的！"

白卿言眸色沉沉，寒凉入骨的视线看向哭得上气不接下气的春妍，咬紧了牙关："接着念！"

"晋国南疆排兵布阵,吾王已知,钦派王远哲将军与大凉大将云破行共议大计……镇国公亲笔书信吾观后完璧奉还，还望镇国公安心，吾等绝不为镇国公留后患。"

白锦稚读完，果真在信封里找到了另一封信，可是……那信并不是国公爷的笔迹。

第八章 永生不死

· 353 ·

"祖母！这后面附上了一封书信……可根本就不是祖父的笔迹！"白锦稚道。

大长公主的手都在颤："把……把信拿过来！"

白锦稚三步并作两步将信送到大长公主手中。

"这是……这是高祖皇帝的笔迹？"大长公主是皇室的嫡出公主，自然见过宫中存有的高祖笔迹。

待大长公主看过那封所谓国公爷的亲笔信之后，白卿言也接了过来，不出白卿言所料，那书信竟然真的是高祖的笔迹。

梁王可真是不让她失望啊！信中她的祖父"镇国公"将排兵布阵悉数告知东燕郡王不说，还称这一次带十七子上战场，是要将兵权牢牢把控在白家手中，要让白家成为晋国的无冕之王。字字句句，皆正好点在了皇帝怀疑白家之处，难怪梦中皇帝下旨处置白家那样雷霆手段。

她心中血气翻涌，对大长公主跪了下来："祖母，年前二妹妹出嫁前那夜，梁王托春妍以借阅祖父批注过的兵书为名邀我相见，我给梁王的便是高祖亲自批注过的兵书，希望梁王知道我白家不欲与梁王有所往来！刚才梁王身边小厮已经承认，不知……梁王是否误会那是祖父的笔迹，仿之欲害我白家！"

她双眸含泪："都说梁王懦弱无能，可他这等行径……哪里无能了？梁王并非是要逼婚，而是要颠覆我整个白家啊！我白家到底与梁王何怨何仇？他竟心狠手辣做到这一步！我白家满门男儿为国捐躯，可他竟还要栽赃白家英灵一个叛国之罪！还要我白家遗孀的命！今日幸亏银霜发现了春妍与梁王小厮私会，否则……后果不堪设想啊！"

这件事太大了！大到大长公主心头的血凉了又凉！今日若非佟嬷嬷发现这春妍同梁王小厮私会，一举将两人拿下，只要这几封信进了国公府，那国公府便是有嘴也说不清了！

满街的百姓亦是大惊，好歹毒的梁王！这几封信是哪里来的，百姓们都在这里亲眼见证！怕是梁王连他身边这个小厮都给骗了，这小厮还以为这信是情信，以为梁王这是不惜败坏白家大姑娘名节也要娶人家入王府，是对白大姑娘深情一片，那小厮刚刚还为梁王鸣不平……不承想这书信居然是要诬赖已逝的镇国公叛国，这要是大姑娘身边的丫头真的贪图王府侍妾之位，将这几封书信放入国公爷的书房，后果当真不可想象！白家英烈蒙上污名不说，就连白家遗孀怕都要无法保全啊！

"难怪梁王要叮嘱春妍不可拆信！原来这信根本就是要覆灭我白家的！祖母今日

本就打算进宫面圣，自请去爵位！孙女请祖母今日进宫务必请今上还白家一个公道，护白家遗孀平安吧！"白卿言重重叩首。

"阿宝，你先起来！祖母定会护着你们的！"大长公主含泪哽咽道。

童吉的脸都白了，他怎么都想不明白，殿下明明说那是情信，怎么就变成通敌之信了呢？那信是他一直揣在怀里的，也是他亲手交给春妍的！

"不是我们殿下！那信……那信不对！肯定是你们……是你们栽赃我们殿下！"童吉挣扎喊道，"我们殿下明明说是情信！"

"真没有见过这么倒打一耙的！难不成是我们追到梁王府，强逼梁王来我国公府送信的吗？是你自己追到我们国公府角门和府上丫头私会,难不成我们也能未卜先知，先准备好这些毁我白家名声的信？"白锦稚愤怒之际，只恨腰后无鞭，不能狠狠抽这梁王走狗一顿。

她转头看向童吉，冷声开口："既是如此！那不如我们一起去大理寺断一断此案！"

说罢，白卿言对还未离去的百姓行礼："不知诸位谁愿做人证，证我白家仆从不曾更换过此信……随我一起去大理寺击鼓状告梁王？"

她一向不惧将事情闹大，此事是她做局不假，可这信却是出自梁王府，就算是再详查，也只能落在梁王的头上。

"我愿意为国公府证清白！"有人高呼。

有妇人亦道："这信是四姑娘当着众人的面拆开的！我们都看到了！我愿意为人证！"

"我亲眼看着这位嬷嬷带着人从府内冲出来，押住了这小厮和这婢女，直接带了过来，信一直在这婢女手中握着，无人更换！我愿作证！"

"我也愿意！梁王这狼心狗肺的东西，国公府儿郎为国马革裹尸，他还要攀诬陷害！我看……说不定就是这梁王和敌国勾结，才害死了镇国王他们！"

"我等受白家世代庇护，愿意为白家作证求青天明鉴，哪怕让我挨上一百棍一千棍！我也绝不让白家忠烈受辱，绝不让白家遗孀蒙不白之羞！"

白卿言看到群情激愤的百姓之中，有人悄悄朝人群外挤，眸子眯了眯……

事情闹得如此大，梁王的人定然要回去报信。

梦中，梁王便是用这几封信同刘焕章一起发难，这才将污名坐实扣死在了白家的头上。这一次她用南疆粮草那份名单引蛇出洞，梁王便着急让春妍趁今日白家大乱将信带入白家，放入祖父书房。凭此，白卿言便已敢断定刘焕章此时人不在南疆，而是在梁王手中！在大都！没有刘焕章举发祖父叛国，皇帝又能有什么样的理由冒天下之大不韪让禁军围了白府抄捡白家？这几封信又怎么才能面世？

她让佟嬷嬷一旦抓住春妍便在人前闹开，就是为了让梁王知晓此事。以她对梁王和杜知微的了解，以她推演了梁王和杜知微知道此事之后，短时间内的无数种筹谋安排，她笃定梁王和杜知微定会先想办法将梁王从此事之中完好无损择出来。可毕竟梁王的信是梁王贴身小厮送来的，那唯一能将梁王择出来的方式，便是梁王称此信和自己无关，自己写的就是几封情信，给童吉时便是情信，他只是为了逼白大姑娘下嫁，称说他也不知道童吉为什么送来的会是这样的信。童吉嘛，自然也是应该被蒙在鼓里什么都不知道！否则梁王贴身小厮同刘焕章勾结，梁王更是脱不开关系。那最好的替罪羊，自然就只剩下刘焕章了……那么不论是威逼也好，利诱也罢，梁王总得拿出一个章程，不论是亲自去，还是派人去，总得同刘焕章商议！

如此，她派人盯死了梁王府，就能够找到刘焕章，在他们还来不及商量对策之时，便一举将刘焕章拿下。这一步棋，白卿言走得有些险。曾经她同白锦绣说过，在这阴谋诡计尔虞我诈的大都城内，能算无遗漏，善断人心者才是最终胜者。若是在刀枪无眼的沙场上战死，那是命运使然，半点不由人！可若是在这大都城被阴谋诡计算计而输，那便是蠢，死得不值。更别说，她此生占了对梁王杜知微了解的先机，若还是无法胜梁王杜知微之流一筹，那可真是枉费老天爷让她回来一遭！她又有什么脸面在祖父灵前发誓护白家遗孀周全？

白卿言侧头看向乳兄肖若海，见人群中的肖若海目光亦是注视着那个着急离开的汉子。

四目相对，白卿言对肖若海颔首。

肖若海带着十几个仆从迅速分散跟在梁王府仆从之后，直直朝梁王府走去。

百姓深受感染，义愤填膺，纷纷表态愿给白家作证，以证镇国王和白府清白，在国公府门前吵得热火朝天。

董氏心中大为触动，喉头哽塞，眼眶通红，胸腔之中澎湃着难以抑制的情绪，白家诸子甘为百姓舍命，百姓亦愿为白家证清白。民心所向，大都城再难找出第二个这样的世家。

"阿宝，这信交于祖母，祖母这就进宫，在陛下面前为我白家讨一个公道！"大长公主手里紧紧攥着那几封信，义愤填膺，攥着虎头杖的手指节泛白，"蒋嬷嬷，进宫！"

董氏郑重对大长公主行礼后开口："我与母亲同去！"

如今白家大事已毕，董氏无须在府中坐镇，若为白家讨公道，怎能少了她？

"我与大长公主、阿姐，同去！"董清岳亦道。

"我也去！"白锦稚高声喊道，"我也同祖母同去！"

五夫人齐氏护着肚子，被身边嬷嬷扶上高阶，红着眼眶，语声坚定："我也与母亲同去，白家英烈刚刚入土，便被居心叵测狼心狗肺之人栽赃诬陷，是可忍，孰不可忍！我等白家遗孀就是死也决不能让忠魂蒙冤！"

身怀六甲的五夫人哽咽之声透着坚忍，那誓要为白家英烈讨公道的决心，感染众人，百姓纷纷应和。

"对！不能让白家忠魂蒙冤！"有义士高呼。

"不可都去。"大长公主轻轻拍了拍董氏的手，出言制止，"我们是去求陛下，而不是去逼迫陛下！你们就在家里等候我回来！"

"既然祖母不让我等同去，那我等便在武德门外等候吧！"白卿言清雅如画的容颜肃穆，一双黑亮的眸子如同隆冬极寒的夜里凝成的冰晶，惊艳夺目得让人不敢逼视，"若陛下有传召要对质，也好劳烦诸位为我白家做个见证！"

大长公主攥着虎头杖的手收紧，望着目光沉着幽深的大孙女儿，阿宝这是不信她，她们祖孙到底是离了心啊！她这孙女儿怕是打定了主意，以民心、民情来护卫白家，宁愿用形势逼迫今上，也不愿意依仗她这个祖母。宁愿信和她毫无干系的百姓，也不愿意信她这个祖母。

大长公主身形几不可察地晃了晃，心不断向下沉。丈夫、儿子和孙子离去之痛，加上孙女儿离心之痛……大长公主险些坚持不住。

可如今众目睽睽之下，并不是叙她们祖孙之情的好时机。

不等大长公主再开口，白锦稚已先一步抱拳冲着百姓长揖到地："求各位义士随我等在武德门外等候，若陛下意欲对质，请诸位为我白家作证！"

"四姑娘不必如此！即便四姑娘不说，我等也必会随白家遗孀一同前去武德门！"

"对！我等同白家遗孀一同前去！要是陛下偏袒，我等就为白家敲登闻鼓！绝不让白家英烈蒙冤！我们走！"

不等白家遗孀动弹，反倒是百姓已经先热火朝天地吵吵着，结伴往武德门方向走去。

"长姐！我们也去吧！"白锦稚眼底火苗簇簇，望向白卿言。

"祖母坐马车，应当比我们更快！我们就在武德门之外……等候祖母好消息。"白卿言浅浅对大长公主福身，声线冷静从容。

"阿宝……"大长公主唤了白卿言一声，"你若是怕祖母偏袒梁王，便随祖母一起进宫吧！"

再去武德门喊冤，这行径与初七敲登闻鼓逼迫皇帝，实出一辙。不能再让白卿言带着百姓逼到武德门，上一次皇帝已经因为白卿言带人去敲登闻鼓，被逼无奈处置信王而迁怒白卿言。这一次若是白卿言随这些百姓去了，就算白卿言不出头，皇帝也会将百姓再次围武德门之事算在白卿言的头上。

皇权君威，不可挑衅。

大长公主怕到时候明着皇帝顾忌民心不敢对白卿言做什么，暗地里对白卿言痛下杀手。

"长姐，我认为你应当随祖母进宫，以防陛下听信梁王推脱之词，此人若真是以懦弱无能来伪装自身，那心计便极为深沉，不得不防！"白锦绣低声对白卿言说，"宫外有大伯母和我等，宫内便拜托长姐了。"

白锦绣觉得白卿言进宫与梁王对质更为稳妥，省得梁王装作唯唯诺诺的样子，将此事推脱干净之后，又借势向皇帝求娶，圣旨一下长姐连转圜的余地都没有。

"长姐！宫外有我们你放心！"白锦桐亦道。

上一次白卿言在武德门前挨了一棍的事情，董氏现在想起来都揪心不已，她并不是仅仅管住后宅那一亩三分田的无知妇人，也知道此次去武德门之事不能再由白卿言出头。木秀于林，风必摧之。行高于人，众必非之。

镇国公府白家的前车之鉴就在眼前，董氏不能让女儿再步后尘。

"阿宝，随你祖母进宫去吧！"董氏缓缓开口，"宫内交于你，宫外有母亲！"

她如何能不知道，此次母亲和妹妹们是不想让她再做强逼皇帝的出头鸟。白锦绣说得对，梁王诡诈，祖母本就向着皇室，若是一时心软，或者同皇帝达成什么协议将此事化小，此次便白白布局一场。只是，白卿言也并非全然没有防备，若是祖母这一次真的还是心向皇室，那么她便用最愚蠢最简单的法子，杀人放火！宰了梁王，再一把火将梁王府点了。可不到万不得已，她必不能用此法，梁王身边有一个武功深不可测的高升不说，行此法必会留下痕迹，她没有完全把握将梁王一击毙命，万一自家人反被梁王的人活捉，更是将会葬送白家百年盛誉。更重要的是梁王一死会有什么样的后果，她没有完全的把握把情况掌控在自己的手中。

如今跟随在梁王身边的人都曾是二皇子的旧部，当年二皇子身边能人异士奇多，后来白卿言随梁王上战场之时见过不少，杜知微就是其中一个。为梁王谋划，让梁王装傻充愣明着以信王马首是瞻，暗中蛰伏积攒军功。等信王同齐王争得两败俱伤，梁王便可带军功归来走入皇帝眼中，这主意便是杜知微出的。

对杜知微此人，白卿言十分忌惮。更别说，若真兵行险招做了杀人之事，则需白家忠仆舍命，甚至牵连无辜！这是无可奈何之下的最下下策。

她靠近白锦绣耳侧，细心叮嘱了一番，白锦绣双眸放亮，颔首："长姐放心！锦绣明白！"

皇帝一心想要做一位比先帝更贤明的圣明君主，名留青史，自然在意虚名，这是皇帝最大的弱点。既如此，那便让白锦绣带着百姓大肆称赞圣上不徇私情，秉公灭私！面对嫡子信王也毫不容情，乃天下最为圣明的国主皇帝！

让白家诸人带着百姓们高呼，相信皇帝必会公正处置意图污蔑白家的梁王！

百姓盛赞的话传入皇帝的耳中，贪图虚名的皇帝本就不甚喜爱梁王这个唯唯诺诺的皇子，难道不会为了一个好名声处置梁王吗？白卿言要让百姓给皇帝将帽子戴得高高的！逼迫不止只有上次敲登闻鼓那般气势强横，行硬碰硬之法。德行的高帽往往更让人闻风丧胆，又不得不戴。皇帝坐在至尊之位，比任何人都惧怕百姓的悠悠众口，史官的笔诛墨伐。

她颔首，郑重行礼道："那便辛苦母亲和诸位婶婶了！"

目送母亲和诸位婶婶妹妹，一起同大都百姓朝武德门的方向走去，她这才随大长公主上了马车。

祖孙俩坐于车上。

头发花白仿佛一夕老了十岁的大长公主闭着眼，薄唇抿得紧紧的，手中不断拨动着沉香木雕琢的念珠。

白卿言亦是规规矩矩坐在一侧，沉静如水。

梁王今日在府中坐立不安，童吉已经去了好几个时辰，他每每派人去探，都说童吉还立于国公府角门之外等候，并未见到国公府婢女。如今虽说高升制住了刘焕章，可刘焕章担心妻儿家眷，已经耐不住要去检举揭发镇国王叛国。只要春妍今日能成功将那几封信带入国公府，哪怕不是在国公爷的书房，只要信在镇国公府，加上刘焕章的证词，以他父皇对白家的忌惮，还有对白卿言这几日行径的不满，白家这个叛国的污名就能定下了！

错过这次机会，他便不知道什么时候才能将白家碾进泥里。至于利用白卿言之事，等白家女眷悉数被捉拿，他再想办法救出白卿言和白家一两个女眷，他就不相信白卿言不会对他死心塌地。

梁王心中情绪翻涌，闭上眼剧烈咳嗽了几声，裹紧了自己身上的大氅。再睁眼，梁王眸中尽是冷戾之色。

只要能毁了白家百年声誉，也算是为佟贵妃还有二皇兄报仇了！至于利用白卿言的军功以后拿下至尊之位铺路，他此刻倒是对这样的想法淡了许多。此次遭遇行刺，伤了他的心肺，还不知道日后有没有那个命坐上那个位置。白卿言如今对他更是毫不掩饰地厌恶，当着百姓的面称冥婚也不愿意嫁他，梁王实在想不明白，他到底是什么地方做得不够好，竟让白卿言对他的态度突然大变。

"殿下！殿下！出事了，殿下！"梁王府的管家老翁立在书房门口高呼。

梁王眉头紧皱："进来说！"

梁王府管家连忙进来，行了礼后道："殿下，童吉去国公府角门见白大姑娘那个贴身婢女，被国公府的嬷嬷逮了一个正着，正巧碰到送葬队伍回来，事情闹到了大长公主的面前，结果您写的那信被当众拆开，竟然是镇国王同东燕郡王来往信件，里面一封所谓镇国王的亲笔信却是高祖皇帝的笔迹！白家大姑娘当众说曾经您找她要过国公爷批注过的兵书，她为了表明不欲和您往来的意思，将高祖批注过的兵书给了您！"

高祖批注的兵书？白卿言给他的那本，居然是高祖批注过的兵书？梁王拳头紧紧攥在一起，心脏剧烈跳动了几下，险些站不稳向后趔趄一步。

"殿下！"梁王府管家连忙上前扶住梁王，"殿下您要不要紧？"

梁王头疼得厉害，心口突突直跳，像是要撞裂他刚刚愈合的伤口似的。

"童吉呢？"梁王下意识问道。

"大长公主带着信件，和童吉，还有那个婢女去宫里面见陛下了！"梁王府管家声音都在颤。

进宫了？他得冷静下来好好想办法！即便是高祖的笔迹，也可以说是白威霆谨慎，同东燕郡王来往的时候用的是高祖笔迹，只是这信是从童吉身上搜出来的这就比较麻烦了。

梁王府管家慌得不行："殿下，这可怎么办啊！这一定是有人要污蔑殿下啊！童吉一定是着了别人的道了！殿下若能撑得住……还是要进宫和陛下解释一下啊！"

脸色阴沉的梁王突然抬眼看向管家，电光石火间想到了一个绝好的说辞，他用力握了握管家的手。他给童吉的一定是情信，他只是仰慕白家大姑娘想要迎娶白家大姑娘而已，至于童吉手中的信是怎么变成国公爷同东燕郡王的信他一概不知，只要在父皇面前装傻，装受到了惊吓，装什么都不知道就好。

就让高升以救下刘家满门为条件，带着刘焕章去敲大理寺的鼓，亲证镇国王叛国。就说他冒死回来为的就是让真相大白于天下，所以才在得知梁王意图之后换了童吉手中的情信。

虽然有行军记录在，可刘焕章冒死回来指证已故的白威霆，世人怕也要多思量几分，父皇也就有借口重审此案。信王乃是父皇嫡子，父皇和皇后难道就不想保全信王吗？刘焕章的出现，便是信王之事的转圜余地。父皇只想做圣主明君，不愿意承认自己下旨为白威霆封王的圣旨错了，因此放弃了信王这个嫡子。可刘焕章的出现，总能给白家这忠义的盛名留下一抹污迹吧！

梁王闭眼细细思索，只要这一次他能全身而退，将来他可再徐徐图之。只要命在，他总能将白家那层忠义之皮给撕下来，把白家踩进泥里，让万人唾弃。

时间紧迫已不容梁王多想，他对管家道："叫田维军立刻过来！快！"

"是！"管家匆匆出门去喊田维军。

梁王起身走至书桌前，提笔给高升简单写了几句话，吹干了墨迹刚叠好，田维军就匆匆而来。

梁王将信交给田维军："时间紧迫来不及同你交代让你传话！去把这个交给高升，让他照着办！不得有误！性命攸关！快！"

田维军见梁王面色阴沉，接过信揣进怀里，不敢逗留立刻出门。田维军从角门出来一跃跨上马匹，飞驰而去，没有留心身后传来的口哨声。

国公府守在梁王府各个出口的十几护卫，听到肖若海的暗号哨声，极速朝声源处而来，一路飞驰追在马后……只可惜田维军一心向前，全然没有注意到后面身手奇高追他而来的身影。

田维军狂奔至北巷偏僻处的一家纸扎祭品的铺子，下马。

肖若海举起的双手手势变化，很快功夫极好的侍卫在田维军敲门之时，悄无声息将铺子围了起来。

铺子不大且看起来有些年头，十分破落。

田维军来不及拴马急急抬手敲门，肖若海一双猎鹰似的眸子死死盯着田维军，门刚一开，肖若海高举的手用力一握。

四五个护卫从屋顶一跃而下，铁链在田维军刚开口发出第一个音时便已绕住田维军的颈脖，两个护卫用力一扯，便将正准备开口的田维军活擒。

突如其来的变故带着浓烈的危险气息，屋内高升在听到屋顶发出动静之时，身体就先一步做出反应，后退的同时以迅雷不及掩耳之速拔剑。

见田维军被制住，高升点脚从屋内一跃飞出，剑气逼人却不是救人，而是直直冲着田维军去的。

高升动作极快，快到白家护卫只能看到一道虚影冲过来，还未来得及拔剑，高升的剑锋便已没入田维军心口。

可高升却想不到，他的剑端才没入田维军肉身不过半寸，就无法再进，他侧头对上肖若海沉着冷静的瞳仁，一瞬间便感觉到来自肖若海的强烈威胁感，高升极速点脚一跃飞出护住那道门。

两人短兵相接，几乎是在电光石火间完成，快到武艺极高的白家护卫只能看到一道残影，两人便结束交锋。

高升望着一手长剑一手短刀的肖若海，心中大为惊骇，这个人能阻止他的快剑不说，竟然一手持长剑一手执短刀！

若刚才高升退得稍有迟疑，肖若海手中的短刀一定会插进他的颈脖。

高升心头萌生了一种难以言喻的喜悦，就像是立在高山之巅终于棋逢对手！不过，如今不是较量的好时候，他有自己的责任和使命。

不给高升喘息的机会，肖若海已经先行进攻，白家余下侍卫早已冲进了那纸扎祭品的铺子。屋内刀光剑影之后传来刘焕章吃痛的喊声，高升眸子一眯，发觉自己竟甩不开肖若海。

侍卫依计行事，抓住刘焕章便带着他往武德门的方向走，门口高升听到动静转而进屋，肖若海也追了进去。里面杀伐声不断，田维军也从刚才高升要杀他的震惊之中回过神，嘶吼挣扎却怎么也挣不脱白府护卫。

"你们是什么人？"田维军的鲜血不断从心口往外冒。

一个护卫想起刚才田维军手似乎想要从心口拿出什么东西的动作，大手探入田维军心口果然拿出了一张纸，展开看了眼，眼睛睁得老大，恼怒之余用刀柄直接砸在田维军的脑袋上，将田维军打晕了过去。

"妈的！太阴毒了！竟然想给我们国公府安一个通敌之罪！小看梁王那个狗杂种了！"

护卫将信纸叠好放在心口处："我们依计行事，先带这个走狗去武德门！快！"

高升听到外面要带田维军去武德门的话，想冲出去，可这个肖若海真是难缠得紧，像是沾在身上的泥巴让人甩不脱，高升想到了已经被活捉的刘焕章，眸色阴沉，刘焕章此人留不得了！

屋内剑拔弩张，血肉横飞……

肖若海不得不承认高升武艺奇高，他带来的都是国公府的顶级高手护卫，可是高升竟然能在以一敌十的情况下，连杀三个护卫，就连肖若海都受了伤。

屋内血腥味浓重得让人作呕！

高升佯装要进攻肖若海，一个转身，手中长剑脱手而出直直扎入刚要被护卫带走的刘焕章身体里，一剑贯穿前胸后背，不留丝毫余地。

高升不能让国公府的人拿刘焕章做文章，若刘焕章将同梁王密谋之事和盘托出，本就不得皇帝宠爱的梁王怕是要死无葬身之地了。

可如此高升的脊背也暴露在肖若海的攻击范围，肖若海不欲伤到高升，长剑偏了几分穿透高升的肩甲。

刘焕章睁大了眼，喷出一口鲜血，低头看着穿透自己的长剑，回头看到面露杀色的高升，眸中难掩不可置信，气绝。

肖若海长剑穿透高升肩胛骨，短刀紧抵高升的喉管，将人押着跪倒在地，却没有动手杀人，他看重高升的身手，喘着粗气意欲替白卿言招揽："你身手很好，何苦跟着梁王这样下作小人？大可弃暗投……"

肖若海话音未落，高升竟以颈撞短剑，显然抱了必死决心，心中惜才的肖若海大惊，短刀避了一避，高升借机挣脱，一把抽出穿透刘焕章的长剑，从窗口越出，要去截杀田维军。

肖若海暗咒一声，追了出去，与重伤流血不止的高升再次纠缠在一起。

皇宫内，皇帝听着大长公主的哭诉，目光从手中信件中抬起，看向乖觉立在大长公主一侧的白卿言。

大长公主哭得不能自已，泪眼婆娑道："白家英灵刚刚下葬，梁王就出如此下作的手段迫不及待要给白家扣上污名！白家诸子为国舍身，是陛下亲封的镇国王、镇国公啊！此等栽赃陷害的行径到底是为了给已死之人抹黑，还是要暗指陛下有眼无珠，错把叛国之人当做忠臣追封王爵啊？"

皇帝视线从白卿言身上收回，看向大长公主……

不得不说，大长公主最后这一句话，正说到了皇帝的痛处。他处置了嫡子信王，追封白威霆为镇国王，得到了天下赞誉！倘若这几封信真的被送进国公府白威霆的书房，那天下人该怎么看他？被白家愚弄在股掌之中，竟连嫡子都处置了，结果所谓忠臣竟然是叛国的罪人！那天下人只会觉得他这个天子无能，只会觉得他这个天子容易哄骗！皇帝心中腾腾火气，怒不可遏。

"陛下，梁王殿下到了，人就在门外……"高德茂低声在皇帝耳边道。

"把那个畜牲给我叫进来！"

高德茂侧身让小太监出去喊梁王进来，面容苍白的梁王躬着腰一脸怯懦从门外进来，一看到皇帝阴沉的面色好似腿都发软，直接就跪在了门口，还是小太监搀扶着才走到正中间跪下。

他怯生生看了眼大长公主和白卿言，这才开口："儿……儿臣给父皇请安。"

皇帝看了眼前这个唯唯诺诺的儿子，视线又落在面前这几封信上，猜测梁王这样胆小懦弱的性子，真的能做出这种模仿人笔迹、栽赃国公府叛国的事情来？

皇帝视线又不由自主落在一直垂眸不语的白卿言身上，可这若是白卿言设的一个局，她又是图什么？难不成白家满门男儿尽死，她也要他这个皇帝的儿子也都死？

皇帝太阳穴跳了跳，先是信王，现在又是梁王……

"安？朕哪儿来的安！"皇帝语气幽沉，"畜牲！说！为什么要让你的贴身小厮买通国公府婢女，将这样的信放入镇国王书房中！"

梁王浑身一个哆嗦重重叩首，倒像是被吓坏了忙不迭承认："父皇息怒，儿臣……儿臣实在是太过倾慕白大姑娘，可是白大姑娘十分厌憎儿臣，儿臣这才出了这样的昏招！求父皇宽恕！"

皇帝眯起眼，手指有一下没一下敲着搁在案几前的信："倾慕白大姑娘，所以……仿镇国王的笔迹写了一封通敌叛国的信，要放入镇国王的书房？"

梁王瞪大了眼，脸色惨白若纸："父皇何出此言啊？儿臣写的只是几封给白大姑娘的情信啊！儿臣只是想假借镇国王之名，强……强逼白大姑娘嫁与儿臣而已啊！"

"陛下手中这几封信，是梁王贴身小厮送到我们国公府角门，这小厮刚将信交与我们府上丫头，就在众目睽睽之下被拿下，信也是在众目睽睽之下被拆开诵读的！陛下若是不信，大可以传召梁王的贴身小厮与那贱婢询问！"大长公主哽咽望着皇帝道。

"是……是儿臣让童吉去的！可是儿臣给童吉的分明是情信啊！"梁王仿佛慌张不知道如何自证清白，慌忙哭着叩首膝行爬上前，"父皇不信可以问童吉啊！儿臣就是有天大的胆子也不敢做出这样的事啊！"

皇帝眯了眯眼道："把人带进来。"

很快，被捆得结结实实的童吉和春妍都被带了上来。

童吉还好，怎么说都是从小跟在梁王身边，也不是没有见过圣驾，可春妍整个人都吓得魂不附体，生怕圣上一句话小命就没有了，鹌鹑似的缩在那里一个劲儿地抖，连掉个眼泪都怕被皇帝砍了，忍着不敢哭。

"童吉……你快和父皇解释啊！我给你的到底是什么信！怎么会变成仿镇国王笔迹的信啊！"

"殿下，奴才不知啊！"童吉也吓得直哭，和梁王一个德行，"奴才也不知道为什么情信会变成白家四小姐读的那样！"

白卿言缓缓开口："梁王殿下将信交与你之后，你可曾离过身？或是碰到什么人？告诉了别人梁王殿下让你将情信交与国公府婢女的打算？若梁王殿下是冤枉的，只有你照实说，才能查出真相。"

童吉急着替梁王证清白，忙道："没有没有！我对天发誓绝对没有！殿下给我之后，信我不曾离身！也绝对不曾告诉其他人！当天晚上我怀里揣着这几封信，因为替殿下委屈一夜未睡！对了，此事高升也知道！这几封信就是高升当着殿下的面交给我的！"

想到高升，童吉突然转过头望着梁王。

"殿下！殿下您之前是不是让高升去找春妍了？奴才听国公府角门的那个嬷嬷说，咱们府上一个冷面侍卫去找过春妍了，可是春妍没出来见！高升身手奇高，定然没有人能从他手中换信！那只能是高升要害殿下啊！"童吉越说脸色越白，几乎笃定了就是高升陷害梁王，哭喊道，"奴才从高升手中拿到这封信之后，高升出府就没有回来啊！奴才早就说过高升那样的人不能留在殿下身边，他肯定是跑了……"

梁王心里咯噔了一下，他全然没有料到童吉竟然会扯出高升来！

白卿言眉头跳了一下，童吉咬出高升对她来说倒是意外之喜了。高升是已逝的二皇子旧部，当年二皇子为了救下佟贵妃母家，意图举兵逼宫，被皇帝射杀在武德门内，二皇子身边能逃脱的便去投靠了梁王，梁王身边留着二皇子旧部，皇帝该怎么想？

"既然如此，那便请陛下传召梁王身边的侍卫高升，问一个究竟吧！看到底是有人要挑拨梁王与我白家不和，还是梁王殿下真的要置白家于死地！"白卿言恭恭敬敬地对皇帝行礼后道。

皇帝望着从容镇定的白卿言，还未开口就听到远处传来"咚咚咚——"震人的鼓声。

登闻鼓立于武德门近百年，一直都是象征性的摆设，从未有人真的敢去敲这登闻鼓。可今年也不知道犯了哪路风水，一个年都没过完，登闻鼓就被敲了两次，这样下去还怎么得了？

皇帝心中火大至极，烦躁难安，话音也止不住拔高："谁又在敲鼓！"

"陛下息怒，老奴已经遣人出去问了，稍后便会有人来禀！"高德茂脊背也是一层冷汗。

皇帝气恼咬了咬牙："派人去梁王府把那个叫高升的给我带来！要是不在府上……让刑部去抓！"

梁王垂眸在心中盘算，大约是高升知道他被传进宫，所以让人带着刘焕章来敲登闻鼓状告镇国王叛国，虽然不是依计行事，但也可行！这下他和童吉就能洗脱嫌疑了。

看到梁王悄悄松了一口气放松脊柱，白卿言双手交叠放于小腹之前轻轻收紧，只希望一切顺利。

武德门外，肖若江将登闻鼓敲得震天响。

肖若海受了伤，跪坐在一旁，双眸死死盯着高升。活捉高升……死了六个国公府高手，他左臂险些废了，可见此人能耐！

被活捉的高升、已经死绝的刘焕章、还有田维军，三人被国公府护卫压得死死的跪在武德门前。

田维军咬着牙，眼眶发红看向高升："高升，高大人！你竟要杀我？"

高升面无表情道："你既已被擒，徒留生变，不如就此了结，也免得你进牢狱受苦！"

田维军睁大了眼，目眦欲裂，这话……是曾经梁王对他说过的！那个雷雨夜，梁王命他一箭射穿了同生共死过的兄弟，见他有所迟疑，梁王便是这般对他说——既已被擒，徒留生变，不如就此了结，也免他进牢狱受苦。

田维军张了张嘴欲辩驳，却又生生将话咽了回去。这本就是梁王的一贯作风，以前梁王能让他射杀他的兄弟，今日又为何不能让被他当做兄弟的高升来杀他？果然是天道轮回，报应不爽！

白锦桐手中拿着白家护卫从田维军身上搜到的梁王亲笔书信，为避免皇帝护子私藏，当着众百姓的面诵读……

"事生变化，命你以刘焕章全族性命为筹码，要挟刘对大理寺自首，向大理寺卿承认童吉怀中信件由他更换。刘换信之目的为坐实白威霆通敌叛国之罪名！务必要刘一口咬定舍命回大都状告镇国王，只为自己求一个公道！他若不从，或意欲以全盘托出与我等合作之事要挟，本王必要刘家全族与他黄泉相聚。若刘追问行军记录已曝光之事，让他不必忧心，本王有后招！"

百姓听白锦桐诵读完，心中惊骇，这是谁啊？自称本王……难道真的是梁王？

白锦桐读完心中恼火不已，白锦稚一脚踹在高升受伤的肩膀上，将高升踹得跌倒在地，怒火冲天的双眸含泪："说！你等同刘焕章合作了什么事？与东燕郡王通敌的是不是梁王？是不是因为你们通敌叛国才致我白家男儿无一生还！"

百姓听到白锦稚这话，早已经义愤填膺，嘴里叫嚷着要将这三人五马分尸，他们想起白家留在南疆不曾回来的男儿们，想到白家才十岁的第十七子，更是双眼通红，恨不能立刻提刀再杀刘焕章一次。

高升是个硬汉，咬着牙要站起身，又被压得单膝跪地，就那么面无表情目视前方。前方是武德门，他的主子二皇子同他的兄长，都死在了那里。

很快一个白家护卫匆匆而来，掩唇在肖若海耳边说了一句："京兆尹知道在大都城找到了刘焕章，已动身进宫向陛下请罪。大理寺卿吕晋府上老翁说，吕晋听闻梁王要栽赃国公府通敌叛国，大长公主携信件进宫时，便已经动身出发，恐怕现在人已经快到御前了。"

高升耳朵动了动，侧头朝肖若海望去，这时心中才了然，梁王他们怕是中了白家的计了。高升挺直的身子微微弯下了些。

很快武德门的守门将士就被带进了殿内，回禀皇帝。

皇帝一看到守门武将就不由怒从中来，厉声问："谁在敲登闻鼓？"

"回陛下，是白家忠仆。"

皇帝听到回答，阴鸷的眸子朝白卿言看去："你又出什么幺蛾子，难道朕没有在这里审此案吗？"

白卿言抬头，装作惊愕："陛下，臣女……难道在武德门吗？"

大长公主看着皇帝越发阴沉的表情，下意识抬手将白卿言拽到身后护住。

第八章　永生不死

"怎么回事儿！还不说！"皇帝将心头怒火撒在了守门武将身上。

"回陛下，白家忠仆死战一番，抓到了刘焕章和梁王府的两个侍卫，不顾身上的伤来敲登闻鼓，称要为白家申冤，状告梁王通敌叛国，要栽赃忠烈！"

白卿言心中大定，交叠放于小腹前的手缓缓松了力道，凌厉的视线睨向梁王。

"刘焕章！"皇帝摩挲着玉扳指的手一紧。

梁王全身一抖，立刻哭喊："冤枉啊父皇！父皇你要为儿臣做主啊！儿臣就是有天大的胆子也不敢做下如此事情啊！"

梁王嘴里哭喊着冤枉，心里飞快盘算该如何应对。

"父皇！儿臣没有啊！"梁王全身都在颤抖，一把鼻涕一把泪，将一个懦弱无能贪生怕死的小人演得淋漓尽致。

"把人都给朕带上来！朕亲自审！"皇帝咬着牙开口。

"是！"守门武将看了眼哭喊不休的梁王，抬头又道，"还有一事，刘焕章已经死了。是梁王府的侍卫为了灭口而杀，另一个梁王府侍卫被擒后，也险些被那个叫高升的侍卫灭口。"

"给朕把人带上来！"皇帝一把将案几上的茶杯挥落在地。

"是！"守门武将连忙退了出去。

梁王哭得更委屈惶恐："父皇，儿臣真的没有啊！父皇你要相信儿臣啊！"

小太监迈着碎步疾步而来，恭敬道："陛下，大理寺卿吕晋求见陛下。"

"让吕晋进来！"皇帝被梁王哭得头疼。

很快，肖若海连带高升、田维军被带了上来。

刘焕章尸身带进宫不吉利，便留在宫外，皇帝派去查认的人随肖若海、高升、田维军一起回来，跪下禀报："回禀陛下，微臣让人提了刘焕章妻女前去认人，死的是刘焕章无疑。"

"高升！你为什么要害殿下？要不是殿下收留你早就死了！殿下对你那么好……你为什么要陷殿下于不义？"童吉一看到高升就恨不得咬那个冷面铁心的男人一口。

高升紧抿着薄唇，跪于殿中一声不吭，任由鲜血浸湿了身上玄色的衣衫，还未止住的血滴滴答答跌落在光可鉴人的地板上。

皇帝看着高升，眯起眼只觉好似在哪里见过此人。

"父皇！儿臣真的没有做下如此畜牲不如之事啊！儿臣自小胆小……父皇您是知道的啊！"梁王继续哭诉。

"闭嘴！"皇帝恼火地吼了一声，他怎么就生了这么一个懦弱不堪的儿子？

梁王与童吉都被吓得缩成一团，不敢再出一声。

白卿言立于大长公主身后，静静看着，心中漠然无任何波动。

皇帝捏了捏眉心，皱眉对大理寺卿吕晋道："吕晋，你来问！"

吕晋对皇帝恭敬行礼之后，看向肖若海："是你抓住了刘焕章和梁王府的护卫？"

肖若海颔首："是草民！"

"前因后果，你细细说来……"

一身是血的肖若海不见丝毫畏惧之色，恭敬叩首后，道："前头梁王贴身小厮怎么约见我们大姑娘贴身婢女春妍的事情，草民不知。草民只知今日送葬队伍刚回来，大姑娘身边的管事嬷嬷就押着婢女春妍同梁王身边的小厮，求大长公主为大姑娘做主！说梁王要让春妍将殿下写给姑娘的情信放入镇国王书房中，梁王自会设法让人发现那封信，然后以国公爷曾说出征回来便为梁王同大姑娘办喜事的说法为由求娶大姑娘，顺便纳了这个叫春妍的丫头为妾室！春妍便答应了！那叫童吉的小厮还叮嘱春妍不要拆开信件，因为拆晚辈信件不是镇国王的格调。童吉说他就在后角门等着，让春妍速速去放然后给他说一声！"

肖若海说话条理分明，徐徐说道，很容易让人听得进去。

春妍听到这里终于再也忍不住心中恐惧，想哭着向白卿言求情，又惧怕皇帝威严，几度都要昏死过去。

"结果我们家性情耿直的四姑娘，想看信中到底写了什么能逼我们大姑娘嫁与梁王，就当众拆开来看！不承想……内容竟是镇国王私通敌国的信件！后面还附上了一封所谓镇国王的亲笔信，可那亲笔信却是高祖皇帝的笔迹！"肖若海抬眼朝着童吉看了一眼，"事情到此，大人可询问梁王贴身小厮是与不是。"

吕晋看向童吉与春妍："是与不是？"

春妍眼泪吧嗒吧嗒往下掉，张了张嘴，竟然紧张得发不出一丝声音。

童吉倒是唯唯诺诺点了点头："是这样的，可是……"

不等童吉继续，肖若海继续道："草民当时立在高阶之上，看到有神色慌张之人挤出人群匆匆离开，觉得其中有蹊跷，便带了一队人跟上，不承想竟然看到那神色慌张之人进了梁王府！草民派一人回去向主子禀报，等候吩咐。谁知不过半炷香的工夫，就见此人从梁王府匆匆出来，快马飞驰而去……"

肖若海看了眼田维军："于是，草民便带人悄悄追了上去想一探究竟，谁知追到了一个纸扎祭品的铺子前,竟听到了刘焕章的声音!刘焕章通敌叛国害我白家满门男儿,仇恨当前,我等白家忠仆欲活捉刘焕章!谁知梁王府这位身手奇高的大人,眼看着从我等手中救不下刘焕章,便一剑将刘焕章杀了!大人可询问梁王府这两位护卫,是与不是。"

高升神情不变,跪在那里一声不吭。

田维军垂下头颅不吭声。

肖若海停下不语,给高升与田维军辩解的机会,两人都不说话,吕晋道:"你接着说……"

肖若海这才接着刚才的话继续说:"那位身手极高的大人杀了刘焕章之后,又见我等活捉了从梁王府来报信的护卫,转而又要杀这护卫。说来也好笑,竟然是我等舍命拼死护下了这位去报信的梁王府护卫,并从这护卫身上搜出了一封书信。书信所言,是要用刘焕章全族性命为筹码,要挟刘焕章去大理寺自首,承认童吉怀中信件是刘焕章更换!还要刘焕章务必一口咬定换信的目的是坐实镇国王叛国!信件在此,大人也可询问这两位梁王府护卫,以鉴草民所说是否属实。"

肖若海说着从怀中拿出那封信,高高举过头顶……

梁王心中大骇,怎么都没有想到刘焕章会被白家忠仆发现,他下意识抬眼朝着白卿言的方向看去,谁知……竟看到白卿言那双清明从容的眸子亦是正望着他。脑中一瞬有什么划过,他突然想起白卿言从秦德昭那里拿到的那份名单。难不成,他中计了?

"陛下!这高升要杀刘焕章和田维军大人!肯定是他陷害殿下的!陛下您明鉴啊!"童吉哭着对皇帝叩首,"信我是从高升手中接过来的!是他!一定是高升!"

童吉的哭喊声,让梁王心底愈发寒凉。

吕晋走上前,从肖若海手中接过信看了一眼,神色大惊!

竟然是梁王亲笔书信!

"这……"吕晋忙转身望着皇帝道,"陛下,这字迹像是梁王亲笔所书!"

白卿言一怔,亲笔书信?杜知微怎么能让梁王出如此昏招,留下亲笔书信就等于将证据拱手他人,杜知微断断不会有此纰漏!

皇帝见梁王脸上血色一时间褪得干干净净,连哭也不会了,几乎嚼碎牙龈:"拿过来!"

梁王的字迹,作为梁王的父皇又怎么会不认得?

看到那封信皇帝气得手都在抖,吕晋见状上前道:"陛下,臣以为笔迹可仿,不如请老帝师谭松老大人同寿山公两位在书法造诣上堪称大成者来判别一番！而且这纸张同纸上的墨迹也需好好查一下，以免冤枉了梁王殿下！"

帝师谭松已致仕，这些年在家中颐养天年，为人德行厚重，皇帝信得过。

寿山公，是大都城里有名的闲人，其书法造诣大都无人能出其右。

"去请！"

皇帝今日铁了心要把这个案子断清楚。

高德茂连忙命人去请帝师同寿山公。

吕晋又问高升："你可有话要说？"

高升摇了摇头。

童吉见状，扯着嗓子怒骂："高升你这个狼心狗肺的东西！当年要不是我们殿下收留你……"

"童吉！"梁王出言阻止童吉再说。高升是二皇子的旧部，这要是让皇帝知道他收留了当年二皇子府的漏网之鱼，他必死无葬身之地。

"殿下！您还要护着他吗？！他都要这么害您了？！"童吉说完，像是想到了什么，忙转头对着皇帝叩首，"陛下！肯定是高升害我们殿下！他以前是……"

"童吉你给本王闭嘴！"

一向懦弱的梁王厉声中带着滔天的阴沉戾气和怒意，令人心惊，连那高高坐着的皇帝都被惊到。

白卿言望着梁王心中冷笑，梁王一向将懦弱无能演绎得炉火纯青，精湛程度比城南西苑唱戏的伶人还要入木三分，不承想竟也有如此失态的时候。

"殿下！"童吉也被一身戾气的梁王吓住，眼泪都凝滞在眼眶里。

只是一瞬，梁王身上暴戾的气息如同从未出现过一般消散，跪着膝行朝皇帝爬去："父皇！父皇，儿子有多胆小父皇应当比任何人都清楚！就算是给儿子一万个胆子，儿子也不敢勾结敌国啊！儿子只是想要救信王哥哥！求父皇明鉴！"

白卿言抬了抬眉，却也不太意外。

梁王原本明着就是投靠信王一方，如此将此事全部推脱到信王的身上倒也不无可能，毕竟……与秦德昭也好，与刘焕章也好，他都是借着信王的名义下命令。

白卿言朝着皇帝福身行礼，道："陛下，既然梁王殿下已经承认此乃亲笔所书，可否让祖母与臣女一观梁王书信的内容？"

皇帝一听到白卿言的声音，心底就烦躁，随手将信丢了过去。

白色的纸张飘飘然跌落在地，她也不恼，俯身捡起信纸大致浏览后，送到大长公主的面前，也好让大长公主知道知道，梁王是如何算计欲置白家于死地的。

刚才被儿子气势一时惊骇到的皇帝，反复琢磨了梁王的话，想到他话中儿子二字，心底到底顾念起了父子情分，哪怕愤怒至极，也只是一掌拍在桌上，吼道："混账东西！你都做了什么还不从实说来！"

"父皇是知道的，信王哥哥是嫡子，所以儿子一直都同信王哥哥走得近，这些年多亏信王哥哥照顾！信王哥哥被父皇贬为庶民后，儿子焦急万分！就在这个时候信王哥哥府上的幕僚找上了儿子！"

梁王用衣袖抹了把鼻涕眼泪："信王哥哥的幕僚找到儿子……求儿子救哥哥一命，早前儿子就同哥哥说过，喜欢……喜欢白家大姑娘，还同白家大姑娘身边的婢女来往之事，不知这个幕僚是怎么知道的，便……便给儿子出了这个主意救哥哥！"

"起初儿子也觉得这么做不妥！"梁王说到这里小心翼翼地朝着大长公主的方向看了眼，声音弱了下去，"那幕僚说，镇国王已死，可哥哥还活着，救哥哥要紧！否则流放之地苦寒，哥哥娇生惯养长大，定然受不住！父皇，那是儿子的亲哥哥啊！是父皇最看重的嫡子！儿子不论如何都想救哥哥一命！所以才……从了！"

皇帝紧紧扣着座椅扶手的手缓缓松了些力道，若是……为了救信王，皇帝倒是觉得有情可原："那幕僚人呢？"

"回父皇……那幕僚同儿臣说，他见过秦德昭之后就离开大都城，可……"梁王像是想到了什么极为害怕的事情，身体抖了抖，"可后来，秦德昭就死了，那幕僚也不见了，儿子……儿子真的是怕极了！"

梁王眼泪鼻涕一齐往下流，整个人看起来如同胆小无能的鼠辈一般。

这般装傻充愣的梁王，无非是想把一切都推到信王的头上，专程牵扯上秦德昭，更是把如今吕晋正在查的粮草案也推到了信王头上，反倒和他没有干系了。

"刘焕章又是怎么回事儿？"皇帝指着高升和田维军，"这两个人总是从你梁王府出来的吧！这信总该是你写的吧！"

"刘焕章在大都城的消息，也是信王哥哥府上那个幕僚告诉儿臣的，那幕僚让儿子派人看管住刘焕章，他走之前叮嘱儿子，要在确定那几封信放入镇国王书房之后，命人带着刘焕章去敲大理寺的鼓，状告镇国王叛国，这样哥哥就是清清白白的了，儿子这才叫高升去看管刘焕章。"

梁王小心翼翼地抬眼看了看面色阴沉的皇帝，又一脸害怕地低下头去："原本，儿子是打算等信放入镇国王府上之后，就带着刘焕章来见父皇，再在父皇面前给白家求个情，反正镇国王一家儿郎都已经死了，父皇又一向仁厚，定不会要了白家孤儿寡母的命，我……我也能救下哥哥。"

"直到今天这几封信被白家四姑娘当众读了出来，儿子知道不能如愿大事化小，只能闹大了才能救下信王哥哥。父皇……儿子只是想救哥哥！"梁王说着又看向大长公主，哭得十分悲切，像个孩子一般，"姑祖母，白家儿郎已死，人死不能复生，您真的要让我哥哥也赔上一条命吗？我们……是一家人啊！"

皇帝握着座椅扶手的手微微一颤，虽说他这个儿子又蠢又胆小，可到底还是一副赤子心肠，只想救自己的兄长而已，他又有什么可责怪的？

大长公主死死抿着唇，半晌才缓缓开口，语音中尽显疲惫："殿下，皇室之事……哪有只论家理的？天子犯法尚且与庶民同罪，更何况……听殿下刚才的意思，似乎信王同此次粮草之事也有关系？"

说到这里，大长公主哽咽哭出声："我那排行十七的小孙，被敌军剖腹……腹中尽是泥土树根，若有粮草何须死得如此惨烈？为夺军功强逼白威霆出兵迎战，老身尚且能够理解信王欲建功立业之心！可自断大军粮草，这是为何？难不成这也是为了抢功，所以要坑害自家将士？"

大长公主抖了抖手中的信："老身另有不解，殿下信中所书，称刘焕章若不从，或意欲以全盘托出与殿下合作之事要挟，殿下必要刘家全族与刘焕章黄泉相聚！刘焕章同殿下合作了何事啊？"

"就是……攀诬镇国王之事。"梁王一副霜打茄子的模样，颓然跪坐在自己脚上，湿漉漉的通红眼仁看向皇帝，"父皇，儿臣真的只是想救哥哥，儿臣知道父皇最看重的就是哥哥，儿臣不能看着哥哥受苦，也不想看着父皇伤心！"

倒还真是至纯至孝啊，白卿言垂着眼。

"殿下大谬！"大长公主拄着虎头杖站起身来，凝视梁王，郑重道，"世家大族立世之本，便是名声二字！信王如今尚无性命之忧，殿下却意图败坏白家名声保全信王荣华，此为一错！白家诸人舍身忘死，护大晋江山，殿下身为皇子不心存感恩，反恩将仇报，欲使忠烈蒙羞史册留污名，此为二错！皇子乃陛下之子，有可能继承皇位，犯此二错……让天下如何看我大晋皇室？而后谁敢为大晋舍生忘死，谁敢拥护林家皇权！"

梁王一副大梦初醒的模样，一时间涕泪横流，对着皇帝重重叩首："父皇……是儿子无知！儿子知错了！儿子真的知错了！父皇知道儿子一向胆小懦弱，我没有想这么多，我只是想救哥哥！谁承想给父皇闯了如此大祸！"

大长公主转身望着皇帝："陛下，老身见殿下信中言辞犀利果断，杀气逼人，可不甚像无知懦弱毫无城府之人啊！还是说……这信是别人口述，殿下亲笔所书的？我家忠仆说，他们追形迹可疑之人到梁王府，半炷香的工夫便出来了！想来吕晋大人还是派人去问一问梁王府仆从，当时梁王在哪儿，是否为单独一人，便清楚这信上的意思是出自梁王还是旁人。"

梁王心头一颤，低着头一个劲儿地抖不敢抬头，想到自己亲笔写下的那封信，他闭了闭眼，的确是慌乱之下的败笔！可梁王不愿认输，他心中飞速盘算，刚才他已称信王府上幕僚，杀了秦德昭之后便已离开……

"若是，梁王救兄心切又无知被人利用倒也罢了！若是顺水推舟另有所图……心机如此深沉，陛下便要好好考量了！"大长公主徐徐开口。

一直被大长公主护在身后的白卿言不吭声，她知道祖母这是要在皇帝的心中埋下一颗怀疑梁王的种子，一旦心底有所怀疑，往日里的蛛丝马迹便会被不经意放大。

祖母比她更了解皇帝此人，只要皇帝发现梁王并不是如同平时表现的那般懦弱无能，而是在藏拙，那么皇帝再联想到当年梁王与二皇子过从甚密，到今日梁王布局设计要栽赃白家叛国，又装作怯懦的模样不着痕迹将秦德昭之死和南疆粮草案同信王绑在一起，皇帝会怎么想？

定是觉得，他这个儿子能耐可真是大了！大到已经跳脱他的了解和掌控。这样一个可能继承皇位，且心计深沉、演技精湛、不在他掌控之中的皇子，还能留吗？难道，皇帝就不怕……梁王会在他毫无防备的情况下撕掉这身绵羊皮，露出本来的凶狠之貌，同二皇子一般起兵逼宫要了他的命，夺了他的皇权？

"姑祖母！我一直对姑祖母礼遇有加，虽称不上孝顺，也总惦记着姑祖母，姑祖母为何害我？"梁王抬头，犹如不知所措的受惊小兽，满目被至亲之人背叛的伤痛。

大长公主挺直腰脊，望着梁王，义正词严道："殿下，我是你的姑祖母，可更是这大晋的大长公主！先国，后家！对白家如此……对任何人都是如此！"

已经年迈的大长公主声音里透着悲切，哽咽开口："陛下，我老了……正月十五我便去皇家清庵为国祈福。以后怕也护不住白家这些孩子！可到底是忠勇之士的遗孀，过完年开春之后便让她们回朔阳老家！白家家风清明，世代忠骨，从无尸位素餐者，既然如今白家男儿皆身死，爵位无人继承，我便替白家在这里自请去爵位，只求陛下能保白家遗孀一生平安顺遂！"

大理寺卿吕晋抬头望着大长公主与表情一直从容镇定的白家大姑娘，他可是听说白家找回来了一个庶子，怎么……要自请去爵位了？

白卿言上前扶住大长公主，压低了声音对大长公主道："祖母，我看那个侍卫很是眼熟，倒像是曾经二皇子麾下的侍卫……"她声音并不大，似与祖母在窃窃私语，音量恰好能使皇帝听到。

二皇子，这三个字一直是皇帝心中之痛，他猛地抬头："你说哪个侍卫？"

皇帝的话虽然是在问白卿言，视线却已经直直朝着高升的方向看去，皇帝似是想到什么人，惊得站起身来。

皇帝的心突突直跳，难怪觉得这个侍卫眼熟，当年二皇子造反，二皇子身边最得力的干将高远险些一刀斩了皇帝的脑袋。到现在皇帝还记得那刀锋已经微卷的带血刀刃贴着头皮擦过的感觉和高远那冷肃阴森的五官。

"你和逆贼高远是什么关系？"皇帝高声问。

"家兄，二皇子护卫队高远。"高升丝毫不畏惧，直视皇帝，仿若一心求死，"于宣嘉七年，被射杀于武德门，九族皆灭，只存余一人。"

皇帝视线震惊无比地转向梁王，只见梁王亦是一脸错愕地望向高升。

梁王的错愕，不是装出来的，他是真的没有想到高升会自己承认身份。事已至此，高升必然是活不了了。

他心中一瞬间便是百转千回，果断对皇帝叩首："父皇！儿臣……儿臣不知道高升的身份啊！"

皇帝紧紧握着拳头，平静了心情后缓缓坐了下来，悄无声息攥住了龙椅扶手。

大长公主看着皇帝的表情，慢条斯理对皇帝行礼后道："陛下，此事已经闹到如此地步，大都城百姓尽人皆知，此时武德门外百姓高呼陛下乃明君英主，深信陛下能够还白家公道，盛名之下要做到名副其实才能尽得人心啊！该怎么处置梁王，全凭陛下明断！"

大长公主携白卿言福身，正欲同皇帝行礼告退，就听童吉哭着道："大都城尽人皆知，还不是你们白家闹的？要不是白四姑娘当众读信又邀百姓为白家作证，百姓怎么会聚集到武德门外……"

听到这话，白卿言压了几个时辰的火终于再也压不住："照你这话的意思，梁王想要对我白家为晋国捐躯的英灵泼脏水，我们白家就得恭恭敬敬接了这盆脏水？梁王要假借我祖父之名强迫我嫁过去，我四妹拿到信，难不成还要欢天喜地亲自放入我祖父的书房？"

童吉话堵在嗓子眼儿里出不来，一张脸憋得十分难看。

"若不是我四妹当众拆信，怕还引不出梁王这封亲笔信，也看不出与我同岁的梁王，竟是如此的杀伐决断，谋略果敢！更不知道……梁王殿下唱戏的本事如此精湛超群！白卿言甘拜下风！"她冷冷发笑。

厚颜无耻之流她不是没有见过，可的确是没有见过无耻得这么理直气壮之人。

梁王身侧的手收紧，还是那副又蠢又胆小的模样："父皇！儿臣冤枉啊！"

皇帝看着梁王，想起刚才梁王呵斥童吉闭嘴时周身那股子逼人的戾气，再想起那个白虎杀他的梦，梁王与白卿言同岁！属虎！

最终，皇帝视线落到高升的身上，手指不由自主收紧。

比起白卿言一个女流之辈，他的儿子梁王倒是更有可能肖想这皇帝之位。

"你这些年都被梁王庇护在梁王府上？"皇帝靠在团枕上，镇定自若地询问高升。

"是！"高升回答，"但梁王并不知我身份。"

"那今日，为何你又承认你的身份？"

"梁王当年收留大恩，高升不能恩将仇报。"高升十分坦然。

肖若海倒是没有想到高升还有这一层身份，只在心中暗暗可惜，不能替大姑娘将此人收服，若此人能护大姑娘，不久的南疆之行……姑娘的安全也就多一重保障。

吕晋看着跪在高升身边似乎思绪万千的田维军，问："你有何话说？"

田维军朝哭得全身都在抽的梁王看去，闭了闭眼道："没有……"

"父皇，父皇你一定要相信儿臣啊！"梁王还在痛哭。

"吕晋，这个高升……还有那个护卫和梁王身边的小厮，全部交给你审！不论你用什么方法……务必在他们身上审出些东西出来！"皇帝抬眼，阴沉沉的眸子朝梁王看去，"梁王先关入大理寺！待审问了这三人之后，依法定罪！"

梁王瞳仁一颤，全身紧绷，不论什么方法……那便是不论任何折磨手段！

"父皇！父皇！儿子伤还未愈，求父皇让童吉跟着儿子！父皇要关也好要怎么都好！总得给儿子身边留一个伺候的人！"梁王心中方寸大乱，以头抢地重重叩首求情。

"殿下！"童吉眼泪吧嗒吧嗒往下掉，也看向皇帝求情，"求陛下让奴才伺候殿下吧！不然……派个人伺候殿下也是好的！"

"还不把人带走！"皇帝咬牙切齿高呼。

侍卫从殿外而来，奉命押着高升和田维军往外走，童吉见侍卫拖走了哭喊着"大姑娘救我"的春妍，他一边忙往梁王身边膝行跪爬，一边哭喊道："殿下！殿下！童吉不在你要按时吃药！要好好保重身体！"

两名侍卫毫不容情扯住童吉往外拉："殿下！保重啊，殿下！"

梁王听到童吉的声音里全都是哭腔和惊恐，还不忘叮嘱他吃药。他不忍回头再看，只能用力在青石地板上一下一下地磕头："父皇！童吉和儿子一样自幼体弱，怕是受不了大刑！求父皇饶过童吉吧！"

"为证你清白，那三个人不得不受刑！奴才而已，你不必求情。"皇帝垂眸看着不断叩首的梁王，心中那点骨血亲情，随着那个梦不断的回放而消散。

梁王撑在身体两侧的手用力收紧，手背青筋暴起，光可鉴人的青石地板上映出梁王紧咬着牙恨意滔天的阴狠模样。

"带下去！"皇帝中气十足地吼道。

高德茂一挥拂尘，侍卫连忙将梁王也带了下去，吕晋也行礼退出大殿回大理寺审案。

叫唤着冤枉的梁王，一被侍卫拖出大殿，眸色便沉了下来，猩红的眸子阴郁可怖。

皇帝看向大长公主和白卿言，半晌才幽幽叹了一口气："朕的儿子不争气，让姑母受累了！"

大长公主摇了摇头："多谢陛下为白家主持公道，既已事毕，老身这就带着孙女儿离宫了。"

"姑母先行，朕有几句话要同白大姑娘说，请姑母殿外稍候。"皇帝道。

大长公主沉默了片刻，这才行礼转身，肖若海连忙上前扶住大长公主。

待大长公主出去之后，白卿言上前规规矩矩跪在大殿中间，垂着眸子，一副聆听教诲的模样。

"大长公主要去皇家庵堂清修，你送大长公主去后，便同齐王起身去南疆……"皇帝手指摩挲着玉扳指，"议和的使臣已经出发，三国正坐下来商议议和条件，这段时间想必暂时不会起战事！去南疆的路上你好好想想，此战只能胜不能败！败了……你就不用回来了！朕的意思你可懂？"

"陛下，若臣女胜了，想在陛下这里求一恩典。"她恭恭敬敬叩首。

皇帝眯了眯眼："讲……"

"若胜了，请陛下册封我二妹——秦朗之妻白锦绣，超一品诰命夫人！白家遗孀将悉数回朔阳，可我二妹妹已嫁于秦朗，忠勇侯府又出此大事，我二婶实难放下我这性格柔弱的二妹妹，故而……白卿言斗胆，请陛下念在白家忠勇的分儿上，赐我二妹妹这份体面。"

皇帝看着跪于大殿中央，双眸沉着平静，仿若胜券在握的女子，唇瓣动了动，颔首："准了！"

她叩首谢恩之后又对皇帝道："南疆得胜之后，白卿言便回朔阳，今日进言，陛下为长远计，应多多提携新锐将才。"

皇帝略微混浊的眼仁恍惚了一瞬，仿佛看到了白威霆与他进言时的模样。白家，到底还是忠义传家的吧！皇帝不自觉又想到那年宫墙之下，他许白威霆此生不疑的誓言，心中不免酸涩，他摆了摆手示意白卿言出去，心中对白卿言的杀念到底是少了。

就在白卿言已走至门前时，皇帝突然开口："白卿言，你此次去南疆，若中途叛国……"

白卿言藏在袖中的手微微收紧，不等皇帝说完转过身来，对皇帝行礼后道："南疆此行，前有祖父乃是为臣尽忠，后有白卿言是为子尽孝！"

忠、孝……白威霆的确是为他尽忠了，正如白卿言所说那般，白威霆带走白家满门男儿，不为白家留余地，不为子孙留后路。活着的人，但凡思及他亏欠过的已故之人，忆起的都是已故之人的好。

白威霆的忠义之心，让皇帝心中愧疚难当。再看白威霆这孙女，她应当是铁了心要去为白家男儿复仇的吧！

皇帝更心软了些："去吧！"

"臣女告退。"

大长公主立在大殿门口朱漆红柱旁，握着虎头拐杖的手心起了一层腻汗，心提到了嗓子眼儿，生怕白卿言性子刚烈顶撞皇帝，让皇帝生了杀心。

思绪在心中百转千回的大长公主回头看向紧闭的殿门，余光不经意扫到了一身污血的肖若海。不知是大长公主心中不安的缘故，还是肖若海本人不够引人注目，大长公主这才注意到身后还有一个肖若海。

她问："今日捉拿刘焕章之事，阿宝知不知情？"

肖若海忙躬身，依旧是大殿内那副温润从容的音调，缓缓道："回大长公主，大姑娘非神又岂能未卜先知？"

肖若海没有说实话，因着大长公主为白家庶子杀纪庭瑜之事，大姑娘已经同大长公主反目，肖若海信不过大长公主，他的主子只有大姑娘一个。

不过一盏茶的工夫，大殿门再次打开，白卿言完好无损地从大殿内出来，大长公主吊在嗓子眼儿的一颗心终于回落，忙向前走了两步，一把拽住白卿言的细腕："陛下和你说了什么？"

"叮嘱我去南疆只能胜不能败，败了就别回来了。"

白卿言语调平静神情稀松平常，大长公主却惊得身形不可察地晃了一晃："什么？"

听到这话，大长公主还能不明白皇帝的打算？明着派人过去商谈议和之事，暗地里却打算派白卿言过去反扑。面对东燕大凉联合的大军，若是兵力未损，白家男儿与白家军尽在，还可一战！可如今战将已死，残兵苟存，如何与东燕大凉大军相抗？白家满门男儿已经悉数葬身南疆，皇帝怎么能连白卿言都不放过！大长公主的手克制不住地颤抖，转身要进大殿求情："我去同皇帝说！"

"外有强敌虎视眈眈，内无强将江山堪忧，南疆……我必要去。"

天色已经沉了下来，气势恢宏的宫殿廊下，宫人正将硕大的如意宫灯一盏一盏点亮。白卿言纤细单薄的身姿立于忽明忽暗的摇曳灯火之下，风骨傲然，从容不迫，又无所畏惧。

大长公主望着孙女漆黑如墨的眸，那里透着坚忍刚强的冷光，勃勃野心被藏于坚定不屈的沉稳之中，尽是为将者的风华同威严。她心中陡生不安，可想起那日孙女称为白家世代护卫之民不能反之言辞，她心绪稍稳又如困兽陷入家国两难之间。

白卿玄被捆了丢进柴房里，整个人惶惶不安。已入夜，还没人来给他送水送饭，外面的护卫安静得简直像个死人。他在柴房里走来走去，凑在门口对外叫骂："我告诉你们，你们最好放我出去！我是白家最后一个男丁，独苗！你们现在张狂，等我出去了，一定要杀了你们！还要杀了那个白卿言！你们给我等着！"

门外戴孝的护卫如同听不见一般，静静守在外面一语不发。白卿玄坐立不安，想起大长公主今日的态度，想必爵位是不要再想了，那……他们会不会杀了他？白卿玄顿时被自己这个想法惊出一身冷汗，应当不会吧！他可是白家最后一个男丁了！

正想着，白卿玄听到外面有脚步声传来，他立刻站起身。柴房的门打开，只见白锦绣、白锦桐带着一众护卫仆从而来，白卿言只身立在柴房门外，不曾进来。

原本处理这庶子，是白锦绣一人前来，毕竟这是她父亲留下的孽障。可祖母唤诸人去长寿院，她路上遇到了长姐同三妹。她本意是让长姐和三妹等一等她，不承想三妹白锦桐硬拽着长姐一起来了。双手被结结实实捆在身后的白卿玄向后退了两步:"你们想干什么?我可是国公府唯一的男丁了!你们……难不成还敢杀我吗?"

从满江楼前第一次见,再到这庶子强逼纪柳氏撞墙而亡,又将纪柳氏斩首分尸,命人将尸身抛出去喂狗!这庶子的所作所为,已经远远超出了白卿言的忍耐限度。

原本她念在这庶子是白家血脉的分儿上,可以给他一个痛快,可如今……她已经不容这庶子死得这么便宜。此等心狠手辣的畜牲,该死于他折磨别人的手段。

她绷着脸,手握手炉立在门口不愿踏入那柴房一步。

"杀了你,未免太过便宜。"白锦绣眸底带着凌厉冷色,"听说你很喜欢美人壶,既然如此……我便将你变成美人壶!"

白卿玄脸上血色尽褪,十分没有底气:"你敢?"

白锦桐沉着脸开口:"大都城内喜欢这些玩意儿的士族子弟不在少数,我等必会将你送与最精通喜好此道的公子,每日必会有人为你涂脂抹粉,让你成为最漂亮的美人壶供人玩乐!"

"你们敢!我是白家最后的男丁!我是白家最后的男丁!我是要继承镇国王爵位的!"

白卿言面色阴沉寒凉,连冷笑都懒得给那庶子,看着白卿玄就像看着沾染了秽物的物件儿,漫不经心抖了抖大氅上的落雪。白卿玄视线失焦地往长廊望去。

"还做梦呢?"白锦桐眼底掩不住的嘲弄,"祖母已经自请去白家的爵位,最晚明日圣旨就会下来!而你这个逼死白家恩人的庶子,今夜白府便会对外宣称你挨不住家法……已经身亡!"

白锦绣多看父亲这庶子一眼,都觉得恶心,侧头吩咐:"灌药!"

见两个护卫端药进来,白卿玄不住向后退:"你们敢!我是国公府的独苗,祖母怎么可能舍得我死!一定是你们这几个贱人背着祖母害我!"

一个护卫擒住挣扎不已的白卿玄,一个护卫直接卸了白卿玄的下巴,把那一碗哑药悉数灌入白卿玄的嘴里,又将白卿玄的下巴装了回去。

白卿玄腿软跪地,剧烈地咳嗽,使劲儿地呕,想要把那苦药呕出来,可不论如何都无济于事,嗓子灼烧似的疼痛传来,白卿玄疼得倒地打滚,歇斯底里喊着救命,可声音却越来越小,越来越哑,直至什么声音都发不出来。

"砍断他的双臂和双腿,止住血,小心别弄伤他这张脸,丢去九曲巷,王家少爷看到如此细皮嫩肉的小倌,自会好生招待!"白卿言说完不愿意在此久留,转身离开。

九曲巷王家少爷，出了名的慕残又喜爱长相极为俊俏的小倌，白卿玄到了王家少爷手中，怕是要过得生不如死了。

白锦绣见白锦桐还立在原地静静地望着痛哭挣扎的白卿玄，侧头唤了她一声："锦桐？"

白锦桐抬眼望着行于白灯同素绢摇晃飘零的游廊中的两位姐姐，疾步追了上去。

白卿言正侧着头，对白锦绣徐徐说着："银霜那个孩子，虽然看起来笨拙，可有一把子好力气，也忠心，平日里只有个吃零嘴的喜好，等佟嬷嬷略教一些规矩便让她去你身边伺候。长姐知道你武功不差，可有银霜在便多一层保障，你一人在大都，我也放心些！而且南疆之行凶险……我也着实没有办法将她带在身边。"

白锦绣点了点头："长姐放心，我会照顾好银霜，出门在外一定带上银霜。"

"银霜能够顶上一段日子，你便有时间可以调教自己用起来得心应手的人。"

"长姐去南疆带上小四吧！"白锦桐步行于白卿言身侧，担心长姐去南疆后身边无人可用，便道，"今日小四将祖父送她的那杆银枪翻了出来，只怕……长姐要是不准，她可要偷偷去了！那妮子胆子大着呢。"

白卿言微怔，思索了片刻才道："我想想。"

姐妹三人一路行至长寿院时，董氏和五夫人齐氏还未到。

蒋嬷嬷让人给几位姑娘上了羊乳和点心，不多时董氏同五夫人便一起进了上房。

屋内炭盆烧得极旺，蒋嬷嬷知道白卿言畏寒，让小丫鬟拿铜制长夹往火笼里添了几块银霜炭，罩上镂空雕花的铜罩，往白卿言的方向挪了挪，这才带着一众下人退出上房。坐在莲纹八福软垫上的大长公主，倚着金线绣制的祥云团枕，低声开口："白家大事已了，我已禀明圣上自请去爵位，白家遗孀回朔阳，十五那日我便去皇家庵堂清修，身边就留下三姐儿锦桐伺候。明日老大媳妇儿派几个得力的管事回朔阳修缮祖宅，想必等到全部修缮好晾晒晾晒，能住人得等到五六月份了。届时老五媳妇儿生了孩子坐完月子，你们便随老大媳妇儿回朔阳老家。"

此事大长公主早就透了口风，董氏、二夫人刘氏、三夫人李氏、四夫人王氏和五夫人齐氏早就知道，并无什么异议。况且，白家留于大都城，的确是遭他人算计不断。幸而今日梁王意图栽赃陷害白家通敌之事未能成事，否则……这白家一门怕是都不能存活了。

"还是……你们有人想要回母家的？"大长公主睁眼柔声询问，并无责怪的意思。

屋内无旁人，连蒋嬷嬷都在门外守着，大长公主无非是给想离开白家的儿媳留颜面罢了。"母亲……"二夫人刘氏红着眼揪着帕子,哽咽开口,"儿媳没有存着要离开白家的心思,可锦绣人在大都,儿媳不想离开,要不儿媳陪母亲一起去清修吧!"刘氏的丈夫、亲子包括庶子都死在了南疆,就只有白锦绣这么一个心肝儿肉,不能时时见到,不能知她是否安好,这让刘氏怎么能放心?

白锦绣握住刘氏的手,低声劝道:"母亲,陛下虽说追封祖父为镇国王,那也是因为我白家做出了退出大都的姿态,祖母是大长公主自然要留于大都,我已嫁做秦家妇自然也不能离开大都!可母亲不同……至少目前母亲是必须随大伯母一起走的!所幸还有几个月的时间,又不是让母亲立时就走!"

"二伯母倒不必着急,将来的事情谁也说不准!说不定日后我们白家还能回来!"白锦桐心知长姐谋划,安抚刘氏道。

刘氏死死握着女儿的手不吭声,一旦回了朔阳要回大都……哪里就那么容易了?

"老二媳妇儿,你先跟你大嫂回朔阳,若真放不下锦绣想回大都,三年孝期一过,我亲自同亲家商议,做主给你一封放妻书,让你回母家,可好?"大长公主放下姿态,语气轻缓地同刘氏商议。婆母将姿态做得如此低,刘氏心有戚戚,含泪道:"母亲,我真的不是想要放妻书,我只是放心不下锦绣!想着一回朔阳……和锦绣离得那么远!罢了罢了!回朔阳就回朔阳,同三姐儿说的,也不是没有回大都的机会!"

刘氏话音刚落,就见蒋嬷嬷打了帘子进来,她立于翠玉珊瑚镶嵌的八宝屏风后不曾进来,只低声道:"大长公主,朔阳老家的白岐云老爷路上遇劫,狼狈折返回来,全身是伤,称国公府赠予宗族的银两被劫,求国公府做主。"

白锦桐知道此事乃是长姐授意,端起茶杯喝茶不吭声。

"被劫了?!哈哈……连老天爷也看不过眼了!"白锦稚忍不住幸灾乐祸,站起身问,"全身是伤,残了没有?"

屏风外的蒋嬷嬷被白锦稚弄得哭笑不得:"前院来禀,老奴还未曾去看过。"

白卿言垂眸冷嗤了一声,不紧不慢道:"我白家遗孀皆女子,爵位还在时,在朔阳宗族面前尚且式微保不住白府家业,如今没了爵位,孤儿寡母还能怎么给宗族做主?更何况当初在祖父灵前我就曾说过,堂伯父怀揣四十五万两银子回朔阳,路上难免不稳妥,请他们等丧事结束,派人护送他们回去,他们非要自己走!如今说被劫了,不找当地官府衙门,反倒来白家,怕不是还要打我母亲和诸位婶婶嫁妆的主意吧?"

一向泼辣的刘氏用帕子按了按自己眼角的泪水,恼火道:"我看阿宝说得对!不去找当地的官府衙门,找咱们有什么用?咱们现在已经没了爵位,一家子寡妇怎么给他做主？当初他拿了银子要走，阿宝没劝吗？还是宗族真真儿想把咱们嫁妆也抢走，将咱们孤儿寡母逼死才甘心？让他滚！"

倒是董氏不急不缓开口："算时间……儿媳猜，这位族堂兄应当已去过当地衙门，此时回来应该是想借母亲大长公主的威势，来强压地方官员为他找银子。"

大长公主难道对宗族就没有火气吗？真当大长公主是他朔阳宗族的牛马可以任由他们驱使？大长公主眸色一暗，身形松散靠着团枕，语调平缓："我老了，十五便要去皇家清庵静修，余下的心力，除了国公府诸人的事情能够管一管，其余杂事，无心亦无力。"

这话的意思便是告诉白岐云，她不想管宗族之事，但若事涉她的这些孙女儿，她定不会坐视不理，这何尝不是告诫宗族，不要想着在朔阳可以随便欺负她的孙女儿和儿媳们。

"说到白家家业……"白卿言侧身看向董氏的方向，"义商萧容衍仁义，还未派人来催缴一应账目契约。可我白家不能因萧先生仁义，便耽搁此事。既白家大事已了，母亲，派管事去萧府商议对账交付地契铺子的日子吧！"

"阿宝说得对，老大媳妇儿，此事宜早不宜晚。"大长公主道。

董氏起身对大长公主行礼："母亲，儿媳先去安排此事，再去安顿了族堂兄。"

"辛苦了！"大长公主真心诚意对董氏道。董氏离开后，大长公主让白卿言留下，其余人回去休息，毕竟折腾了这么久白家诸人都已疲惫不堪。

白锦绣挽着刘氏的手臂从长寿院出来，陪刘氏往回走，嬷嬷丫鬟都离得较远，白锦绣压低了声音同刘氏说话："母亲不用担心我一人留在大都城，祖母还在！且忠勇侯已死，蒋氏更被命此生不许回侯府，我必不会受欺负。"

刘氏含泪握住女儿的手："可眼下秦朗的世子位也没有了！你……你一个人母亲实在是放心不下！"

"母亲……"白锦绣双眸通红，反握住刘氏的手，"若母亲是为了女儿，那便随大伯母回朔阳，母亲冲动易怒，凡事要多听大伯母的，大伯母人品霁月光风又极为护短，必会护好母亲！母亲……静待来日，锦绣定会在大都城内恭候母亲与大伯母回来。"

"锦绣，你这话的意思……母亲怎么有些听不明白？"刘氏有些茫然，可心却提到了嗓子眼儿，"你……你是不是要做什么危险之事？"

"母亲，涉险的不是我，是长姐！"白锦绣用力握紧母亲的手，脚下步子一步一步走得极为实在，"长姐她要去南疆了！此事日后定是瞒不住母亲，所以我今日便提

第八章 永生不死

· 383 ·

前先同母亲说了，母亲不要外传。"

"什么？"刘氏心头一跳。白锦绣压低了声音："长姐是祖父称赞过的天生将才！皇帝想要长姐去收拾南疆的烂摊子，长姐应了！且在陛下那里为女儿求了恩典，长姐要用此次南疆之行的军功，请陛下册封女儿为超一品诰命夫人。"

刘氏脚下步子一顿，睁大了通红的眼，怔愣片刻摇头："不行！那不能让你长姐去！你长姐已经不是当年那个武艺拔群、能手刃敌军大将头颅的小白帅了！且南疆都是残兵败将！你长姐去了万一……万一也回不来了，你这超一品的诰命能拿得安心，娘可无法面对你大伯母了！这不行！绝对不行！""小白帅"是当年白卿言手刃大蜀大将军庞平国后，白家军军中诸将军对白卿言的戏称。

"娘！"白锦绣握着刘氏的手，用力到指节泛白，"皇帝圣旨不可违！且去南疆为祖父和众叔伯兄弟复仇，乃是长姐所愿！长姐虽然武功尽失，可心智谋略无双，我信长姐！娘你也得信长姐！"

刘氏心中慌乱，心酸又窝心无比，白卿言去南疆前还为白锦绣求了一个超一品诰命，是真的将白锦绣在大都城的艰难和前程放在了心上。

"娘，你若心中难安，便在府中求神拜佛，祈求神佛与白家英灵护长姐平安归来！南疆艰险长姐临行也不忘设法护我，往后朔阳也不见得能得太平，娘一定要护好大伯母！"白锦绣了解自己的母亲，虽说大伯母内蕴刚强不必她娘亲护，可她总得给刘氏找些事来做。

长寿院内，白卿言端坐在大长公主身旁，看着正在叩首的魏忠。

琉璃罩中的烛火燃得热烈，直直往上蹿。

魏忠垂眸跪于正中，不曾抬头直视大长公主与白卿言。

已然风烛残年的大长公主，银发梳得齐整，手握念珠，一副慈悲为怀的温善样貌，眼底却是杀伐决断之色："此次大姑娘奔赴南疆，你等必要护大姑娘全身而退不得有误！我已将半块黑玉龙佩交于大姑娘，从此，你等与我这个老太婆子再无关系，大姑娘才是你们的主子，你等需舍命相护！"

听完大长公主的话，魏忠略微抬眼，视线落在白卿言脚下绣鞋上，转向白卿言的方向，郑重叩拜："魏忠见过主子！"

刚才这魏忠进来之时，白卿言细观他气息和步伐，应当是个相当厉害的练家子。

魏忠已年逾四十，右手断了一指，可整个人看起来十分精神硬朗，声音相比平常男子更为细一些，未曾蓄胡。

她心中大致猜到，魏忠怕是早年随祖母一起入白家的太监，那他便不是暗卫队的首领，只负责联络。

"正月十五祖母要去皇家清庵，劳烦魏忠叔安排暗卫队首领与我见上一面。"白卿言说。

魏忠既已认主，自是只听白卿言吩咐，叩首后道："不敢当主子劳烦二字，主子放心，魏忠定然安排妥当，不让人察觉。"魏忠走后，大长公主看着不曾到她身边来的白卿言，双眼泛红："去了南疆，一切小心！"

白卿言起身行礼："祖母放心，若无他事，卿言便先退下。"

大长公主抿着唇，容色悲切，良久点了点头："这段日子，最辛苦的便是阿宝，阿宝去歇着吧！"

见白卿言规规矩矩行礼从上房退出去，大长公主的泪水终还是从眼角滑落。

"大长公主……"端着一碗羊乳红枣茶的蒋嬷嬷迈着碎步绕过屏风，抬手拨了珠帘进来，见大长公主落泪，上前柔声劝道，"从二姐儿出嫁开始，大姐儿每日都不停歇，今日大事已毕，大姐儿想必已是心力交瘁。"

见大长公主不吭声，蒋嬷嬷眼眶愈发红了，她强撑着打起精神笑道，"大长公主不想用晚膳，老奴瞧着上次大姐儿送来的红枣还有，让人给大长公主煮了一碗羊乳红枣茶，大长公主可要尝尝？今日的蒸糕也不错，不如也给您上一碟？"

良久，大长公主摇了摇头："给阿宝送去吧！"

白卿言看过纪庭瑜后，由已经包扎了伤口的肖若海陪着往清辉院走。

"肖若江已经带人先一步出发去南疆，沿途会陆续派人快马回来同大姑娘禀报消息，力求在大姑娘到达南疆之前，将南疆状况尽数掌握。"肖若海跟在白卿言身侧慢半步的距离，微微颔首弯腰姿态恭敬道，"另外，大姑娘交代之事已经查清楚了，梁王府上那位叫杜知微的幕僚，于二姑娘出嫁那日替梁王挡刀，不治身亡。"

她脚下步子一顿，死了？

廊间白绢素布在她眼前飘摇一晃，想起梁王那封亲笔信。总算知道，为何梁王会出此纰漏。梁王此人唱戏扮相入木三分，心计也深，可到底不如杜知微那般有能掌控全局并设套谋划的能耐。杜知微之死她的确深觉可惜，看来梁王的确是命不该绝，梦里有她二妹白锦绣挡刀，如今有杜知微舍命，活下来的总是梁王。若梁王身边无杜知微，此人……她倒不必那么放在心上。

她回头看着已经换了一身干净衣裳的肖若海："辛苦两位乳兄了！"

"为大姑娘办事应该的！"肖若海迟疑了片刻，还是撩开衣襟下摆跪地叩首，"今日同梁王护卫高升交手，属下意欲替大姑娘招揽，手下容情，不承想连累三位兄弟枉死，还望大姑娘恕罪。"

白卿言从未怪过肖若海。她将肖若海扶了起来，道："乳兄早已猜出南疆之行皇帝会要我性命，所以想我身边能多几个得力之人相护，乳兄急于招揽人才，无非是想将我毫发无损带回来，不愧对父亲，我懂。"

肖若海始终弯腰俯身，姿态恭敬，听白卿言提起她的父亲，身子俯得更低了些，垂着泛红的眸子不吭声。

"乳兄回去休息吧，十五送走祖母去皇家清庵之后，我们便要准备去南疆了。"她低声道。

"送大姑娘回清辉院，属下便回。"肖若海坚持。她未阻拦，点了点头。

肖若海立在清辉院不远处，目送白卿言进了清辉院这才转身离开。

白卿言进门，春桃替她脱了大氅，低声说道："大长公主刚才派蒋嬷嬷来，说是大姑娘晚上没有吃好，大长公主惦记着让人给大姑娘送来了羊乳红枣茶和点心。"

她立在火炉前，伸手烤了烤火，余光扫过小几上放着的羊乳红枣茶和香气幽淡的梅花蒸糕，沉默片刻终究是让人撤了。

刚才见的那个魏忠是祖母的人，白卿言不打算用。卢平是白家护卫队极得威望之人，得留给母亲。至于那暗卫队……三妹白锦桐不日远行，身边虽说派了人，但出门在外身边武艺精湛的高手越多，越能够保她万全。

春杏挑了厚厚的毛毡帘子进来，福身行礼后问："大姑娘备水吗？"

忙碌了这些日子，白家诸人下葬，梁王也已入狱……她心中那股子劲儿一卸，整个人只觉疲乏不已。

"备水吧。"春杏得了话，俯身出门安排丫鬟婆子们备水。